KB252075

도시탐독

도시탐독

都市耽讀

이지상 지음

도시를 사랑하게 되다

10여 년 전, 말레이시아 보르네오 섬 사바 주의 깊은 정글로 들어갔다가 죽을 뻔한 적이 있다. 항구도시 산다칸에 있는 여행사에서 운영하는 소규모 정글 캠프에 갔다가 겪은 일이다. 여행자는 총 세 명. 조그만 배를 타고 두 시간 반쯤 강을 거슬러 올라가니 정글 속에서 허름한 오두막 두세 채가 나타났다. 현지 청년 몇 명이 관리하고 있어 문명과의 끈은 이어지고 있었지만, 누런 강과 정글, 코끼리와 악어와 멧돼지 같은 야생동물들, 오후에 쏟아지는 스콜과 더위만 있는 단조로운 원시림에 둘러싸인 장소였다.

이 멋진 곳에서 길게는 한 달쯤 머물 작정이었다. 대자연 속에서 살아보는 것은 소년 시절부터 줄곧 동경해온 생활이었다. 그런데 이내 힘겨워졌다. 오두막의 낯선 잠자리, 씻지 못하는 불편함 등은 괜찮았다. 그러나 40~50도를 오가는 한낮의 더위, 불면을 부르는 열대야, 사방에서 달려드는 모기 떼, 말라리아 약의 부작용 앞에서 온몸의 기능이 속수무책으로 교란당했다. 급기야 밤새 구토하고 설사하면서 '아이고, 이러다 죽겠구나' 싶어 결국 2박 3일 만에 도망치듯 그곳을 떠났다.

얼마 뒤 코타키나발루의 어느 카페에서 시원한 에어컨 바람을 쐬며 회생한 나는 내가 '도시인'이라는 사실을 인정하기로 했다. 정글에서 오래 머문다 해도 죽을 때까지 원시인처럼 살 생각이 아니라면, 어차피 나는 도시로 돌아와야만 했다. 현대인은 도시에서 나고 자란다. 프랑스 환경철학자 오귀스탱 베르크가 말했듯이 도시는 이제 '인간의 모태'가 되었다. 자연은 낭만적으로 보이지만 실은 무시무시한 면도 있다. 그 공포와 불안으로부터 해방되고자 인간은 도시를 만들었고, 도시에서 형성된 가치와 윤리와 의미라는 그물망 속에서 질서정연하게 살아간다. 그런데 그물망이 안락함을 넘어 어느새 구속이 되어갈 때 우리는 대자연을 그리워하며 탈출을 꿈꾼다.

그런 것 같다. 서울에서 자라난 나 또한 늘 서울을 탈출하고 싶어 했다. 고도성장기의 대도시에서 쌓아온 추억에는 짙은 잿빛이 깔려 있다. 1960년대의 기억에는 판잣집과 빈곤과 무질서가, 1970~80년대의 기억에는 우후죽순처럼 솟구친 빌딩숲과 매연이 있다. 그래서 나는 늘 벌판, 사막, 바다, 정글, 히말라야 산맥을 그리워했고, 어른이 되자 그곳들을 두루 여행했다.

그런데 사자의 터전이 대초원이고 호랑이의 터전이 밀림이며 고래의 터전이 바다이듯, 현대인의 터전 가운데 가장 중요한 곳이 도시라는 사실을 인정하자 도시가 달리 보이기 시작했다. 누구나 그렇지 않을까. 대자연에 심취하다가도 마을과 도시에 들어서면 얼굴에 생기가 돌고, 정처 없이 방랑하다가도 문화와 예술을 접할 때 희열을 느끼는 것은 우리의 자연스러운 본능에 가깝다. 결국 인간은 어느 한곳에서만이 아니라 대자연과 도시, 생명과 상징, 방황과 뿌리내림이라는 상반된 장場들을 오가는 행위 속에서 자유와 기쁨을 누린다.

나는 지금 한창 도시의 매력을 재발견하며 도시로 돌아오는 중이다. 물론 언젠가 다시 대자연을 향하여 떠나겠지만.

■

도시 생활은 여전히 각박하고 도시인들은 예민하고 까칠하다. 출근길에 올라탄 지하철 안은 숨이 막힌다. 누가 스치거나 앞길을 막으면 짜증이 치민다. 다람쥐 쳇바퀴처럼 돌아가는 일상은 답답하고 지루하다. 그런데 바로 이 스트레스와 지겨움이 문화를 만들어낸다. 독일 사회학자 게오르그 짐멜은 "도시는 사람들에게 끝없이 질적인 성장을 조장한다"고 말했다.

도시인들은 지겨움과 스트레스를 풀고자 새로운 것들을 찾아다니고, 획일적인 흐름에 휩쓸려 가다가도 차별성을 추구한다. 생각으로든, 옷차림으로든, 행동으로든. 이렇게 '다른 현실'을 만들어가는 행위가 발전하여 문화가 된다.

익숙한 장소를 새로운 눈으로 볼 때도 다른 현실이 발견된다. 나는 서울 거리를 걸으면서도 종종 다른 현실을 본다. 좁고 허름한 골목길을 거닐 때면 다방구 하고 축구 하던 어린 시절이 펼쳐지고, 청진동 골목을 걷노라면 철없던 고교 시절 기억들이 춤을 춘다. 비 오는 날 골목길에서 피어오르는 생선 굽는 냄새를 맡으면 짝사랑이나 진로 때문에 고민하며 막걸리잔 기울이던 추억들이 솟구치고, 따가운 햇살 그득한 여름날 아스팔트길을 걷다 보면 방콕의 어느 거리가 펼쳐진다. 달콤한 냄새를 풍기는 빵집과 카페에 앉아 있자면 유럽의 거리를 거닐던 시간이 어른거리고, 배낭을 메고 걸어가는 여행자들의 뒷모습에서는 부푼 가슴을 안고 여행을 떠나던 젊은 내가 보인다. 모두들 시간 속에서 흘러가는 덧없는 이미지와 순간들이지만 그것을 통해 나는 답답한 현실을 벗어나 해방감과 자유를 느낀다. 그때 도시는 삭막한 현실이 아니라 감성과 추억과 이미지들이 서린 촉촉한 곳이 되며, 익숙한 서울조차 색다르고 멋진 여행지가 된다.

진정한 여행이란 그런 게 아닐까? 현실 너머의 세상을 새로운 눈으로 발견하는 것. 그때 도시는 지루한 시간이 맴도는 곳이 아니라 세상 너머를 훔쳐보는 가슴 설레는 현장이 된다.

■

도시에 마음을 두자 문득 홍콩과 마카오가 궁금해졌다. 세계 곳곳을 다닌 지난 25년간 나는 홍콩에 열세 번, 마카오에 다섯 번 머물렀다. 그러다 도시가 조금씩 좋아지던 무렵, 홍콩과 마카오에서 본격적으로 한 달을 지내면서 두 도시의 매력에 푹 빠져들었다. 그리고 해를 넘겨 다시 한 달을 여행하며 글을 써나갔다. 숙소에서, 카페에서, 거리의 벤치에서 시시각각 보이는 것, 들리는 것, 생각나는 것 들을 적는 시간은 행복했다.

홍콩은 늘 환상 같았다. 스타의 거리에서 바라보는 바다 건너편 홍콩 섬의 화려한 야경은 먼 미래처럼 보였고, 알록달록한 2층 버스와 트램을 타고 밖을 내다보거나 광고 이미지들로 뒤덮인 거리를 걷다 보면 마치 영화 속으로 들어온 듯한 착각에 빠져들었다. 마카오도 다른 세상이었다. 포르투갈의 흔적과 중국의 전통이 어우러진 거리에는 수백 년 전의 자취들이 이어졌고, 카지노에서는 영화 속 도박꾼이 된 것 같았으며, 베네치아를 재현한 복제 세상 속에 들어가면 현실과 가상이 뒤범벅이 되었다. 물론 그곳은 현지인들에게는 팍팍한 생존경쟁의 터전이다. 반면 여행자였던 나에게 그 땅은 과거와 현재, 현실과 이미지가 뒤섞인 '촉촉한 현실'로 들어가는 비밀스러운 통로였다.

이 책은 홍콩과 마카오의 '현실'을 알려주고자 쓴 글이 아니다. 현실은 가이드북에 풍부하게 있고, 또 수십 번씩 그곳에 드나들거나 오랫동안 체류하는 사람들이 각종 매체를 통해 여러 정보를 소개하고 있다. 나는 도시에서 피어오르던 사유, 감성, 이미지를 포획하는 즐거움과 묘한 해방감에 대해 쓰고자 했다. 그것이야말로 홍콩, 마카오라는 '도시여행'의 짜릿한 매력이었다.

나는 독자들이 이 책을 꿈과 희망을 찾아가는 한 인간의 탐구 과정으로 읽어주면 좋겠다. 여행하고 글 쓴다는 것은 기분 좋게 구경하고 멋진 곳을 소개하는 것에서 끝나지 않는다. 더 나아가 한 인간으로서 자신의 삶에 대해 끊임없이 고민하고, 성찰하고, 탐구하는 행위로 확장된다. 오랜 세월 속에서 실타래처럼 얽힌 수많은 경험을 보여주고 사회학적·철학적 틀로 해석하는 과정은 쉽지 않았다. 그 과정에서 격려와 조언을 아끼지 않고 헝클어진 글들을 짜임새 있게 정리해준 편집자 이지혜 씨와 꼼꼼한 교정과 교열을 보아준 조은 씨, 책에 멋진 옷을 입혀준 디자이너 김미성 씨, 그리고 홍콩에서 한국어를 가르치며 홍콩의 현실에 대해 많은 이야기를 해준 이현희 선생에게 감사의 말을 전한다.

책을 펴낼 때마다 느낀다. 글은 내가 썼지만 책 하나에는 수많은 사람들의 노력과 애정이 담겨 있다. 언제나 응원해주는 아내와 가족, 늘 격려해주는 독자들 덕에 나는 이 길을 가고 있다. 끊임없이 정진할 것을 약속드린다. 이것이 나의 천직이라 생각하면서.

목차

2장 홍콩 섬

4장 란 타 우 섬

5장 람 마 섬

6장 청 차 우 섬

2부 마카오 Macau

중국

마카오 Macau

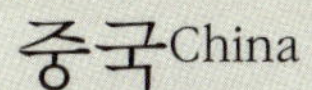

홍콩 마카오 지도

都 市 耽 讀

1부

Hong Kong

홍콩

홍콩
역사

홍콩이 서울보다 클까, 작을까?

얼핏 홍콩은 아주 작은 도시처럼 느껴지지만, 실은 서울보다 1.8배쯤 큰 도시다. 홍콩은 중심지인 홍콩 섬, 구룡반도, 중국 대륙과 맞닿은 신계, 그리고 란타우 섬, 람마섬, 청차우 섬 등 수많은 섬으로 이루어져 있다.

홍콩은 1997년 7월 1일 이전까지 영국의 식민지였다. 영국은 1841년 홍콩 섬을 무력으로 점령했고, 두 차례 아편전쟁에서 중국에 승리하며 홍콩 섬과 구룡반도를 영구적으로 할양받았다. 그리고 영국은 다시 불평등조약을 통해 1898년 7월 1일부터 99년간 신계 지역을 조차한다. 먼저 점령한 땅을 개발하려면 구룡반도 북쪽으로 드넓게 펼쳐진 신계 지역이 필요했던 까닭이다. 홍콩 총 면적의 92퍼센트를 차지하는 신계에는 홍콩 전역에 공급할 농작물이 심어졌고 공업지대도 조성되었다.

그로부터 99년이 지난 1997년 7월 1일 홍콩은 중국에 반환되었다. 법적으로 따지자면 홍콩 섬과 구룡반도는 영국 소유였고 신계 지역만 돌려주면 되었지만, 홍콩 섬과 구룡반도만으로는 도시가 기능할 수 없었다. 게다가 신계의 조차 연한을 늘리고 싶었던 영국과 달리, 덩샤오핑은 홍콩 전부를 돌려주지 않는다면 그 옛날 영국이 그랬듯이 무력으로 구룡반도와 홍콩 섬을 점령하겠다고 압박했다. 결국 50년간 현 홍콩의 체제가 유지되는 '일국양체제' 안에 두 나라가 합의하면서 홍콩은 모두 중국의 품으로 돌아갔다. 이로써 홍콩 사람들은 중국에 속하지만 한동안 스스로 통치하는 묘한 체제 속에서 살아가고 있다.

19세기 중엽만 해도 홍콩을 두고 영국 외무대신 파머스턴은 "집 한 채 짓기 힘든 황폐한 땅"이라고 혹평했다. 그런 땅이 이제 700만 명이 살아가는 부유한 땅이 되었다. 2012년 현재 우리나라 1인당 국민소득은 2만 달러가 좀 넘지만, 홍콩은 이미 3만 달러를 훌쩍 넘어섰다.

식민지 시절에는 사정이 어땠을까?

통치자가 된 영국은 중국인을 멸시했다. 중국인은 서양인 거주지에 살 수 없는 등 차별대우를 받았다. 제8대 총독 헤네시(1877-82 재임) 때부터 조금씩 개선되었지만 19세기 말까지 홍콩의 중국인에게는 사실상 언론·출판·집회·결사의 자유가 없었다. 이런 상황에서도 홍콩은 서구 문화의 중계지로서 중국인들을 눈뜨게 했다. 변법자강운동을 일으켰던 캉유웨이는 스물두 살이던 1879년 홍콩을 방문해서 아름다운 서양식 건물, 정결한 도로, 엄숙한 경찰의 태도에 감동했다. 중국 근대화의 아버지인 쑨원의 혁명 활동 근거지 역시 홍콩이었다. 이처럼 중국인에게 홍콩은 치욕스러운 현장이었지만 동시에 신문물을 접할 수 있는 신세계였다. 그리고 1930년대 중반에 이르러 홍콩이 중국인들에게 선망의 세계가 되면서 이런 기록들이 보인다.

> 어제는 아직 일개 황폐한 바위 고도孤島로서 어부가 사는 불모지였다. 영국이 이 오묘한 선물을 받은 이후 오늘날에는 이미 아시아의 일대 도시요 중국의 남부 문호門戶로 변했다. …… 경마장, 야회장夜會場, 테니스장, 골프장이 해변을 에덴동산처럼 장식하고 있다. 도처가 영국인의 위풍이다.

중국인들은 모두 영국 국기가 나부끼는 이곳에서 안락한 생활을 보내고 있다.[1]

뉴욕이나 샌프란시스코의 야경보다 더 장려하다.[2]

그런가 하면 홍콩의 그늘에 대한 기록도 보인다. 사상가이자 문학가인 루쉰은 1927년 9월 홍콩을 여행하면서 부패한 홍콩 관리들을 비판하고 있다. 관리들이 뇌물을 내놓을 때까지 계속 짐을 뒤지고 헤집었다고 적으면서 "홍콩은 중국의 많은 지방의 현재와 미래를 생생히 보여주는 사진이다. 즉 중앙에 몇 명의 서양 주인이 있고 그 수하에서 (그 주인의) 덕을 찬송하는 일부 고등화인高等華人과 그들의 앞잡이인 노예 같은 동포가 있다"라고 비난한다.[3]

이런 양면성은 갈수록 복잡하게 얽혀들었다. 태평천국의 난(1851-64)을 피해 많은 중국인들이 자본과 함께 홍콩으로 왔고, 중국 내전(1946)과 문화대혁명 시기(1966-76)에도 대륙의 사업가와 지식인이 대거 피난해 오면서 문화산업이 꽃피고 중계무역이 발전했다. 또 중국인 노동자 쿨리가 해외로 나가고 그들이 피땀 흘려 번 돈이 유입되며 금융업이 성장했다.

이렇게 홍콩은 동서양의 중계무역지가 되어 대륙과 해

양 세력이 융합하면서 번성을 거듭해왔지만, 이 땅에서 살아가는 홍콩인들의 정체성은 모호하고 불안해 보인다. 중국인과 영국인뿐만 아니라 인도인, 동남아인, 서남아 이주 노동자들, 아프리카 무역상들, 수많은 외국 관광객들, 특히 대륙에서 밀려오는 중국 관광객들이 이루어내는 혼종과 다문화의 열기 때문이다.

150년 넘는 영국의 통치 속에서 형성된 자본주의 생활양식의 터전 위에서, 새로 주인이 된 중국 정부의 국가와 민족을 강조하는 교육은 갈등을 일으키고 있다. 특히 1989년의 천안문 사태는 민주주의 체제에서 살아온 홍콩인들을 경악케 했다. 홍콩은 중국과 정치적으로는 갈등과 화합을 반복하는 가운데 경제적으로는 그 덕을 보고 있다. 전 세계에 경제 위기가 휘몰아치는 오늘날에도 흔들림 없는 중국 경제 덕에 홍콩의 번영은 지속되고 있다. 그러나 그 미래는 여전히 모호하다.

1장

Hong Kong

구룡반도

자유로운
여행자가 되어

침사추이

홍콩의 첫인상은 어디를 맨 처음 가느냐에 따라 달라진다. 영국인들이 새롭게 건설한 홍콩 섬에 가면 "멋있다. 길도 넓고 깨끗하고 고풍스러운 영국식 건물도 많고"라며 감탄사를 연발할 수도 있고, 구룡반도로 가면 "왜 이렇게 복잡하고 지저분하지?"라고 불평할 수도 있다. 서울로 비유하자면 홍콩 섬은 강남, 구룡반도는 강북 분위기다.

그런데 강북을 좋아하는 나는 전통이 서린 구룡반도가 더 좋다. 먼 옛날 몽골족이 중국 대륙을 침입했을 때, 홍콩으로 피신한 송나라의 마지막 소년 황제가 반도 지역에 솟아오른 여덟 언덕을 보고 "여덟 마리 용 같구나"라고 말하자, 한 신하가 "아닙니다. 아홉 마리 용입니다.

황제 폐하께서 아홉 번째 용입니다"라고 아첨한 데서 구룡九龍이라는 지명이 유래되었다고 한다.

구룡반도의 중심지는 반도 남쪽 끝의 침사추이尖沙咀 지역이다. 이곳을 남북으로 관통하는 네이던 로드는 1900년대 초 13대 총독 네이던이 조성한 거리다. 처음에는 이 드넓은 대로를 다니는 차가 없어서 사람들은 총독이 어리석은 짓을 했다고 비웃었다는데, 지금은 차와 인파로 붐비고 특급 호텔과 쇼핑몰이 즐비한, 홍콩에서 손꼽히는 번화가가 되었다.

■

침사추이에 오면 혼이 빠진다. 지하, 땅 위, 하늘 등 거대한 입체적 공간은 번쩍이는 광고 이미지로 가득하다. 버스와 지하철도 온통 광고로 뒤덮여 있고, 눈 돌리는 곳마다 광고판이다. 문득 정신이 멍해지며 거대한 모니터 속 환상 세계에서 둥둥 떠다니는 듯한 기분이 된다.

이곳은 과거와 현재가 뒤섞인 거리다. 화려한 광고판이 걸린 건물에는 세월의 때가 덕지덕지 묻어 있고, 깨끗한 도로 뒤에는 지저분하고 복잡하고 좁은 골목들이 있다. 멋진 쇼핑센터가 있지만 근처는 허름한 상가들로 어수선하다. 발길 닿는 대로 정신없이 거닐다 보면, 과거와 현재, 온탕과 냉탕을 오가는 기분이 든다.

이 거리에는 사람들이 많다. 황인, 백인, 흑인, 관광객, 배낭여행자,

CHANGE
BESPOKE TAILORS
六福珠寶

이주노동자, 현지인, 대륙에서 온 중국인…… 수많은 사람들이 용광로의 시뻘건 쇳물처럼 세차게 흘러간다. 그들의 정체를 분명하게 알 수는 없다. 어디에서 왔든, 어떤 목적으로 왔든 침사추이에 서면 그 열기에 녹아드는 것만 같다.

"헬로, 롤렉스 까피, 미루다께, 짝퉁 시계!"

가짜 명품 시계를 팔러 다니는 인도인이나 서남아인의 속삭임에 침사추이에 처음 온 관광객은 정신이 어지럽다. 물건을 사서 공항으로 나르는 흑인 보따리장수도 보인다. 그들에게 여기는 치열한 삶의 터전이며 근무지다.

또 침사추이에는 서민들의 욕망과 환락이 교차한다. 작은 골목에서는 아주머니들이 마사지 전단을 나눠준다. 인도인이 하는 신발가게나 문신집도 보이고, 옷가게, 양말가게, 어묵 파는 노점도 있다. 사우나와 나이트클럽, 바 등이 있는 유흥가 골목들은 밤이 되면 욕망을 타고 살아난다.

밤이 더 깊어지면 침사추이는 인도인, 중동인, 흑인 들의 거리가 된다. 캐머런 로드와 브리스톨 애비뉴 사이에 있는 쇼핑몰 앞 조그만 광장에서는 흑인 사내들이 삼삼오오 맥주를 마시고, 모디 로드의 세븐일레븐 앞 계단에는 밤부터 새벽까지 흑인 여자들이 늘 앉아 있다. 세븐일레븐 직원도 별로 신경 쓰지 않는 것을 보니 이들이 어느 정도 매상을 올려주면서 묘한 공생 관계가 이루어진 듯하다.

이렇듯 침사추이는 모든 것이 혼잡스럽고 뒤죽박죽 같다. 그런데 왜 나는 이런 곳에서 홀가분한 자유와 삶의 생기를 느끼는 걸까?

이 거리에서 항상 즐거웠던 것은 아니다. 처음 왔을 때의 흥분이 가시자 피곤이 몰려와 탈출하고 싶은 적도 있다. 늘 이런 열기와 혼잡함 속에서 산다면 얼마나 피곤하겠는가. 그러나 잠깐 머무는 여행지로 나는 이곳이 좋았다. 살아 있는 생명들의 꿈틀거림 때문이다.

한창 피가 뜨거웠던 젊은 시절에는 이 꿈틀거림이 보잘것없어 보였다. 그때 나는 삶을 서론, 본론, 결론이 뚜렷하고 목적이 분명한 '논문'처럼 대했다. 삶과 여행에는 의미가 있어야 하고, 세상은 선악으로 분명히 구분되며, 우리는 모두 자기 삶을 완성시키기 위해 성실하게 살아야 한다고 생각했다. 그러나 세월이 흐르면서 삶은 결코 명쾌한 것이 아님을 알아가기 시작했다.

프랑스 사회학자 마페졸리가 얘기했듯이 사회적 삶은 '에세이들'의 무한한 연속일지도 모른다. 에세이란 논리적이지 않고 결론이 없으며 형식에 얽매이지 않은 자유로운 글쓰기다. 즉, 삶은 논리적인 행위가 아니라 필연과 우연, 의도와 충동이 뒤섞여 어디로 가는지 모르게 흘러가는 강물처럼 다가오기도 하고, 의미 없고 결론 없는 행위들의 무한 반복처럼 보일 때도 있다.

삶의 목적이나 의미가 흐릿해질 때는 혼란스럽고 허망하기도 했다. 그러나 목적이나 의미는 앞으로 길게 이어지는 삶 속에서 조금씩 찾아가면 된다. 내 그릇만큼 알아질 테니……. 모든 것을 단번에 해결하려 하지 말자, 세월 속에서 겸손하게 살아가자고 마음먹으면서 생명의 꿈틀거림이 소중하게 다가왔다.

그 꿈틀거림은 일상 곳곳에서 발견되었다. 봄에 움트는 새싹들, 꽃들, 낙엽 깔린 길, 하늘의 뭉게구름, 청명한 공기, 봄비, 가을비, 지나가는 아이들의 순진무구한 표정, 아이를 부르는 엄마 목소리, 옆집에서 흘러나오는 된장찌개 냄새, 그리고 지지고 볶으면서 하루하루를 살아내는 수많은 생명들. 예전에는 별로 중요해 보이지 않던, 스쳐 지나가던 그런 것들이 모인 일상이 이제 생명이 싹트고 열매 맺고 뿌리내리는 황홀한 터전으로 다가왔다. 그리고 그것은 늘 '지금, 여기'에 존재했다.

침사추이 거리의 인파에 밀려 둥둥 떠다니며 정신이 몽롱해져도 나는 황홀했다. 인도에 가면 나는 누구인가, 나는 어디서 왔는가, 삶이란 무엇인가 등등의 철학적, 종교적 질문이 끝없이 가슴을 쳤다. 그 땅과 하늘이 사람들을 그렇게 만들었다. 그런데 홍콩에서 그런 의문은 들지 않았다. 그냥 나는 이렇게 존재하고 있을 뿐, 눈앞에 펼쳐지는 욕망과 이미지와 기호를 따라 휩쓸려 다닐 뿐. 그때 잘게 분화된 내 의식들은 나를 짓누르던 거대한 껍질들을 박차고 나와 하늘을 둥둥 떠다녔다. 자본주의적인, 너무나 자본주의적인 홍콩에서 나는 세상 탁 놓아버린 자유로운 여행자가 되었다. 생의 의미, 여행의 의미 그런 것 다 잊은 채 생명의 꿈틀거림을 타고 어디론가 가고 싶었다.

홍콩이 좋은 이유

홍콩이란 도시에 매력을 느끼기 전까지 내 삶을 끌고 가던 것은 미지의 세계에 대한 모험심이었다. 배낭을 메고 남이 안 가본 멀고 험한 곳에 도전하고 개척하는 행위가 나를 들뜨게 만들었다. 죽음의 위험도 두렵지 않았고 부모님의 걱정도 귀에 들어오지 않았다. 막막한 미래에 대한 불안감도 없었다. 그냥 살다 보면 어떻게 되겠지, 하고 싶은 일을 하다가 죽으면 그만이지, 이런 객기가 있었다. 피가 뜨거운 젊은 시절이었다.

그러다 홍콩에 끌리게 된 것은 지금처럼 도시의 매력을 알아서가 아니라 홍콩 영화의 막연한 이미지 때문이었다. 그 계기는 갑자기 내 삶과 세상이 영화처럼 보이게 되는 우울한 사건이다.

30대 중반, 중국에서부터 유럽까지 실크로드 여행을 마치고 돌아온 나는 또다시 중남미와 아프리카 여행을 계획하고 있었다. 그러나 중단할 수밖에 없었다. 그해 여름에 아버지는 중풍으로 세 번째 쓰러지셨고 그로부터 중환자실에서 6개월, 집에서 2년을 의식을 잃은 채 계시다 세상을 떠나셨다. 의식을 잃고 누워 있는 아버지와 그로 인해 모든 삶의 끈을 놓은 채 방구석에 웅크린 어머니를 보면서 나는 죄의식에 시달렸고 도피하고 싶었다.

부모님이 이렇게 무너지는 동안 나는 무엇을 했고, 앞으로 무엇을 할 수 있단 말인가. 이 모든 게 꿈이었으면, 꿈에서 깨어나 다시 옛날로 돌아갔으면. 나의 여행, 부모님과 함께했던 즐거웠던 어린 시절, 지금의 이 끔찍한 현실마저도 꿈같았다.

그 시절 내가 위로받은 장소는 편의점이었다. 늦가을 저녁, 병원에 계신 아버지 면회를 마치고 집으로 돌아오는 길의 불 밝힌 그곳은 얼마나 따스해 보이던지. 바깥 의자에 앉아 싸늘한 공기 속에서 차가운 맥주를 시린 가슴에 부어넣어도, 유리벽으로 흘러나오는 불빛은 따스하게 보였다. 이 얼마나 평화로운 세상인가.

“딸랑, 어서 오세요. 딸랑, 어서 오세요.”

세상의 고통으로부터 초연하게 되풀이되는 소리들, 언제나 탐스럽게 진열된 먹을거리들, 포근한 불빛. 나에겐 그곳이 현실이었다. 나머지는 모두 꿈이었다. 어쩌다 한 치 앞도 안 보이는 밤안개 자욱한 길을 걸어오다 보면 정말 꿈속을 걷는 것만 같았다.

AIA

사람은 고통을 감당하기 힘들 때, 스스로를 방어하기 위해 짐짓 현실을 무시하면서 미쳐간다. 그렇게 2년 반이 하루처럼 흘렀고 어느 늦가을날 아버지는 폐렴으로 돌아가셨다. 이 간단한 언급 속에 어린 힘든 순간들을 다시 글로 불러내고 싶지는 않다. 그 시절엔 몸이 움직일 때마다 마른 지푸라기가 비벼지는 삭막한 소리가 들려왔다.

이제 어디로 갈 것인가. 찬란했던 내 과거는 사라졌고 집안은 풍비박산이 되었다. 평생 죄인으로 살아야만 할 것 같은 그 암울한 시절, 우연히 홍콩 영화 〈중경삼림〉을 보는데 눈물이 났다.

기억을 통조림에 넣을 수만 있다면, 유통기한을 만년으로 하고 싶어.

그래, 그럴 수만 있다면. 내 젊은 시절의 즐거웠던 여행의 순간들, 부모님 품속에서 두려울 것 하나 없던 그 따뜻한 세상의 추억들이 천년 만년 갈 텐데. 한때 탕진했던 과거의 삶을 후회하지 않았지만 나는 현재의 내가 비루해 보이고 혐오스러웠다.

〈아비정전〉에서 장국영이 죽어가며 했던 말을 생각하면 잠을 이룰 수 없었다.

발 없는 새는 오로지 날기만 했어. 날다가 지치면 바람 속에서 잠이 들었지. 그 새는 평생 단 한 번 땅에 내려올 수 있는데 그때가 바로 죽는 날이었어.

한때 날아다녔으나 착륙한 나, 그러나 죽지도 못한 '발 있는 새'. 우연히 본 그때의 홍콩 영화들이 내게는 조그만 위안이었으며 도피처였다. 그렇게 방황하다가 나는 결혼했다. 다시 마음을 잡고 살고자 여행을 했고 글을 썼다. 현실에 뿌리를 내리고자 열심히 살았지만 삶은 고단했고 팍팍했다. 그때마다 종종 홍콩 영화를 보았다. 도피하고 싶어서였지만 꼭 그것만이 전부는 아니었다.

그 심정을 나는 언젠가 이렇게 표현했다.

> 무한대의 시공간에서 보니 현실도 물거품 같은 환상이었구나. 삶, 존재가 모두 꿈이요 환영이었다. 이 모든 환상을 현실로 알고 살아왔던 나. 그렇다면 꿈과 환영처럼 보이는 신화와 영화가 현실의 반열에 오르지 못할 까닭이 없다. 모든 현실이 다 꿈이요 환상이라면 반대로 모든 꿈과 환상도 다 현실인 것이다.

시간 속에서 허물어진 현실이 꿈처럼 보이는 순간, 꿈과 영화는 촉촉한 현실로 다가왔다. 꿈과 현실의 구분이 사라지자 이제 모든 게 현실이 되어갔으며, 현실은 다만 '팍팍한 현실'과 '촉촉한 현실'로 나뉘었다. 홍콩에는 촉촉한 현실이 곳곳에 숨어 있었고, 그래서 나는 홍콩을 좋아하게 되었다.

숭고한 생존과 밥벌이

〈첨밀밀〉

침사추이를 거닐다 보면 영화 〈첨밀밀〉의 장면들이 종종 떠오른다. 침사추이를 관통하는 네이던 로드에서 여소군(여명 분)은 처음 홍콩에 온 흥분을 가라앉히지 못한 채 뛰고 걸었었다.

〈첨밀밀〉은 1986년 3월 1일부터 1995년 5월 8일 타이완 국민가수 등려군의 사망일까지, 홍콩에 돈 벌러 온 대륙 출신 남녀의 9년간의 사랑 이야기다. 삶의 짙은 애환과 함께 그 시절 홍콩의 사회상도 생생하게 그려내고 있어 볼 때마다 가슴이 저릿해진다.

여소군과 이교(장만옥 분)가 만나던 맥도날드에 대한 글을 인터넷에서 보고 그곳을 찾아간 적이 있다. 청킹맨션 맞은편에 있는 페이킹 로드를 따라 100미터 정도 가니 오른쪽에 맥도날드가 보였다. 알려진 대로 여기가 과연 그들이 처음 만난 곳일까? 100퍼센트 확신할 수는 없었지만 이 영화의 상당 부분이 침사추이에서 촬영됐으니 그럴 가능성이 많아 보였다. 지하로 내려가니 바쁘게 움직이는 여점원들과 그 앞에 길게 줄을 선 이들의 모습은 영화 속과 다름없었다.

자리에 앉아 커피를 마시며 잠시 영화를 상상했다. 처음 와본 맥도날드에서 헤매던 여소군에게 영어학원을 소개해주고 커미션을 챙기던 이교. 그들의 인연은 여기서부터 시작되었다. 그 영화는 과거지만 사람들의 사연은 현재진행형이다. 일요일이었던 그날은 필리핀 사람들이 엄청나게 모여 있었고, 타갈로그어 소리가 개굴개굴 개구리 합창처럼 들려왔다. 영화 속의 주인공들이 그랬듯이 이들도 모두 '홍콩 드림'을 안고 온 사람들이다.

여소군이 이교를 자전거에 태우고 첨밀밀 노래를 부르며 달리던 캔턴 로드도 이 근처에 있다. 영어학원 수업을 마치고 여소군은 차가 있다며 이교를 데리고 나온다. 자전거를 본 이교는 "홍콩에서는 이런 걸 차라고 하지 않고 자전거라고 해"라며 황당해했지만, 캔턴 로드를 달리며 둘은 행복했다. 이 거리에는 지금 홍콩 최대의 쇼핑몰 하버 시티가 있는데, 종종 허름한 옷을 걸친 사내들이 자전거를 타고 그 앞을 달려간다. 노인도 있고, 중년도 있고, 젊은이도 있다. 그중에는 아마 〈첨밀밀〉의 여명처럼 대륙에서 돈 벌러 온 이도 있을 것이다. 화려한 거리 한구석에 우두커니 서서 어울리지 않는 그런 풍경을 보노라니 가슴이 짠해졌다. 영화 속 풍경은 지금 현실에서도 반복되고 있었다.

> "돈 벌면 홍콩으로 이사하고 엄마 집도 사드릴 거야. 홍콩에서는 목숨 걸고 한다면 뭐든 할 수 있어. 중국 남자와 결혼하면 모든 게 허사지만." (이교)
>
> "홍콩 사람들의 20퍼센트는 대륙 사람들일 거야. 아니 그보다 더 많을걸. 하지만 무시당할까 봐 말들을 안 하지."(이교)
>
> "우리 고모가 그러는데 대륙 사람들은 등려군을 좋아하면서도 등려군 노래 테이프를 안 산대. 대륙 사람이라는 게 들킬까 봐."(여소군)

동병상련하며 악착같이 일하던 그들은 점점 깊은 사랑을 하게 되지만, 여소군의 약혼자를 생각하며 죄책감을 느낀다. 결국 이교는 여소군에게 냉정하게 얘기한다.

"여소군 동지, 내가 홍콩에 온 목적은 네가 아니야. 네가 홍콩에 온 목적도 나 때문이 아니야."

참 가슴 아픈 얘기들이다. 헤어진 그들이지만 인연은 계속 파란만장하게 이어지고, 마침내 뉴욕에서 맺어지며 해피엔딩으로 끝난다. 이들의 삶은 과연 영화 속 허구에 불과한 걸까? 아닐 것이다. 홍콩에 돈 벌러 온 수많은 대륙인들은 이 영화에서 자신들의 모습을 보며 눈물을 흘렸을 것이다. 괄시 속에서도 한 푼이라도 더 벌려 애쓰며 작은 꿈을 키우는 모습들. 자본주의의 단맛 속에서 희망을 가꾸지만 냉혹한 현실

복잡한 시스템과 빠른 속도에
구멍을 내는 이 풍경들은
얼마나 사랑스럽고 통쾌한지.

속에서 좌절하는 모습들. 그 속의 애절한 사랑 이야기들.

비단 그들만의 얘기가 아니라 우리의 모습이기도 하다. 지독히도 가난했던 시절에 도시로 와서 고생하던 사람들, 멀리 서독까지 돈 벌러 갔던 광부들과 간호사들, 또 지금 한국에 와서 일하는 이주노동자들, 그리고 한때 훨훨 날아다녔지만 어떻게든 현실에 뿌리내리고 살아보려 돈, 돈, 돈 하면서 살아가는 내 모습이다. 나도 영화 속 주인공 여소군과 다를 바 없다. 그는 닭 배달을 하고 나는 글 배달을 하며 살아간다. 다들 비슷하지 않은가. 초라한 자전거를 타고, 뒤에 아내를 태우고, 아이들을 태우고 이 현란한 세상을 비틀거리며 달리고 있다.

그 뒤에도 나는 캔턴 로드에 오면 거리 한편에 우두커니 선 채 이교를 태우고 자전거를 달리던 여소군을 떠올렸다. 또한 최첨단 도시의 화려함에 감탄하기보다는 지저분하고 어수선한 골목, 세계 각지에서 몰려들어 땀을 흘리는 초라한 사람들의 모습에서 작은 감동을 느꼈다. 생존과 밥벌이는 숭고한 것이다.

자본주의적인,
너무나
자본주의적인

청킹맨션 · YMCA 호텔

혼자 홍콩에 올 때면 나는 종종 침사추이에 있는 청킹맨션重慶大廈에 묵는다. 홍콩에서 가장 저렴한 숙소이면서 추억이 있는 곳이기에 그렇다. 영화 〈중경삼림〉의 무대인 이곳에 들어서면 영화 속 풍경이 그대로 펼쳐진다. 임청하가 마약을 운반하는 인도인들을 밥 먹이던 조그만 인도 음식점들은 여전히 번잡하고, 배신자를 찾아다니던 비좁은 골목들도 그대로 남아 있다. 금성무가 범인을 잡느라 격투를 벌일 때의 혼잡스러운 풍경도 여기에서는 일상이다.

원래 청킹맨션은 1960년대만 해도 부자들의 아파트였다. 그러다 건물이 오래되고 낡아지자 점차 저소득층이 거주하기 시작했으며, 베트남전 후반부터는 미국 선원들이 매춘부들과 쾌락을 즐기러 가는 소굴로 전락했다. 이후 저렴한 숙소가 생겨나며 배낭여행자들과 이주노동자들이 몰려들었고 그들을 위한 인도나 파키스탄 음식점들도 들어섰다. 홍콩 정부는 이 건물을 강제 매입해 재건축하려 하지만 개인 소유자들이 너무 많은 탓에 서류 전달조차 쉽지 않다고 한다. 현재 이 낡은 건물에는 벌집처럼 비좁은 게스트하우스와 가내공장 들이 가득해서 요즘의 여행가이드북은 이곳을 '더럽고 낡고 위험한 곳'이라 평하기도 한다.

하지만 내가 처음 머물렀던 1988년, 청킹맨션은 세계 각국에서 온 가난한 배낭여행자들의 집합소였다. 인도 음식점에서는 카레 냄새가 확 풍겨왔고, 조그만 환전소 앞은 이주노동자들로 북적거렸다. 청킹맨션에는 여러 구역이 있는데 나는 A블록 16층에 있는 트래블러스 호스텔에 묵었다. 그때 일기장을 보면 도미토리 숙박비가 1박에 30홍콩달러, 그러니까 당시 환율로 약 2,700원이었다. 싼 가격에 걸맞게 어두컴컴하고 좁은 공간에 2층 침대가 10여 개 놓여 있다. 온갖 피부색의 사람들과 함께 침대에는 배낭과 옷가지들이 어지럽게 펼쳐져 있었다. 당시 초보여행자였던 나는 이 방에 들어서는 순간 짜릿한 흥분을 느꼈다. 부엌에는 간단한 조리기구가 있어서 라면을 끓여 먹으며 많은 친구도 사귀었다.

그리고 20여 년이 지난 2011년 9월에 다시 가보니, 리노베이션이 끝난 청킹맨션에는 배낭여행자뿐 아니라 중국, 동남아, 서남아, 아프리카에서 온 사람들도 몰려들어 어디나 만원이었다. 간신히 구한 싱글룸은 좁았지만 방값 비싼 홍콩에서 200홍콩달러, 약 28,000원이라는 가격에 만족했다.

그런데 화장실이 좁아도 너무 좁았다. 구석에는 세면기, 가운데는 변기가 있는데 발 디딜 틈조차 없었다. 미닫이문을 닫으니 코가 벽에 닿을 지경이고 몸은 문과 벽에 닿는다. 닭장도 이런 닭장이 없다. 인도에서도, 동남아에서도, 아프리카에서도 이것보다 더러울망정 이렇게 좁지는 않았다. 모든 게 좁고 작은 도쿄나 런던보다도 훨씬 더하다. 땅값이 비싼 홍콩이기에 공간을 쪼개고 또 쪼개서 쓰는 거다. 샤워 한번 하려면 묘기를 부려야 했다. 한쪽 다리를 변기통 너머에 놓고는 간신히 무릎을 O자로 구부려 오랑우탄처럼 엉거주춤하게 섰다. 이게 무슨 쇼인지. 기가 막혀 웃음이 터져나왔다. 그 자세로 물이 줄줄 새는 샤워기로 온몸에 물을 뿌려댔다. 그래도 따스한 물이 나오니 다행이었다.

샤워를 마치고 침대에 누우니 아늑하다. 여태까지 묵어본 청킹맨션 숙소 가운데 가장 좁은 방이지만 있을 것은 다 있다. 선풍기로 빨래도 말릴 수 있고 휴대전화 충전도 할 수 있고 인터넷 와이파이도 잘 잡힌다. 무엇보다도 이 방에는 창문이 있었다. 벌집 같은 곳에서 하늘을 볼 수 있다는 것은 행운이다.

느긋한 마음으로 차분하게 일기를 쓰려는데 갑자기 따르르릉 화재경보가 울려댔다. 이게 뭐야, 불이 났나? 부리나케 노트북과 카메라를 챙겨서 나와보니 복도가 고요하다. 종업원을 찾으려 해도 인적이 뚝 끊겼다. 시계를 보니 밤 10시. 엘리베이터 앞으로 가니 웬 서양인 사내가 다급한 표정으로 두리번거리고 있었다.

"이게 무슨 소리예요?"

"글쎄요. 나도 모르겠어요. 화재경보 같은데."

계단을 따라 내려가는데 어느 게스트하우스의 카운터에 사람이 보였다. 중국인 중년 사내였는데 안쪽에서 이불을 펴는 중이었다.

"혹시 지금 이게 무슨 소리인 줄 알아요?"

사내는 힐끗 쳐다보더니 투박한 영어로 대꾸했다.

"몰라요. 우리 집에서 나는 게 아니니까, 난 몰라요."

자리에 길게 누우며 말하는 표정이 하도 무심해서 기가 막혔다. 우리 집이 아니니까 더 위험한 거 아닌가. 할 수 없이 1층으로 가보니 경비원이 황급히 발걸음을 옮기고 있다.

"이게 무슨 소리예요. 불났어요?"

"아뇨, 별일 아니에요. 물 문제예요. 물."

물? 그는 별일 아니라면서도 어디론가 뛰어갔다. 이거 뭐, 어떻게 돌아가는지. 자꾸 물어보는 나만 이상한 사람 같아 방으로 돌아와 '에라, 모르겠다' 하고 누웠다. 다행히 화재경보는 30분쯤 지나자 잠잠해졌고 아무 일이 없기에 마음을 진정하고 일기를 썼다.

홍콩의 숙소는 한 치의 오차도 없이 돈만큼 서비스를 제공하는 너무나 자본주의적인 현장이다. 단순히 주머니 사정 탓에 이런 누추한 곳에 누워 있다면 서글펐겠지만, 풋풋한 시절의 추억이 있고 미래의 꿈이 있기에 엎드려 글을 쓰는 시간이 행복했다.

■

몇 달 뒤 아내와 홍콩을 다시 찾았다. 오래전 어느 싸구려 숙소에서 아내를 크게 고생시킨 일이 있었던 터라 이번에는 큰맘 먹고 침사추이의 YMCA 호텔을, 그것도 바다를 향해 창이 활짝 트인 고급 객실을 예약했다. 그런데 막상 가보니 그 방이 다 찼다며 오히려 스위트룸을 내주는 게 아닌가.

살다 보니 이런 행운도 있구나. 호텔 12층 스위트룸은 천국이었다. 창밖으로 불 밝힌 유람선이 검푸른 밤바다 한가운데를 미끄러져 가고, 바다 건너편에서는 홍콩 섬의 빌딩들이 반짝거렸다. 아내는 흥분해서 어쩔 줄 몰랐다. 침실과 거실을 따로 갖춘 넓디넓은 스위트룸, 거실에는 긴 소파와 책상이 있고 바나나와 오렌지가 그득 담긴 바구니도 놓여 있다. 텔레비전도 침실과 거실에 따로 있다. 사실 침사추이의 특급 호텔들에 비하면 이 호텔은 수수한 곳이다. 그런데도 이렇게 좋아하는 아내를 보니 돈을 벌고 싶었다. 돈 많은 부르주아지의 삶이란 얼마나 평화로울까.

부드러운 소파에 몸을 푹 파묻자 그동안 묵었던 방들이 꿈처럼 여겨졌다. 우리는 냉장고 속 캔맥주로 이날을 자축하기로 했다.

"웰컴 투 홍콩, 앤드 해피 뉴 이어!"

홍콩의 야경을 내려다보며 음력설 새벽을 맞았다. 15년간의 결혼 생활 동안 상상할 수 없던 순간이었다. 세상은 한없이 평화롭고 아름다웠다.

아내가 잠들자 나는 거실 창 앞에 우두커니 서서 밖을 내다보았다. 홍콩은 자정이 넘어도 여전히 불야성이다. 오른쪽 밑을 내려다보니 쇼핑몰이자 호텔인 1881 헤리티지의 야경이 보인다. 마치 유럽의 어느 궁전 같다. 넓은 계단과 통로에 들어선 상점들, 분수대, 금빛 조각상들. 그리고 커다란 빌딩 벽에서 거리를 내려다보는 광고판의 여인. 홍콩 거리를 걷다 보면 수없이 마주치는 거대한 간판이다. 가슴까지 늘어진 화려한 목걸이, 찰랑거리는 귀걸이가 빛나고 있다.

나는 잠시 월가에서 세상을 내려다보며 돈을 주무르는 1퍼센트가 되어본다. 저 밑에는 한 푼을 위해 아등바등 살아가는 사람들이 있다. 짝퉁 명품시계를 파느라 하루 종일 사람을 붙잡는 인도인들, 러시아워에 정신없이 출퇴근하는 홍콩 시민들, 청킹맨션의 닭장에서 쓰러져 잠든 가난한 배낭여행자들과 아프리카 상인들……. 나는 그들로부터 벗어나 세상을 내려다본다. 저 여인도, 저 여인이 끼고 걸친 보석들도 다 내 것 같다.

물론 이것은 허위의식이다. 온갖 화려한 간판과 이미지에 도취되어 있다가 깨는 순간이 있다. 하루 종일 추적추적 비 내리는 거리를 걷다가 허름한 음식점이나 북적이는 맥도날드에서 한 끼를 간신히 때우고, 지하철에서 사람들과 부대끼고, 비좁은 닭장 같은 게스트하우스에서 남은 돈을 세고, 돌아가서 통장에 메꿔넣어야 할 액수를 생각할 때, 문득 누추한 나의 현실로 돌아오며 가슴에 그늘이 진다.

홍콩은 수많은 얼굴을 갖고 있다. 어디나 그렇지만 특히 홍콩에서는 돈 있으면 화려하나 돈 없으면 누추하고 피곤하다. 달콤하면서도 쓸쓸하고, 흥청거리다가도 소외감이 느껴진다. 그러나 그런 것들을 모두 맛볼 수 있다는 것이 이 도시의 매력이기도 하다.

아침이 찾아오면

여행을 하다 보면 불편한 잠자리에 잠을 설칠 때가 종종 있다. 하루는 뒤척이다가 새벽 거리나 돌아보기로 했다.

새벽 5시, 1월의 새벽은 어둑하고 싸늘했다. 벌써 문을 열고 있는 작은 잡화점, 술병을 들고 다니는 흑인 사내들, 텅 빈 거리를 물방개처럼 돌아다니는 빨간 택시들, 길바닥에 엎드려 토하는 여자의 가는 등을 두들겨주는 남자. 새벽까지도 이 거리는 잠들지 않고 있다.

캐머런 로드의 24시간 맥카페로 가니 수십 명이 앉아 있다. 밤보다 오히려 사람이 더 많은 것 같다. 샌드위치와 핫초코를 앞에 두고 주위를 둘러본다. 배낭을 옆에 둔 한 사내가 신문을 보고 있다. 옆머리는 빡빡 밀고 뒤에 조금 남은 머리를 묶어 올린 모습이 마치 청나라에서 시간여행 온 만주족 같다. 어디서 온 친구일까? 모르겠다. 그냥 흐릿하게 남겨두고 싶다. 앞자리 긴 탁자의 높은 의자에는 한 여인이 앉아 있다. 상체는 벽에 가려져 있고 미끈한 다리만 보이는데 털장화가 유난히 눈에 띈다. 그녀가 황인인지, 흑인인지, 백인인지, 나이가 몇인지, 얼굴이 어떤지는 알 수 없다.

다른 도시에서라면 타인의 정체가 궁금하겠지만 홍콩에서는 그렇지 않다. 그냥 보이는 만큼만 본다. 이미지의 파편이 난무하는 홍콩에서는 나도 모르게 그렇게 된다. 피곤해서인지도 모른다. 중년의 홍콩 남자가 들어와 고독하게 햄버거를 먹으며 신문을 뒤적인다. 밤샘 일을 끝내고 온 듯하다. 피로가 묻어난다.

밖으로 나왔다. 한밤의 번쩍거림과 흥청거림이 사라진 침사추이의 아침 거리는 화장을 지운 여인의 얼굴처럼 누추하다. 지하철역 부근에서는 팍팍한 삶이 시작되고 있다.

제복을 입은 노인들이 무가지를 돌리고 출근하는 사람들은 잰 발걸음으로 정신없이 걷는다. 구룡공원에서 뻗어나와 하이퐁 로드로 드리워진 거대한 나뭇가지들은 신령스러운 모습인데, 그 밑을 걷는 사람들은 정신이 없다.

밤이 여행자를 위한 시간이라면 아침은 현지인의 삶이 드러나는 시간. 여행자에게 홍콩은 관광지지만 현지인들에게는 생존을 위한 전쟁터다.

여행자인 나는 느긋하게 타인의 바쁜 삶을 구경한다. 이것은 여행자의 특권, 하지만 돌아가면 나 또한 팍팍한 삶이 기다리고 있기에 '허약한 특권'일 뿐이다. 저 바쁜 홍콩 사람들이 서울에 여행 오면 이번에는 그들이 우리네 삶을 구경하겠지.

그래, 여행은 서로가 서로를 구경하는 것이다.

그곳은 현지인들에게 팍팍한 생존경쟁의 터전이다.
여행자였던 나에게 그 땅은
과거와 현재, 현실과 이미지가 뒤섞인
'추측한 현실'로 들어가는 비밀스러운 통로였다.

도시에서 살아남는 법

홍콩인들은 정교한 시스템 속에서 매우 빠른 속도로 살아간다. 한번은 완차이 역 근처에 있는 베이커리 카페 델리프랑스에서 아침을 먹으며 놀란 적이 있다. 긴 줄에서 주문도 착착, 음식 나오는 것도 착착, 계산도 착착. 마치 공장에서 부품 생산하듯이 엄청난 속도로 전 공정이 이루어졌다.

만약 그 긴 줄에서 무언가를 생각하다가, 혹은 누군가에게 무엇을 물어보다가 잠시라도 지체한다면 당장 진행 과정에 이상이 생긴다. 숨 가쁘게 주문하고, 숨 가쁘게 받고, 숨 가쁘게 먹어야 한다. 홍콩 사람들은 평소에도 밥을 엄청나게 빨리 먹는다는 얘기를 들었다. 시간이 돈이

기에 모두 그렇게 바쁘게 산다는 거다. 언젠가 출근 시간에 지하철역 안에서 길을 잘못 들어 방향을 틀려다 몹시 놀란 적도 있다. 거센 파도처럼 밀려오는 인파에 당황해서 간신히 기둥 뒤로 몸을 피했다. 서울도 붐비지만 홍콩에 비할 바는 아니었다.

빠른 속도는 사람들을 강박적으로 만든다. 청킹맨션 인근에는 저렴한 게스트하우스와 서민 거주지가 섞여 있는 미라도 아케이드가 있다. 여기서도 머문 적이 있었는데 이곳 주민들은 하나같이 엘리베이터를 차분히 기다리지 못하고 단추를 쿡쿡쿡 서너 번씩은 눌러댔다.

홍콩 도심에서는 소음이 끊이질 않는다. 밤에도 그렇다. 미라도 아케이드 12층 방의 창문을 열면 엄청난 소음이 파도처럼 밀려왔다. 땅과 건물들의 합성에 골과 내장까지 흔들리는 것 같았다.

그리고 홍콩에는 수많은 기호들이 있다. 지하철 안 전광판은 기온을 나타내는 숫자와 함께 구름과 비 그림이 날씨를 알려준다. 길을 찾느라 두리번거리다 보면 눈길 가는 곳마다 방향 표시와 지도가 있다. 또한 어딜 가나 규칙을 어길 경우 벌금을 부과한다는 경고가 보인다. 지하철역 안에서 담배를 피우면 최대 5,000홍콩달러, 지하철 안에서 음식을 먹거나 음료수를 마시면 최대 2,000홍콩달러, 비상벨을 잘못 누르면 5,000홍콩달러. 홍콩은 이런 규칙과 벌금으로 질서를 유지한다.

이렇게 바쁘고 조이고 시끄러운 환경에서는 금세 피곤해지고 깊이 생각하기가 싫어진다. 나 역시 그랬다. 예를 들면 어디를 찾아갈 때 처음에는 정신을 바짝 차리고 지도를 보며 찾아가지만 나중엔 아무 생각 없이 표지판을 보는 게 마음 편했다. 곳곳에 상세한 표지판이 있으니까. 이런 상황에서는 내 위치, 자신에 대한 성찰보다는 이미지, 기호, 규칙, 매뉴얼을 따라가면서 행동하는 게 속 편하다. 복잡하고 현란한 사회에서 너무 깊이 자신을 들여다보면 에너지가 소진된다. 그래서 홍콩에서 무협소설, 무협영화, 갱영화 등 판타지가 발전한 건지도 모른다. 현실을 떠나 환상으로 도피하고 싶어서.

그런데 우리도 점점 홍콩의 모습을 닮아가고 있지 않은가. 속도와 경쟁에 휘말리는 세상에서, 이런 도피는 피곤한 나를 지키기 위한 생존 전략이며 동시에 허약해지는 우리들의 서글픈 모습이다.

ASSOCIATED CONSULTANTS & SURVEYORS LTD.
聯生顧問公證有限公司
中怡工程有限公司

© 이지혜

나의 공간은 얼마나 될까

언제부터인가 홍콩의 맥도날드는 거의 다 맥카페로 바뀌었는데, 커피가 조금 더 고급화되고 간단한 요깃거리와 디저트까지 갖춰져서 시간을 보내기 좋았다. 그런데 맥카페에는 신문이나 책, 노트북을 펴놓고 4인용 자리를 혼자 차지한 사람들이 종종 눈에 띈다. 한번은 양복을 입은 한 사내가 햄버거와 콜라를 들고 망설이다가 여자 혼자 앉아 있는 4인용 자리로 가서는 실례한다는 말도 없이 그냥 앉는 것을 보았다. 순간, 여자 눈썹이 찡긋 올라가며 안색이 변했다. 자기 영역이 침범당했다고 느낀 여자는 벌떡 일어나 나가버렸다.

누가 잘못한 것일까? 4인용 자리를 자기 공간처럼 생각한 여자?

아니면 실례한다는 말을 하지 않은 남자? 그런데 이런 사적 공간도 인해전술 앞에서는 다 무너진다. 주말이면 중국 대륙이나 외국에서 온 관광객들, 필리핀 이주노동자들이 밀물처럼 밀려들어 빈자리를 치고 들어간다. 자리가 없는 사람들은 서서 먹을 정도니 잘게 나뉘었던 사적 공간은 자연스럽게 무너진다.

상황이 묘할 때도 있다. 어느 주말에 스타벅스에 가니 사람이 많았다. 마침 2인용 빈자리가 보여 우선 내 짐을 의자에 내려놓고 카운터로 가 커피를 주문했다. 나올 때까지 기다리며 내 자리를 지켜보는데, 그 옆의 시럽이 놓인 곳에 있는 보온병 물을 자기 컵에 따라 커피믹스를 타던 동양인 여자가 내 자리를 쳐다보았다. 다른 곳도 둘러보았으나 자리가 없자 내 짐이 놓인 자리 맞은편에 와 앉았다. 그러고는 잠시 뒤 카운터에 가서 파이를 갖고 돌아왔다.

어찌해야 하나? 탁자를 사이에 놓고 같이 앉아야 하는데 그건 나도 불편하다. 그럼, 다른 데로 피해야 하나? 그러나 빈자리가 전혀 없다. 그리고 내가 먼저 맡은 자리 아닌가? 그렇다고 비켜달라고 하기도 그렇고. 그래, 오늘은 사람 많은 토요일이니 그냥 합석하자.

커피를 들고 내 자리로 가니 여자는 놀란 척한다. 마치 내 짐을 못 보았다는 듯이. 그러나 나는 그 과정을 다 지켜보았다. 나는 괜찮다는 표정을 짓고 웃으며 앉았다. 내가 미안한 게 아니라 그녀의 실례를 받아들인다는 뜻이었다.

나는 조용히 일기를 쓰고, 그녀는 중국어 신문을 보았다. 그런데

언제부턴가 그녀의 신문 넘기는 소리가 심상치 않았다. 삐딱하게 앉아서 탁, 탁, 탁, 탁 신경질적으로 신문을 보지도 않고 계속 거칠게 넘기기만 한다. 세어보니 10번, 20번…… 계속 그런다. 이건 나에게 보내는 신호다. 순간 화가 치솟았다. 그러나 싸운들 무엇하랴. 나는 그녀에게 들으란 듯이 헛기침을 한 다음 자리를 박차고 벌떡 일어나 나왔다. 그녀는 조용히 숨죽인 채 앉아 있었다. 내가 나가서 속이 시원했을까, 아니면 나의 행동에 쫄았을까, 불쾌했을까? 모르겠다.

화가 났지만, 나는 기분 나쁜 일은 빨리 털어버리는 편이다. 화를 가라앉히고 나니 의문이 들었다. 혹시 홍콩에서는 자기 소지품을 빈자리에 먼저 놓고 주문을 하는 것이 비상식적인 일일까? 그렇다면 내 잘못이지. 그런데 그녀도 우습다. 스타벅스에 커피믹스를 가져와 타 마시다니. 그런 이기적인 심보로 자리를 차지하면 내가 물러갈 줄 알고 그냥 들이댄 것일까? 나중에 홍콩에서 오래 체류한 몇몇 사람들에게 물어보니 그녀의 행동이 홍콩 사람들의 일반적인 태도는 아니라고 했다.

어쨌든 홍콩인들은 사적 영역 침범에 매우 예민하게 반응해서 '익스큐즈 미'나 '쏘리'를 입에 달고 살고 가끔은 도를 넘은 신경질적 반응을 보인다. 이는 우리의 모습이기도 하다. 홍콩이든 뉴욕이든 도쿄든 서울이든, 대도시 사람들은 파르르르 떨면서 살아간다. 사람이 좋다, 나쁘다 문제가 아니라 좁은 공간과 밀도 탓이다. 여기서 적절한 에티켓은 서로를 편하게 해주지만 너무 지나치고 예민해지면 '문명병'이 되는 것 같다. 고의가 아닌 약간의 마찰은 무심하게 넘어가는 나라도 많다. 우리는 그걸 관용, 너그러움이라 부르는데 대도시에 사는 사람들에게서는 그것이 부족해 보인다.

19세기 중반, 대도시 베를린에서 태어나고 활동한 유태계 독일 사회학자 게오르그 짐멜은 대도시인들이 '신경과민 상태'라 말한다. 너무 복잡하고 빠른 변화 속에서 수많은 사람들과 접촉하다 보면 피곤해지고, 아무에게나 속마음을 보여주면 상처받기에 타인에게 거리를 두고 무관심하며, 끈적끈적한 관계를 싫어한다. 우리보다 훨씬 먼저 근대화를 겪은 독일의 베를린은 이미 150여 년 전에 그랬나 보다.

그런데 시골이 고향인 사람들로부터 종종 이런 이야기도 듣는다.

"고향이 좋긴 하지만 부담스럽기도 해요. 서로 너무 잘 알고, 남의 눈을 의식해야 하고, 서로 비교하고…… 답답한 면도 많아요. 반면 도시는 익명성 속에서 누리는 자유가 있지요. 복잡하고 짜증 나는 면도 있지만요."

그런 것 같다. 이제 우리는 남들의 간섭, 다 함께 지켜온 관습의 얽매임도 싫은 시대를 살아가고 있다. 그래서 짐멜은 대도시의 부정적인 면을 냉정하게 분석하면서도 대도시를 좋아했다. 대도시인의 자유와 거기서 피어오르는 문화 때문이었으리라. 우리 역시 그런 양면성 속에서 살아가는 거겠지. 싫든 좋든, 환경에 적응하면서 균형을 찾아야 하는 것이 도시인들의 운명인가 보다.

쇼핑족의 사원

하버 시티

쇼핑에는 관심 없는 나지만 그래도 아내와 함께 여행하면서는 맞춰주려 한다. 인도로 가는 길에 잠깐 홍콩에 들렀을 때 아내가 가장 먼저 가보고 싶어 한 곳은 이케아였다.

"이케아가 뭔데?"

"스웨덴 브랜드의 가구, 인테리어 소품점이야. 인터넷에서 보았는데 볼 만하대."

가보니 침대, 소파, 책상, 주방 용품, 욕실 용품 등등 온갖 것들이 있다.

"어쩜 이렇게 예쁠까? 이런 것 집에다 놓고 쓰면 좋겠다."

아내는 하나하나 만져보고, 감탄하고, 비치된 줄자로 크기도 재보았다. 넓은 매장이라 시간이 꽤 걸렸다. 그런 것에 무심한 나는 그저 아내 뒤만 졸졸 따라다녔지만 점점 피곤해졌다.

"이제 그만 나가자. 홍콩에 볼 게 얼마나 많은데. 다른 쇼핑센터도 많고."

사실이 그랬다. 이런 식으로 보면 이케아 하나 보는 데 한나절, 다른 쇼핑센터 보는 데 또 한나절이다. 그러면 몇 주일을 머물며 보아도 충분치 않은 곳이 홍콩이다.

다음에 간 곳은 코즈웨이 베이 역 근처에 있는 타임스 스퀘어. 엄청나게 북적이는 이곳에도 아내 눈길을 잡아끄는 상품들이 수없이 많았다. 1, 2층을 정신없이 오가며 보고 또 보고, 지하로 내려가 고급 식료품 매장인 시티 슈퍼도 구경했다. 식자재에 관심이 많은 아내는 이것저것 만지작거리며 감탄했다.

"아, 이런 것들 사다가 만들어 먹으면 좋을 텐데."

그러나 한 달 반의 인도 여행을 앞둔 우리로서는 홍콩에서 산 물건 보따리를 들고 다닐 수도 없었고, 돈의 여유도 없었다. 이어 명품 가게들이 즐비한 리가든스, 보석집 초우타이푹周大福 등을 돌며 눈요기만 했다.

이곳저곳 돌아보다 마침내 홍콩 최대 쇼핑몰 하버 시티Habour City로 왔다. 역시 대단했다. 온갖 종류의 명품은 물론 보석, 가전제품, 화장품, 옷 등등 수많은 상품들과 레스토랑, 카페 등이 즐비하다. 확실히 화려하고 반짝거리는 것들은 사람을 들뜨게 한다. 공기도 쾌적하니 그냥 구경만 해도 눈이 즐거워진다. 아내는 지치지도 않고 구경하고 또 구경하는데 나는 조금씩 힘이 빠지기 시작했다. 그러다 우연히 배낭 가게가 눈에 띄어 구경해보자고 들어갔는데 아내가 말했다.

"저 배낭, 한국에는 없는 건데 당신 하나 샀으면 좋겠어."

"필요 없어."

"지금 배낭 고장 났잖아."

하긴, 십여 년을 메고 다닌 배낭인데 지퍼가 말을 잘 안 듣는다. 여행 중 고장 나면 큰일이긴 하다. 고민하다가 15만 원쯤 하는 배낭을 결국 사고 말았다. 미안했다. 아내를 위해서는 하나도 사지 않고 내 배낭만 달랑 샀으니.

저녁을 먹고 나서 우리는 바닷가에 있는 스타의 거리로 갔다. 벤치에 앉아 야경을 바라보는 아내 얼굴이 초췌하다. 떠나기 전 피곤하고 아팠던 데다가 하루 종일 돌아다닌 탓이었을까.

아내는 쓸쓸히 말했다.

"홍콩은 볼 게 참 많아. 그런데 가끔 허무하고 쓸쓸해."

"……."

"어딜 가나 사고 싶은 게 많아. 그런데 다 살 수 없잖아. 그래서 내 처지를 알게 되어 울적해."

미안하고 안쓰러웠다. 그동안 나와 함께 살며 고생이 참으로 많았는데 중년이 되어가는 지금도 이런 처지라니.

나는 몇 백 원, 몇 천 원을 벌기 위해
땀 흘리는 사람들이 좋고
몇 천 원의 소비에 행복해하는 사람들이 좋다.
그리고 속의 세계를 빠져나와
가끔 추억과 상상 속에서
살아가는 사람들이 좋다.

"그래, 우리 돈 많이 벌어서 다음번에 홍콩에 올 때는 마음껏 즐기자. 조금만 더 힘내."

한동안 쉬다가 숙소로 돌아오는 길에 앞으로 인도 여행에서 입을 티셔츠를 샀다. 세일해서 두 벌에 120홍콩달러, 우리 돈으로 한 벌에 만 원도 안 한다.

숙소로 돌아온 아내는 이내 곤히 잠들었다. 책상에 펼쳐진 아내의 일기장에서 이런 대목이 눈에 들어왔다.

> 정말 홍콩엔 없는 게 없다. 그러나 화려한 빌딩 사이의 골목과 그 뒤에는 칙칙하고 초라한 홍콩인들도 많이 보인다……. 홍콩에서는 공기처럼 돈이 필요해. 그러나 남의 정신으로 살지 말고 나의 정신으로 살아야지. 마음이 더 중요해. 이것 느끼고 가는 것만 해도 어딘가.

그래, 남의 정신으로 살지 말고 우리의 정신으로 살아야지. 그런데 과연 물질이란 무엇이고 마음이란 무엇일까? 남의 정신은 무엇이고 나의 정신은 또 무엇일까? 이 거대한 판 위에서 그 구분을 할 수 있을까?

곰곰이 생각하면 온갖 상품들이 가득 찬 거대한 쇼핑몰은 소비에 몰두하는 현대인들의 사원이다. 사원이란 당대의 가장 가치 있는 상징들의 집합소다. 고대인들은 사원에 신의 조각을 안치하고 부조와 경전을 새겨넣었다. 대중은 그곳에서 그 시대의 가장 중요한 상징들을 보며 위안받고 거대한 존재와의 합일을 꿈꾸었다.

그런데 오늘날 대중의 가슴속을 관통하고, 일상에서 가슴 설레게 하는 것들은 멋진 상품들 아닌가. 자본주의자도 공산주의자도, 서양인도 동양인도, 어떤 종교를 믿는 이들이건 웬만큼 가치관이 확실하지 않은 이상 아름다운 명품 앞에 서면 가슴이 콩닥거리면서 황홀감에 빠진다. 그러나 그 모든 것을 소유할 수 없기에 결핍감과 소외감도 따라온다. 쇼핑의 즐거움과 함께 결핍감을 느끼며 살아가는 것은 현대인의 보편적인 현상 같다.

그나저나 그렇게 많은 쇼핑몰을 돌아다니고도 아내를 위해 산 것은 달랑 몇 천 원짜리 티셔츠 한 장. 미안할 뿐이다.

이미지를 즐겨라

심포니 오브 라이트

빅토리아 항에서 펼쳐지는 심포니 오브 라이트The symphony of lights가 볼만하다 해서 저녁에 스타페리 선착장으로 갔다. 8시에 시작하지만 7시 30분부터 수많은 사람들이 근처 전망대에 자리를 잡고 있었다.

몇 번씩 본 홍콩의 야경이지만 정말 황홀하다. 바다 건너편은 다른 세상, 꿈나라 같다. 사람들은 잠시 야경에 도취되어 현실의 누추함과 복잡함을 잊는다. 현실이 각박할수록 가끔은 잊어야 한다. 그렇지 않으면 뇌가 너무 과열되거나 스스로 몰락한다. 그래서 나는 순박한 아이로 돌아가 마음을 비운 채 와, 와, 와 감탄하며 홍콩의 야경에 도취되고 싶었다.

드디어 8시, 유창한 영어로 안내방송과 음악이 울려 퍼지고, 건너편 홍콩 섬의 빌딩들에서 서치라이트가 하늘로 뻗어나가기 시작했다. 빌딩을 소개할 때마다 빌딩이 그에 응답하듯 불빛을 허공으로 쏘아댄다. 그런데 이런 공연은 원래 기다릴 때와 처음 시작할 때가 좋지 조금만 시간이 지나면 반복되는 패턴에 흥이 사라진다. 사람들의 탄성도 별로 없는 가운데 불빛 쇼는 15분 만에 끝났다.

나는 쇼를 보다가 어느 순간부터 멀리 배경처럼 보이는 글로벌 기업들의 간판을 찬찬히 훑어보았다. SANYO, HITACHI, OLYMPUS, PHILLIPS, SAMSUNG……. 문득, 이것은 공연이면서 동시에 광고 상품이란 생각이 들었다. 그 공연을 보는 동안 무의식적으로 저 글로벌 기업들의 이미지가 내 머릿속에 각인된다.

홍콩 자체가 광고 천지다. 하늘에도, 땅 위에도, 땅 밑에도, 버스에도, 트램에도, 지하철 역사 안에도, 에스컬레이터 통로에도 화려한 광고들이 붙어 있다. 지하철 안에도 우리나라처럼 짐 놓는 칸이 없고 대신 그 자리에 광고가 붙어 있다. 여기서는 모든 공간이 돈으로 환산된다. 광고도 멋지고 싱싱해서 마치 현실처럼 우리의 의식을 치고 들어온다. 눈이 쉴 틈이 없다.

홍콩에서는 버스도 광고 논리에 움직인다. 홍콩 작가 제이슨에 의하면, 홍콩 버스들은 평일 낮에는 거의 텅텅 비어서 다니지만, 수익이 승객으로부터 나오는 게 아니라 버스에 수없이 붙인 광고에서 오기 때문에 상관없다고 한다. 즉 달리는 버스는 '달리는 광고판'인 셈이다.

重塑緊緻輪廓 見證年輕
多方位全面提升，緊緻，柔滑
3D立體
塑顏緊緻系列
LANCOME

請小心月台空隙
Please mind the gap
MARKET PLACE
supermarket
MARKET PLACE

자본주의 세상에서는 교묘한 광고 논리가 곳곳을 파고들고, 공산주의 세상에서는 정치적 구호가 사람들을 세뇌한다. 결국 우리의 생각, 이미지조차 외부에서 입력된 것들의 조합이다. 어차피 그런 세상에서 그 모든 것을 분석하기 시작하면 뇌가 피곤하다.

일단은 마음을 내려놓고 보이는 대로, 느끼는 대로 즐기고 싶었다. 시원한 바닷바람을 맞아가며 야경과 빛을 즐기는 시간이 나쁠 리 있나. 어딜 가나 광고 이미지가 우리를 협공하는 홍콩에서, 그것을 피해 나가는 방법은 차라리 무심하게 즐기는 것일지도 모른다.

스타페리

홍콩의 휘황찬란한 거리를 거닐다 보면 아드레날린이 분비되어 가슴이 뛴다. 그러나 어느 정도 시간이 지나면 조금 피곤해진다. 이때쯤 나는 스타페리를 탄다.

구룡반도 남단에서 홍콩 섬을 왕복하는 낡은 페리는 푸근하다. 마치 세월이 녹아들어 알맞게 닳은 빈티지 제품에 안기는 기분이랄까. 코를 스치는 디젤 냄새, 낡은 나무 바닥, 초록색으로 칠한 촌스러운 난간들, 배가 뜨고 나서부터 지금껏 한 번도 쓰지 않았을 법한 하얀 구명보트 몇 개, 나무 의자와 나무 쓰레기통은 물론 이 배를 운행하는 늙수그레한 선원들의 무뚝뚝함조차도 정겹게 다가온다.

K11
SQUARE

흔들리는 배에 서서 바닷바람을 쐬고 바다 양쪽으로 펼쳐진 높은 건물들을 바라보노라면, 새삼 '내가 진짜 홍콩에 왔구나' 하고 느낀다.

배에서 바라보는 낮의 풍경은 무심하다. 갈매기가 쫓아오는 것도 아니고 물빛이 에게 해처럼 새파란 것도 아니며 햇살이 눈부신 것도 아니다. 비가 오거나 우중충한 날이 많고 디젤 냄새에 조금 숨이 막힐 때도 있으며 왠지 모르게 한가롭고 여유로워 졸음이 밀려오기도 한다. 반면 밤이 되면 현란한 야경에 도취되면서 황홀감에 젖는다.

스타페리는 어딜 가려고 타기도 했지만 그냥 왔다 갔다 하려고 탄 적이 많았다. 왔다, 갔다, 왔다, 갔다……. 몇 백 원이면 탈 수 있고, 누가 뭐라 하지도 않는다. 낮이고 밤이고 현지인들과 관광객들과 어울려 하늘과 바다와 야경을 바라보는 시간이 좋았다.

스타페리가 만들어지기 전에는 삼판선(노를 저어 사람이나 짐을 실어 나르는 작은 나무배)이나 모터 배를 이용해야만 했다. 그러다 1888년 파시 교도인 어느 기업가가 배를 만들어 운항을 시작했다. 파시 교도들은 원래 이란에서 박해를 피해 남아시아로 이주한 조로아스터 교도들이다. 불을 숭배해서 배화교도拜火教徒라고도 불렸던 이들은 8세기경 인도에 정착했다가 홍콩까지 흘러왔다. 운항 초기에는 인도인과 파시 교도는 공짜로 배를 탈 수 있던 반면 홍콩인과 유럽인은 1층에 타려면 1센트, 2층에 타려면 15센트를 내야 했다. 게다가 2층은 옷도 잘 입어야 탈 수 있었다.

배를 운항하게 된 계기는 순전히 개인적인 이유 때문이었다. 그

기업가의 집은 구룡반도에, 그의 호텔과 다른 건물들은 홍콩 섬에 있어서 자신과 동료들의 출퇴근을 위해 페리 서비스를 시작한 것이다. 지금의 2층 페리 모습을 갖춘 것은 1923년부터라고 한다.

이런 이유로 만들어진 스타페리는 이제 홍콩의 전통이요, 역사요, 상징이 되었다. 구룡반도 스타페리 부두에서 떠난 이 배는 홍콩 섬 7번 부두에 도착하고, 거기서 홍콩의 수많은 섬들로 떠나는 부두와 연결된다. 5번 부두는 청차우 섬, 4번 부두는 람마 섬, 3번 부두는 란타우 섬의 디스커버리 베이로 이어진다. 또 근처 버스 터미널에는 빅토리아 피크까지 올라가는 버스와 피크 트램 터미널까지 가는 버스가 있으며, 홍콩 시내를 구경할 수 있는 2층 버스인 릭샤 버스와 빅 버스도 대기하고 있다. 그러니까 구룡반도에서 스타페리를 탄다는 것은 바다 건너 섬들과 높은 산꼭대기와 홍콩의 전 도시로 뻗어나가는 것을 의미한다.

영웅의 손을 마주잡다

스타의 거리

홍콩에 오면 나는 보통 구룡반도 남단에 있는 스타의 거리Avenue of Stars부터 간다. 홍콩의 유명 배우들과 감독들의 손바닥이 새겨진 동판들이 바닥에 전시되어 있는데, 바닷바람도 시원하고 건너편 야경도 훌륭해서 이곳에 오면 '아, 홍콩에 다시 왔구나' 하는 감회에 젖는다.

스타의 거리에서 가장 눈에 띄는 것은 성룡의 손바닥. 이어서 주윤발, 홍금보, 장국영, 유덕화, 장만옥, 양조위, 주성치, 주윤발, 오우삼 감독, 왕가위 감독 등의 손바닥들이 보이는데, 처음 보는 순간 가슴이 뭉클해져왔다. 이들은 바로 인생의 가장 힘든 시절, 내가 위로받았던 영화들을 만든 사람들이었기에.

이소룡은 '지존'답게 바닷가에 동상으로 홀로 서 있다. 이소룡, 그는 학창 시절 나의 영웅이었다. 그의 울부짖는 괴성과 멋진 발차기와 쏘아보는 눈빛을 생각하면 소름이 쪽 끼쳐온다. 이소룡은 1973년 서른두 살의 나이로 세상을 떠나고, 1980년대에 취권의 성룡이 나타났다. 처음에는 좀 실망했지만 나는 이내 성룡에게 또 빠져들어갔다. 그러다 1990년대 초던가, 여행을 하다 한국에 잠깐 들어왔을 때 우연히 〈영웅본색〉을 보고 '뿅' 가고 말았다. 회색 버버리코트를 걸친 주윤발이 성냥개비를 씹으며 권총으로 악인들을 처단할 때 카타르시스를 느꼈고, 장국영이 전화기를 붙잡고 괴로워하고 의리의 사내들이 의연하게 죽어갈 때 나는 눈물을 흘렸다. 사내들은 그런 것을 보면 흥분하는 법이다. 이어 왕가위 감독의 〈중경삼림〉, 〈아비정전〉, 〈화양연화〉 등에 매료되었고, 여명과 장만옥의 〈첨밀밀〉, 주성치의 〈쿵푸허슬〉, 유덕화와 양조위의 〈무간도〉 등을 보면서 홍콩 영화에 푹 젖어들었다. 이제 홍콩 영화는 한물갔다는 평을 듣는 지금도 나는 여전히 홍콩 영화를 좋아한다. 영화 마니아라서가 아니라 30대라는 힘든 시절을 함께한 영화에 대한 추억 때문이다.

한번은 영화배우들의 손자국에 내 손을 넣어보았다. 아내는 내 손이 자라다 만 것 같다고 놀려대는데, 성룡 손자국에 집어넣어보니 내 손은 정말 어린아이처럼 작았다. 그런데 오우삼 감독 손바닥은 나와 비슷했고 유덕화는 엄지, 검지, 중지만 나보다 약간 길고 약지와 새끼손가락은 같았다. 그리고 이연걸 손이 내 손처럼 작은 줄은 처음 알았다. 또 내가 좋아하는 여배우 장만옥의 손은 나보다 훨씬 작아서 내 손에 꼭 잡힐 것만 같았다. 양조위는 나보다 조금 작았다. 그렇다면 내 손이 작은 게 아니라 성룡의 손바닥만 엄청나게 컸던 것이다. 남들은 그저 재미로 손바닥을 대보는 줄 알겠지만 작은 손을 부끄러워하던 나로서는 그게 아니라는 것을 확인한 색다른 기쁨이 있었다.

스타의 거리를 좋아하는 또 한 가지 이유는 이곳에 특별한 스타벅스가 있어서다. 예전에 왔을 때는 1층에서 커피를 마셔서 몰랐다. 그런데 카운터 왼쪽에 있는 엘리베이터를 타고 2층으로 올라가보니 기가 막혔다. 아, 이런 곳이 있었단 말인가! 파란 하늘과 바다가 펼쳐지고 나무 탁자들과 편안한 의자들은 텅 비어 있었다. 지금껏 가본 세상의 스타벅스 가운데 가장 멋진 곳이었다.

시원한 바닷바람을 쐬며 노트북에 일기를 썼다. 날은 선선하고 사람도 없으니 잠시 번잡한 홍콩을 벗어나 휴양지에 온 것만 같았다. 한참 글을 쓰다 눈을 쉬는데 난간에 걸터앉은 한 서양 청년의 뒷모습에 눈길이 갔다. 커피를 앞에 두고 45도쯤 고개를 쳐들어 하늘을 바라보는 사람. 저 상향 45도는 사람들의 생각과 감성을 현실로부터 약간 벗어나게 하는 각도다. 현실과 비현실, 과거와 미래, 회한과 기대, 의식과 무의식…… 그 사이를 오가게 하는 각도. 청년은 무슨 생각을 하는 것일까? 한동안 그의 뒷모습을 쳐다보다 다시 노트북에 글을 쓰는 순간이 행복했다.

보통 사람들의 동네

몽콕

홍콩의 지명들은 발음이 참 복잡하다. 몽콕旺角이란 곳은 중국 표준어로는 왕자오라 읽지만, 영어로는 몽콕이라 발음하고, 현지인들은 웡꼭, 웡꼭 한다. 한자 이름의 '왕성할 왕旺', '구석 각角'이 의미하는 것처럼 이곳은 '비즈니스가 왕성하고 바쁜 지역'이다. 이름의 유래에 대해서는 설이 많다. 예전에는 이 지역에 '몽芒'이라고 하는 식물이 많아서 芒角이라 했다는 얘기도 있고, 원래 어촌이어서 '그물 망罔'자가 들어간 罔角으로 쓰다가 이 지역이 간척사업으로 상업적으로 번성하자 旺角으로 바뀐 것이라는 얘기도 있다. 이렇듯 홍콩에서는 지명의 유래가 모호한 곳이 종종 있었다.

몽콕의 인구 밀도는 매우 높다. 1㎢당 13만 명으로 서울시 전체에 비해 약 8배나 밀도가 높다 보니, 언제나 이 지역은 사람들로 가득 차 있다. 우리나라에 〈열혈남아〉로 소개된 영화 〈몽콕하문旺角下問〉을 보면 몽콕의 풍경이 한눈에 와 닿는다. 좁은 도로, 밀리는 차량, 복잡한 골목, 지저분한 음식점, 그리고 건달들이 있는 몽콕은 깔끔한 관광지가 아니라 홍콩 서민들이 살아가는 현장이다. 나는 이런 몽콕이 좋았다. 낡은 아파트 창밖에서 휘날리는 빨래들을 보면 낡은 집들과 골목길 구석구석에 홍콩인들의 은밀한 삶이 꿈틀거리고 있을 것만 같았다.

몽콕 역 부근에는 현대적인 쇼핑몰 랑함 플레이스도, 전통시장도, 야시장인 여인가女人街도 있다. 레이디스 마켓이라고도 불리는 여인가는 여성들이 좋아할 만한 물건이 많아서 이런 이름이 붙었다는데 가보면 정말 여성들로 붐빈다. 프린스 에드워드 역으로 나오면 새 공원, 꽃 시장, 금붕어 시장이 있고, 조던 역 부근에는 나이트클럽과 카바레 등으로 불야성을 이룬다. 또 야우마테이 역 근처의 템플 스트리트에는 점집들도 보이고 근처에 천막을 쳐놓고 술이나 콜라를 팔면서 전자오르간에 맞춰 노래를 부르는 곳도 몇 군데 보인다. 서울로 치면 노인들이 많이 모이는 종로 2가의 파고다 공원 근처, 타이베이로 치면 용산사龍山寺 근처의 풍경과 비슷했다. 보통 홍콩 사람들의 진짜 얼굴을 보는 듯한 몽콕은 편안한 곳이었다.

몽콕의
노 팁 카페

몽콕 역 E2 출구로 나오면 싸이영초이 스트리트가 나온다. 이 거리에는 카메라, 휴대전화 등 갖가지 전자제품을 파는 가게들이 줄지어 있는데 저녁이 되면 온갖 공연이 펼쳐진다. 하얀 천 위에 붓글씨를 쓰는 노인, 예쁜 사탕을 만들어 파는 아주머니, 전통 악기를 연주하는 여인, 인물을 스케치하는 거리의 화가들이 보인다. 어떤 이는 기타를 치며 스콜피언의 〈할리데이〉를 부르고, 어떤 이는 공 위에 널빤지를 깔고 그 위에 올라가 머리에 화분이나 공을 이고 쇼를 하는데 이곳은 젊은이들의 거리가 아니다. 존 레넌의 〈이매진〉 같은 올드 팝송을 부르는 이도, 그것을 팔짱을 낀 채 진지하게 감상하는 이들도 모두 중년이나 노년층이다.

Donald Wong Ltd
AD HOTLINE
DWL
JEBSEN
WATCH
總代理
3180 3280
旺角咖啡
#3188 5258
MX
學生書屋
VIRGINIA
CASIO
大家樂

그런데 그 복잡한 인파 가운데서 자기네 음식점 이름이 적힌 깃발을 휘두르는 중년 사내가 있었다.

"몽콕 가리야[몽콕 카레]~"

소리 높여 외치며 혼신의 힘을 다해 깃발을 휘두르는 그 열정에 감동해 여인가 근처에 있다는 그 음식점을 찾아갔다.

스무 명쯤 앉을 수 있는 조그만 인도 식당이었다. 그런데 손님을 맞는 인도 아가씨가 자리에 앉은 나를 멀뚱멀뚱 쳐다보더니 귀찮다는 듯 메뉴판을 획 주고 가버리는 게 아닌가. 이 집 딸인가? 종업원다운 태도가 아니었다. 새우 카레라이스와 콜라를 주문하려고 그녀 쪽으로 고개를 돌리니 이번에도 왜 쳐다보냐는 듯이 멀뚱하니 서 있다. 그러자 뒤에서 주문서를 들고 온 다른 인도 여자가 공손하게 주문을 받았다. 이윽고 나온 밥 한 사발과 카레 한 그릇. 이 가격이 62홍콩달러에 양파조차 따로 시켜야 한다 해서 그냥 카레에 밥을 말아 먹었다. 개밥을 먹는 기분이다.

서둘러 식사하고 계산서를 받아 100홍콩달러를 주니 이번에는 그 멀뚱녀가 받아 거스름돈을 접시에 담아 가져다준다. 38홍콩달러다. 내가 잔돈을 모두 집어넣으니 그녀는 지나가면서 슬쩍 탁자를 손가락으로 툭 치고 간다.

그때 지인이 해준 이야기가 떠올랐다.

"홍콩 사람들은 계산서에 10퍼센트 팁이 포함돼 있는데도 쟁반에 갖고 온 거스름돈 가운데 동전은 가져가질 않아요. 종업원들도 그걸 예상하고 지폐로 줄 것도 꼭 동전으로 만들어 갖고 와요. 저도 현지인들과 어울리다 보니 그걸 알았어요."

보아하니 그녀도 팁을 원한 것 같았다. 그런데 거리의 사내가 나누어주는 팸플릿에는 분명 'NO TIP'이라고 커다랗게 씌어 있었다. 다른 음식점에서는 공식적인 계산서의 팁이야 당연히 냈고 정성 어린 서비스를 해준 종업원에게는 잔돈도 팁으로 남겼지만, 이런 상황에서 팁을 준다는 것은 바보짓이지.

다시 거리로 나오니 사내는 여전히 죽어라 깃발을 흔들고 있었는데 안쓰럽게만 보였다.

마사지 하세요

집을 떠나 2주쯤 지나면 급격히 피로해진다. 직업병이다. 노트북, 카메라를 넣은 배낭을 메고 아침부터 밤까지 걷다 보면 등과 어깨가 몹시 결려온다. 우리나라 사우나 같은 데 가서 몸 좀 풀었으면 좋겠는데 홍콩에는 그런 곳이 없는 듯했다. 결국 길에서 한 아주머니가 나눠주는 마사지 가게 팸플릿을 보고 따라 들어갔다. 아주머니는 엘리베이터를 타고 몇 층인가로 안내까지 해주었는데 가게 안 공기가 퀴퀴하다. 입구부터 야한 옷을 입은 여인 몇몇이 반기고, 빨간 원피스를 입은 여인이 허름한 방으로 나를 데려간다. 방에는 침대가 있고 옆에는 욕조가 설치되어 있는데 분위기가 음침하다.

“무슨 마사지를 원해요?”

“등하고 어깨가 아파서 전신 마사지를 하러 왔어요.”

“그러지 말고 스파 마사지를 하세요.”

여인은 욕조를 가리키며 웃었다. 그런 건 해본 적이 없는데, 욕실도 없이 그냥 침대 옆에 욕조 하나 달랑 있는 이런 음침한 데서 벗고, 씻고, 온몸 마사지를 받으라고? 아이고, 됐다 됐어.

“오, 노. 싫어요. 미안해요.”

몸을 휙 돌려 나와버렸다. 뒤에서 여인들 웃음소리가 들려온다. 엘리베이터에서 내려 밖으로 나왔는데 이번엔 또 다른 아가씨가 쫓아나와 말한다.

“우리 가게는 아까 그런 곳이 아니에요. 7층에 있는데 스파 그런 것 없고, 정말 전문 마사지사가 하는 곳이에요. 무슨 마사지를 원해요?”

“등과 어깨가 아파서 전신 마사지를 받으려고요.”

“그건 한 시간에 198달러인데, 당신은 168달러에게 해줄게요.”

“이거, 하고 나면 팁을 주어야 해요?”

“아니요. 그럴 필요 없어요.”

한번 따라가보기로 했다. 그런데, 와, 들어가니 넓은 공간에서 아주머니, 할머니 들이 수건을 쓰고 비스듬히 누워 마사지를 받고 있었다. 그래, 나는 이런 곳을 원했어.

그런데 전신 마사지는 방으로 들어가란다. 좁고 어두컴컴한 방에 침대가 하나 달랑 있다. 조금 뒤 20대 후반쯤 되어 보이는 여성 마사지사가 들어왔다. 옷 벗으란 얘기도 안 하고 내 소지품도 그냥 방에 놓아 두게 해서 안심이 되었다. 의심 많은 나는 소지품을 다른 데 두라거나 다른 옷으로 갈아입는 것을 매우 싫어한다.

마사지사가 옷 입은 채 누운 내 몸에 커다란 수건을 덮고는 팔부터 마사지를 하는데 팔 힘이 장난이 아니다. 손아귀 힘이 정말 세다. 목, 등, 허리, 발…… 정성을 다하는 게 느껴진다. 비명이 나오려는 걸 이를 악물고 참았다.

아이고, 이건 뭐 극기훈련하는 것 같다. 가끔 으으윽 아픈 신음을 내니 아가씨가 뭐라 말하는데 무슨 말인지 모르겠다. 그녀는 영어는 전혀 하지 못해 간단한 중국어로 몇 마디 나눠보니 광둥성에서 홍콩으로 돈 벌러 왔단다. 마사지를 받고 나자 금방 목과 등과 허리가 확 풀렸고 기운이 솟구쳤다.

계산은 이곳으로 나를 안내했던 아가씨가 했는데, 200홍콩달러를 내니까 정확하게 32달러를 거슬러주었다. 나는 공손한 표정으로 물었다.

"저분에게 팁을 좀 드려도 될까요. 마사지를 정말 잘해줘서요."

손님에게 성의 없이 대하고 팁을 요구하는 사람에게는 야박한 나지만, 정성을 다해준 마사지사에게는 팁을 꼭 주고 싶었다.

"아, 네. 그러세요."

처음에 팁을 지불하지 않아도 된다는 것을 확인하며 돈 없는 티를 내던 내가 팁을 주겠다고 하자 아가씨는 조금 의아한 표정을 지었다.

나는 32달러 중에서 20달러를 마사지사에게 건넨 뒤 절을 꾸벅하며 말했다.

"셰셰[감사합니다]."

한국인인 나는 팁에 익숙하지 않다. 오히려 사람이 사람에게 돈 몇 푼 더 주는 게 자칫하면 모욕을 주는 것 같아서 미안하게 느껴진다. 그래서 절을 한 것이었다. 고맙다는 내 진심을 전하고 싶어서. 돈을 받는 그녀도 엉거주춤 절을 하는데 활짝 웃고 있었다.

대륙에서 돈을 벌러 왔다는 그녀. 영화 〈첨밀밀〉에 나온 장만옥처럼 그녀도 열심히 벌어 고향 집에 돈을 부칠 것이다. 늘 당당하게 노동하고 꿋꿋하게 살아가기를.

외로운 식탁

여행 중에는 대개 혼자 밥을 먹는다. 익숙한 일상이건만 어느 날 다닥다닥 붙은 자리에서 달걀반숙을 얹은 소고기덮밥을 먹다가 불현듯 외로워졌다. 그때 식당에는 나 말고 세 명이 더 있었다. 그것도 아주 가까이에. 내 맞은편의 젊은 홍콩 여자는 휴대전화를, 그 왼쪽의 흑인 남자는 헤드폰을 낀 채 바닥을, 또 그 옆의 중년 홍콩 여자는 음식을 바라보며 밥을 먹고 있었다. 한 식탁에 앉은 것과 다름없이 밀착한 채 눈을 마주치지 않도록 조심하며 밥을 먹는 우리가 마치 비좁은 닭장 속에서 모이를 쪼고 있는 닭들 같았다.

이것이야말로 가장 현대적이면서 동물적인 서글픈 모습이다. 독일

大阪王将

사회학자 짐멜은 '먹고 마시는 행위는 가장 이기적인 행위'라고 했다. 한 개인이 보는 것을 다른 사람도 함께 볼 수 있고, 한 개인이 듣는 것도 다른 사람이 함께 들을 수 있지만, 먹는 것, 즉 입에 들어가는 것을 뱉어서 남과 함께 먹을 수는 없다. 이런 이기적이고 배타적인 '먹는 행위'에서 유발되는 고독과 거리감을 극복하기 위해 인간은 함께 얘기하며 식사한다. '각자의 것'을 먹으면서도 다 함께 먹는다는 의식이 생기고 서로 연결되어 외로움을 극복하는데, 이것은 동물적인 행위, 이기적인 배타성, 외로움을 극복하는 인간의 '사회적 행위'라는 것이다.

패스트푸드점에서 혼자 식사하는 것은 현대화된 장면이지만 사회성이 결여된 원시적인 모습이기도 하다. 이 같은 풍경은 비단 홍콩에서만 볼 수 있는 것이 아니다. 우리나라에서도, 다른 나라 대도시에서도 얼마든지 마주친다. 그런데도 홍콩을 여행하면 유난히 혼자 밥 먹는 사람이 자주 눈에 띄는데, 그 까닭은 홍콩 가정의 특수한 사정에 있다. 기후가 덥고 습하며 맞벌이 부부가 많은데다 집이 좁다 보니 홍콩에는 아예 하루 세 끼를 외식으로 해결하는 사람들도 흔하다고 한다.

홀로 먹는 것에 익숙한 나지만 너무 비좁은 데서 눈을 마주치지 않고 먹다 보니 외로웠다. 여행자들 같으면 공통의 주제라도 있어 말붙이기가 쉬웠겠지만 여기서 살아가는 이들에게 함부로 말을 거는 건 실례일 것 같아 조용히 밥만 먹었다.

마음의 점을 제대로 찍다

팀호완

홍콩에는 혼자서 외롭게 밥을 먹는 사람들도 많았지만 여럿이 어울려 떠들썩하게 식사하는 중국 전통의 모습도 남아 있었다. 음식점에서 가끔 그런 흥겨운 풍경을 마주치기도 했고 우연히 알게 된 사람들과 어울린 적도 있었다. 딤섬집 팀호완添好運이 그런 곳인데 포시즌스 호텔 레스토랑 출신의 딤섬 전문요리사 막카이푸이 씨가 독립해서 차린 가게로, 미슐랭 가이드북에서도 별 하나를 받은 유명 식당이다.

야우마테이 역 근처에 있는 팀호완은 갈 때마다 늘 북적였다. 한번은 토요일 오후 5시 20분에 가보니 30여 명이나 줄을 서 있어서 그냥 돌아왔다. 이튿날 도착했을 때는 오전 11시 20분이었는데 여전히

30명쯤 줄을 서 있어 이번에도 발길을 돌렸다. 10시에 문을 연다는 걸 기억했다가 일주일 뒤에 세 번째 도전을 했다. 오전 9시 50분이었는데도 줄은 길었다. 언제 어느 때 와도 별 수 없다는 걸 그제야 깨닫고 줄을 섰다.

기다리기가 심심해서 내 뒤에 줄을 선 타이완인 가족과 영어로 얘기를 나누는데, 그들은 노란 표를 들고 있다.

"그게 뭐예요?"

"아, 이건 메뉴 주문하는 거예요. 저 앞에 가서 얻어왔어요."

들어가서 주문하면 시간이 걸리니까 미리 메뉴를 골라서 들어가기 전에 내면 음식이 금방 나온다고 한다. 입구에 가니 주인이 주문서를 나누어주고 있다. 한자와 영어로 된 주문서가 각각 있었는데 나는 영어 주문서를 받아왔다.

"어떤 게 맛있을까요?"

"아, 이거, 이거 먹어보세요."

타이완 아주머니는 전에 와서 먹어봤다며 세 가지 딤섬을 찍어주었다.

"홍콩에서 딤섬 값이 이 정도면 정말 싼 거예요. 게다가 여긴 싸면서 맛도 훌륭하고요."

그러고 보니 대개 한 접시에 우리 돈으로 2천 원에서 4천 원 사이였다. 드디어 10시, 입장이 시작됐다. 나는 20여 분을 더 기다려 들어갔는데, 운이 좋은 편이었다. 혼자라서 다른 자리에 합석할 수 있었기 때문이다. 팀호완은 30명쯤 앉을 수 있는 작은 식당이었다. 나는 타이완 아주머니가 권해준 세 가지 딤섬 가운데 새우 딤섬, 돼지고기 새우 딤섬을 주문했다. 같은 자리에 앉은 사람들은 모두 조용했다. 내 앞의 군복 색깔의 옷을 입고 있는 사내도, 그 옆의 새침해 보이는 여자도, 그 옆의 동남아인 커플도 침묵하고 있었다. 이런 분위기에서 음식을 먹다가는 체할 것 같다. 내 앞에 앉은 사내의 주문서를 슬쩍 보니 체크한 음식이 꽤 많다. 나는 슬쩍 말을 건넸다.

"많이 시키셨나 봐요?"

그는 옷차림도 그렇고 표정도 근엄해 사실 긴장했었다. 영어도 안 통할 것 같았다. 그런데 기우였다. 사내는 말 걸기를 기다렸다는 듯이 활짝 웃으며 속사포처럼 대답했다.

"하하하, 162달러어치요. 난 여기 세 번째 오는데 올 때마다 많이 먹어요. 여긴 맛도 좋고 쌉니다."

"어디서 오셨어요?"

"싱가포르 사람인데 지금 미국에 살고 있어요. 당신은요?"

"난 한국에서 왔어요."

이렇게 말을 트고 나니 사람들이 다 우릴 쳐다본다. 마침 그때 그가 시킨 딤섬 몇 가지가 먼저 나왔다. 사내는 둥그런 찐빵부터 먹는데 나에게 먹어보라며 권하기까지 했다. 그 옆자리 여자 앞에도 곧 음식이 놓이기에 나는 또 물었다.

"그건 뭐예요?"

"아, 이건 돼지 간으로 만든 버미첼리예요. 내가 가장 좋아하는 거지요."

그녀는 홍콩인인데 타이완에서 일하다가 춘절이라 집에 왔고, 그 옆에 앉아 있던 동남아인 커플은 태국에서 왔다고 했다.

드디어 내 음식이 나왔다. 한 입 먹어보니 '와, 맛있다'라는 탄성이 절로 나왔다. 새우 딤섬은 오돌오돌 씹히는 새우 맛이 기가 막혔고, 돼지고기와 새우가 섞인 딤섬은 고소해서 목구멍으로 살살 넘어갔다. 각각 네 개씩인데 좀 모자란 느낌이 들어서 싱가포르인 사내가 먹던 돼지고기 바비큐 찐빵과 홍콩 여자가 먹던 버미첼리를 더 시켰다. 싱가포르인 사내는 얼마나 많이 시켰는지 딤섬이 줄지어 나왔다. 심지어 닭발도 있었다.

"아, 이건 브런치예요. 든든히 먹어야죠. 정말 맛있네요."

내가 먹은 딤섬들도 다 맛있었고, 특히 뒤이어 나온 돼지고기 바비큐 찐빵은 달짝지근하면서도 고소해서 최고였다. 다 먹고 나서 계산해보니 만 원이 채 되지 않았다. 그 돈에 이런 훌륭한 식사를 하다니 감격스러웠다. 먼저 나오며 싱가포르인 사내에게 인사를 했다.

"덕분에 좋은 음식을 즐겼어요. 고맙습니다."

사내도 활짝 웃으며 인사를 했고 다른 이들과도 인사를 나누는데 모두 즐거운 표정이었다. 즐거운 분위기 속에서 맛있는 음식을 먹고 나니 기분이 좋아서 자꾸 웃음이 나왔다. 몇 걸음 걷다가 앞쪽에서 걸어오는 타이완인 가족을 만났다.

사람들의 애환이 서린
이런 시장, 일터, 밥집에서는
언제나 긍정적인
삶의 기운이 넘쳐흘렀다.

添好運 點心專門店

"식사했어요? 우린 쇼핑하다 왔어요. 한 시간 있다 오라고 해서."

"어, 지금 일고여덟 명이 나왔으니까 곧 들어갈 수 있을 거예요."

"그래요? 그런데 그거 먹었어요? 돼지고기 바비큐 찐빵?"

"네, 정말 맛있었어요. 고마워요."

나중에 알고 보니 수많은 딤섬 가운데 내가 먹은 딤섬들이 가장 사랑받는 메뉴였다. 중국 이름으로 새우 딤섬은 하카우蝦餃, 돼지고기와 새우 딤섬은 사오마이燒賣, 돼지고기 바비큐 찐빵은 차슈바오叉燒飽라고 부르는데 좋은 사람들 덕분에 가장 맛있는 딤섬을 골라 먹을 수 있었다.

딤섬은 원래 광저우의 찻집에서 노동자들에게 아침이나 점심으로 제공한 데에서 유래되었다고 한다. 그래서 딤섬을 먹는다고 하지 않고 '얌차飮茶', 즉 '차를 마신다'고 표현한다. '얌차'가 홍콩에서 성행하게 된 가장 큰 이유는 협소한 주거환경에서 벗어나 온 가족이 함께 모일 수 있는 유일한 방법이기 때문이라고 한다.

딤섬點心의 한자가 '마음心에 점點을 찍는다'는 의미를 갖고 있듯이, 시간에 쫓기고 공간의 협소함에 시달리는 홍콩인들은 가볍게 딤섬을 먹고 차를 마시며 외로움을 달랜다. 나 또한 팀호완 딤섬집에서 사람들과 어울려 외로움을 달랬다.

우리의 복을 빌다

홍콩 사람들은 음력설인 춘절에 거리에서 퍼레이드 축제를 벌이고 거대한 불꽃놀이를 한다. 이런 전통은 예전부터 이어져 내려온 것으로, 1906년 조셉 스필맨Josep Spillman은 《난파선The Shipwreck》이라는 책에서 홍콩인들의 새해맞이를 이렇게 묘사하고 있다.

> 새해가 다가오면 홍콩에서는 축제 행렬이 벌어진다. 모든 중국인 집은 나무와 꽃으로 장식되고, 집집마다 끈을 이어서 수백 개의 등을 달아놓는다. 명절 의상을 입은 수천 명이 거리를 걷고 큰 광장에 모여드는데, 거기에는 설탕을 입힌 벌레, 빨간 뱀들, 해삼, 썩은 비둘기

알, 설탕과 꿀과 쌀로 만든 빵 등 모든 먹을 게 있다. 중국인들은 아는 사람들을 만나면 절하면서 새해맞이 인사를 하고 집으로 초대하여 차를 마시거나 술을 마신다. 가장 가난한 사람들조차 그 축제에 초대되고, 도시 전체에 기쁨이 넘쳐흐른다.[4]

지금도 축제 분위기는 여전하다. 어느 해 춘절에 나도 아내와 함께 그 축제의 현장에 있었다. 침사추이 거리는 저녁 8시에 이미 인파로 꽉 찼고, 침사추이 홍콩 문화센터에서 시작된 퍼레이드는 캔턴 로드와 하이퐁 로드를 거쳐 8시 30분경에는 네이던 로드로 들어서고 있었다. YMCA 호텔, 페닌슐라 호텔 근처에서 까치발을 들고 간신히 행진을 구경했다. 홍콩재즈발레학교나 마사회 등 홍콩 단체들은 물론, 세계 각국에서 온 팀도 많아서 관중들은 자기 나라 팀이 나오면 환호성을 질렀다.

이윽고 북과 꽹과리를 치면서 빨간 저고리에 파란 치마를 입은 여인들과 상모를 돌리는 남자들이 나타났다. 그리고 아름다운 모자를 쓴 어여쁜 여인들이 손을 흔들며 뒤따르는 모습을 보니 가슴이 뭉클해졌다.

어려서 가난한 시절을 겪고, 1980년대 후반부터 여행하면서 한국이 어디 있는지도 모르는 사람들을 수없이 만났고, 동양인이라며 무조건 일본인 취급을 받던 나로서는 이런 모습을 보면 감개무량하다. 내가 민족주의자라서가 아니다. 나는 한류가 세상에 널리 뻗어나가는 것을 좋아하지만, 거기에 너무 심한 거품과 환상과 자본이 끼어드는 것을 우

려한다. 그럼에도 '우리의 존재'를 확인하는 순간이 감격스러운 것은 아마도 나의 세포 속에 나라를 잃고 식민지 생활을 했으며, 전쟁과 가난의 비극을 겪은 비참한 기억이 깃들어 있어서가 아닐까. 그걸 이겨내고 살아 있다는 사실을 보여주는 것이 감격스럽겠지.

아쉽게도 도로 중간에 가로막이 있어서 저쪽 편에서 지나가는 행렬은 사진을 찍을 수가 없었다. 부랴부랴 지하도로 길을 건너 쉐라톤 호텔 근처의 건물 계단에 올라가니 잘 보였다. 아, 여기가 명당인데 처음부터 이리로 올걸.

퍼레이드도 퍼레이드지만 이것을 보려고 몰려드는 사람들의 열기가 더 인상 깊고 감동적이었다. 축제란 무엇인가? 일상에서 벗어나 한바탕 광란의 춤을 추고 노래를 부르는 것이다. 일상은 대개 누추하거나 답답하다. 그래서 사람들은 축제 기간 동안 일상에서 벗어난 해방감에 흥분하는데 그 열기가 정치나 종교와 결합되면 위험해진다. 대표적인 사례가 히틀러의 나치와 마오쩌둥 치하에서의 문화대혁명이었다. 대중과 홍위병들은 일상을 전복시키며 축제 열기로 온 세상을 엎었다. 이런 광기 속에서 파괴의 현장을 경험한 유럽이나 중국에서는 집단 열기를 매우 경계한다. 결국 축제의 열기는 이제 잘게 쪼개져 일상 속으로 스며들고, 자본과 결합하면서 상업성을 띠고 이벤트화된다. 다른 나라도 그렇지만 홍콩에는 이런 축제 아닌 축제들이 수없이 많다. 이런 축제에서는 일상으로부터의 해방감을 누리기란 힘들다. 그래서 나는 전통 없이 상업적 의도 속에서 '발명되는' 축제들에는 조금 거리를 둔다.

그런데 춘절 퍼레이드는 전통과 자본이 결합된 흥미로운 축제였다. 예로부터 내려오는 축제가 현대화된 모습으로, 약간의 '난장판'적 요소 속에서 해방감을 누릴 수 있었다.

이튿날 벌어진 불꽃놀이도 대단했다. 구룡반도와 홍콩 섬 중간의 바다에서 쏘아올리는 불꽃놀이를 제대로 보려면 침사추이 쪽 스타페리 선착장 부근과 스타의 거리가 좋은데 이미 만원. 할 수 없이 MTR을 타고 홍콩 섬 센트럴 역으로 가 한참을 걸어 근처 바닷가로 갔다. 이미 300여 명이 모여 있었다. 드디어 8시가 되어 바다 한가운데에 있는 배에서 밤하늘로 불꽃을 쏘아 올리기 시작하는데…… 아, 하늘에서 폭탄처럼 터지고, 별처럼 터지고, 성게처럼 터지고, 꽃처럼 터지고, 은하수처럼, 성운처럼 터지는 가지각색 황홀한 불꽃에 넋을 잃고 말았다. 모두들 소리를 지르고 카메라 셔터를 눌러대다가 침묵에 빠져 바라보았다. 하늘에서 우주 창조의 순간이 펼쳐지는 듯한 광경이었다.

그렇게 23분이 흘러갔다. 오기를 잘했다. 호텔에서 조용히 내다보는 것도 좋았겠지만 이렇게 사람들과 어울려 소리 지르고 환호하고 열기를 느끼면서 보니 가슴이 떨려오고 눈물이 핑 돌 정도였다. 아내도 눈물을 글썽거렸다. 사람은 아름다운 것을 보면 눈물이 나고 착해지는 것 같다.

불꽃놀이를 보면서 간절하게 우리의 복을 빌었다.

2장

Hong Kong

홍콩섬

거리에서 만나는 역사

영국이 처음 홍콩을 점령한 1842년 무렵, 홍콩 섬의 인구는 7,500여 명이었고 그중 대부분은 애버딘 바다 위의 작은 삼판선 위에서 살아가는 수상족이었다. 영국은 황폐한 홍콩 섬이 탐탁지 않았으나 1차 아편전쟁에서 승리해 1842년 8월 29일 난징조약을 맺으면서 영구적으로 할양받는다. 이후 영국 육군은 홍콩 섬에 퀸스 로드를 건설했는데 당시에는 바닷물이 근처까지 들어왔다고 한다.

최초로 만들어진 대로이니만큼 퀸스 로드는 영국인들에게는 각별하다. 근처에는 초대 총독 포팅거의 이름이 붙은 포팅거 스트리트가 있다. 완만한 언덕에 넓적한 돌이 깔린 이 길은 지나간 세월을 보여주듯 매끄러운 부분도 있고, 조각조각 나서 우툴두툴한 부분도 있으며, 돌의 크기도 제각각이다.

이 길을 따라 올라가면 영국인들의 활동하던 할리우드 로드로 이어진다. 영국인들은 비가 오는 날에도 진창을 밟지 않고 이 돌길을 따라 걸어갔을 것이다.

한두 평쯤 되는 조그만 가겟집들이 양쪽으로 늘어선 포팅거 스트리트는 갈 때마다 풍경이 달랐다. 어느 일요일에는 가겟집들이 다 문을 닫아서 조금 실망했고 그다음에는 비가 와서인지 한산했다. 그렇게 한적했던 이 길도 크리스마스 무렵에는 축제 분위기에 휩싸여 있었다. 단추, 실, 등, 장난감, 신발, 가발, 과일주스, 전기용품, 모자, 산타클로스 아기옷 같은 소소한 물건들을 파는 소박한 가겟집들은 모두 문을 열었고, 물건을 사러 온 사람들, 관광객들, 직장인들로 길이 막힐 정도였다. 그 구간을 지나 윗길로 가면 갑자기 인적이 뚝 끊기며 한적해진다. 세월 속에 닳고 닳은 돌들이 누워 있는 길은 언덕으로 주욱 이어지고, 길가에는 할아버지들이 의자를 놓고 한담을 나누고 있다.

영국인들이 만든 길이긴 하지만 포팅거 스트리트에는 홍콩인들의 전통이 배어 있다. 1960년대 홍콩 관광협회 포스터 공모전의 최고작은 포팅거 스트리트를 오르내리며 물건을 사는 풍경을 묘사하고 있다. 당시 홍콩에 상륙한 뱃사람들은 이 거리에 몰려들어 물건을 샀다고 한다. 1960년에는 미스 홍콩이 이 계단에서 열린 패션쇼에서 모델로 등장하기도 했다.

買賣交換
LLING BUYING & CHANGE
TEL. 25444 235 CEL. 9708 5014

진정한 여행이란
현실 너머의 세상을
새로운 눈으로 발견하는 것.
그때 도시는 가슴 설레는
현장이 된다.

홍콩인들은 지금도 주말이면 카메라를 들고 이곳에 와 자신들의 역사를 담고 있다.

이 길을 따라 주욱 올라가면 린드허스트 테라스 거리가 나오고 거기서 오른쪽으로 조금 걷다 보면 재래시장 분위기가 물씬 풍기는 게이지 스트리트와 그라햄 스트리트 등이 나온다. 그리고 조금 더 언덕길로 올라가면 골동품 상점들이 있는 할리우드 로드가 지나간다.

할리우드 로드는 미국 할리우드와는 상관이 없다. 그보다 수십 년 전에 생긴 거리다. 이 이름의 유래에도 여러 설이 있다. 이 지역에 호랑가시나무holly가 많아서 영국이 점령했을 때 지명이 되었다는 설이 있는가 하면, 1844년부터 2대 총독을 지낸 존 데이비스의 고향인 영국의 웨스트버리 온 트림 지역에 있는 할리우드 마을에서 이름을 따왔다는 설도 있다.[5]

구글 지도를 찾아보니 웨스트버리에서 북쪽으로 약 6킬로미터 떨어진 곳에 '할리 힐 우드'란 지역이 있고 그 옆에 '할리우드 레인'이란 길도 있었다. 아마도 그곳의 '할리우드'란 지명이 붙은 지역에는 호랑가시나무가 많이 있지 않았을까.

정식으로 기록되지 않은 일들이라 확실치는 않지만 상상력을 발휘해보면, 존 데이비스가 자기 고향 근처의 호랑가시나무를 홍콩으로 가져왔고, 그것이 퍼지면서 거리 이름이 할리우드 로드가 된 건 아닐까. 그런데 호랑가시나무가 이곳에 자생했든, 데이비스 총독이 가져왔든, 그 시절에 퍼져서 이름이 남을 정도라면 왜 그것들은 지금 보이지 않는

걸까. 모든 게 추측일 뿐이다.

홍콩의 여러 지명은 식민지화 과정에서 만들어지다 보니 후세에 와서 지명의 유래를 밝히는 게 쉽지 않다고 한다. 홍콩과 영국의 지역 전설, 오해, 추측이 섞인 수많은 설이 있기 때문이다. 이런 불명확성, 모호함, 흐릿함이 홍콩의 매력인지도 모른다.

지금은 조용한 거리지만 식민지 시절 할리우드 로드와 린드허드 테라스는 꽤나 흥청거렸나 보다. 유럽에서 온 매춘부들이 이 부근에서 살았다는데, 그녀들이 중국인 손님을 받으면 포주가 100홍콩달러를 벌금으로 물었다고 한다. 물론 지금은 모두 사라진 풍경이다.

옛 시절을 그려보다

캣 스트리트

할리우드 로드를 따라 서쪽으로 계속 걸어가면 만모 사원文武廟이 나온다. 문文을 상징하는 문창제文昌帝, 무武를 상징하는 관우關羽를 모시는 사원으로 사람들은 이곳에 와서 공부도 잘하게 해달라고 빌고, 사업도 번창하게 해달라고 빈다. 홍콩 최초의 도교 사원인 이곳을 홍콩인들은 매우 중요하게 여긴다. 사원 앞의 안내문을 보면, 영국이 할리우드 로드를 조성하자 썽완 지역을 중심으로 홍콩인들의 상권이 형성되며 공동체의 중심지가 되었는데 1847년 세워진 만모 사원은 그 심장부였다. 홍콩인들은 이곳에서 공동체 일들을 논의했고 자신들을 위한 병원도 세웠다고 한다. 만모 사원은 평소 그리 붐비는 곳은 아닌데 주말에는 카메라

Chinese Kung Fu
PLAYBOY
$450,000,000 PLAYMATE
Erotic Art of the East
UKIYO-E
sex
54 IMAGES THE PLAYING CARDS
Culture Revolution
ENGRAVING
文革版画
OLD PHOTOS 百年
老照片
Sexy Girls
GIL ELVGREN
CITATIONS DU PRESIDENT MAO TSE-TOUNG
主席语录

를 든 홍콩인들이 문화유산 답사를 온 것처럼 안내자의 설명을 듣고 사진을 찍기도 한다.

만모 사원 건너편 계단 밑에는 캣 스트리트Cat Street가 있다. 정식 명칭은 어퍼 래스카 로우Upper Lascar Row. 이 명칭의 유래에 대해서도 여러 설이 있다. 래스카는 19세기에 인도 해안과 홍콩을 오가면서 아편과 차를 운반하는 범선에서 일하던 인도, 아랍계 뱃사람들을 가리킨다는 설도 있고, 홍콩에 주둔하던 영국군에 속해 있던 인도인들을 말한다는 설도 있다. 어쨌든 래스카들은 이 거리에서 장물을 사곤 했는데, 현지인들은 장물을 '쥐' 혹은 '쥐의 물건'으로 비유했고 이것을 찾아다니며 사는 래스카들을 고양이Cat로 비유했다. 거기서 유래되어 이 거리를 캣 스트리트 또는 어퍼 래스카 로우라고 부른다.

캣 스트리트는 평일엔 문을 닫는 가게들이 많고 비가 올 때는 더욱 적막하다. 그러나 비 안 오는 주말에는 다들 자기네 물건을 내놓고 파는데 사실 물건을 사는 사람보다 사진 찍는 사람들이 훨씬 더 많다. 나도 여기 올 때마다 사진만 찍다가 이번 여행에서는 빨간 마오쩌둥 어록을 샀다. 마오쩌둥이 좋아서가 아니라 책이 예쁘고 귀여운데다 그걸 파는 할머니의 인상과 웃음이 좋아서였다. 할머니의 좌판에는 Play Boy, Erotic Art, Sexy Girls 등등 야한 여자 사진이 있는 카드들과 함께 작고 귀여운 마오쩌둥 조각상들이 있었다.

귀여운 액세서리 같은 '골동품'이 되어 팔리고 있는 마오쩌둥 조각상, 그리고 40홍콩달러를 주고 내 손에 쥐어진 마오쩌둥 어록. 나는 이것을 버리지 않고 후대에 전할 것이다. 누가 알랴, 이게 백 년, 천 년이 흐르면 정말 골동품이 될지. 지금 우리에게 진시황의 시절의 유물이 귀하듯이. 그런데 캣 스트리트에서는 마오쩌둥 어록과 그의 작은 조각상이 야한 여자들이 그려진 카드들과 같은 값으로 대접받고 있었다. 자본주의는 모든 것을 돈으로 평등화시킨다.

청춘
이야기

란콰이퐁 · 미드레벨 에스컬레이터 · 〈중경삼림〉

지금 마흔 전후 사람들이 홍콩 영화 〈중경삼림〉을 본다면 20대 청춘 시절의 추억을 떠올릴 것 같다. 그런데 난 이 영화를 마흔쯤에 처음 보았다. 그때 갑작스럽게 아버지가 쓰러지고, 이별과 집안의 몰락 속에서 나는 영화 전편에 흐르는 외로움, 쓸쓸함에 푹 젖어들어갔다.

1부에서는 속절없이 흘러가는 시간을 다루고, 2부에서는 청춘남녀들의 사랑과 고독을 다루는 이 영화는 회귀를 앞둔 홍콩인들에게 '홍콩인의 정체성'에 대한 질문을 던졌다. 실연당한 경찰관 223호(금성무 분)는 애인이 떠난 지 한 달째이자 스물다섯 살이 되는 아침, 운동장을 미치도록 뛰며 외친다.

"만약에 사랑에도 유효기간이 있다면, 나의 사랑은 만년으로 하고 싶다."

이 영화가 나왔던 1990년대 중반 홍콩인들은 불안했다. 홍콩이 중국으로 반환되는 1997년 7월 1일, 즉 영국인들이 만들어놓은 체제의 유통기한이 다가오고 있었다. 홍콩인들은 두려움에 가득 찬 미래보다는 익숙한 과거, 안락한 현재를 더 원했을 것이다. 자신의 사랑의 유통기한을 만년으로 연장하고 싶었던 것처럼.

2부로 이어지는 경찰관 633호(양조위 분)와 페이(왕정문 분)의 이야기 역시 불안한 홍콩을 떠나고 싶어 하는 홍콩인들의 가슴을 흔들었다. 223호든 633호든 모두 실연당한 고독한 사내들이다. 그들은 현실을 묵묵히 살아가지만 불안하고 어디론가 떠나고 싶은 마음이다. 그걸 상징적으로 보여주는 것이 스튜어디스다. 경찰관 633호가 2만5천 피트 상공에서 유혹했던 첫 애인도 스튜어디스였고, 새로 찾은 애인 페이도 스튜어디스가 되어 나타난다. 사내는 낯선 나라를 훌훌 자유롭게 떠돌아다니는 스튜어디스를 원하지만 소유할 수 없어 소외감을 느끼고 쓸쓸해한다.

〈중경삼림〉이 만들어진 지 20년이 흘렀어도 영화 속 장면들을 떠올리며 그 무대를 찾는 이들이 있다. 나도 그중 하나였는데, 영화에서 가장 낭만적인 장면들을 촬영한 란콰이퐁Lan Kwai Fong 거리를 가보았다. 센트럴 역 D1 출구로 나와 퀸스 로드 센트럴을 건너 오른쪽으로 조금 가다 왼편 언덕길을 오르면 란콰이퐁이 나온다.

란콰이퐁은 한자로 蘭桂坊난계방이라고 쓰는데 난초와 계수나무가 모인 곳이라는 글자 그대로 길 입구에 꽃집이 있다. 그 맞은편에는 양조위가 왕정문에게 바람맞은 뒤 쓸쓸히 술을 마시던 캘리포니아 바가 보였다. 그 앞에 서니 영화에 흐르던 쓸쓸한 음악과 외로워하던 양조위의 모습이 떠올라 가슴이 촉촉해져왔다.

미드나이트 익스프레스는 어디일까? 경찰관 금성무와 양조위가 늘 샌드위치와 커피를 사 먹던 그곳. 분명히 근처에 있을 텐데 아무리 돌아다녀도 보이질 않았다. 꽃집 할머니, 술집 종업원에게 물어보아도 모른다 했다. 그러다 다행히 옛 사정을 아는 어느 레스토랑 종업원을 만났는데 이미 문을 닫았다고 했다. 영화가 유명해지고 관광객들이 많이 찾아오자 세가 올라서 주인이 감당을 못했고, 그 뒤 터키인이 인수해서 케밥을 팔다가 석 달 전에 문을 닫았다는 것이다.

종업원이 가르쳐준 장소로 가보니 역시 가게 문은 굳게 닫혀 있었다. 허전했다. 금성무가 이 앞 공중전화에서 실연의 아픔을 달래고자 옛날 여자친구들에게 전화하던 장면과, 순찰을 돌다가 커피를 마시거나 샌드위치를 사려고 제복을 단정하게 입고 나타나던 양조위의 모습과, 철없는 선머슴아 같은 왕정문이 마마스 앤 파파스의 〈캘리포니아 드리밍〉에 맞춰 춤을 추던 장면을 기억하는 이라면 그 허전함을 이해하겠지.

미드나이트 익스프레스가 있었던 건물 사진을 찍은 다음 자리를 떠나려는데 거리에 서 있던 홍콩 여인이 다가와 영어로 물었다.

1997

"어느 나라에서 오셨어요?"

"한국에서요."

"그렇군요. 그런데 왜 여기서 사진을 찍는 건가요? 예전에도 일본인 관광객들이 사진을 찍는 걸 보았거든요."

"여기가 〈중경삼림〉 영화를 찍은 곳이거든요."

"아, 그래서……."

"그 영화 보지 않았어요?"

"얘기를 듣긴 했는데 옛날 영화라 보진 못했어요."

20대로 보이는 그녀에게 10년 전이라면 10대 시절이다. 20대에겐 10년이 먼 옛날인 것이다. 그러나 젊은 시절의 추억을 가진 중년에게는 그 정도의 세월이란 방금 전이나 마찬가지다.

1년 뒤에 또 가보니 미드나이트 익스프레스 자리에는 담배가게가 들어섰고 몇 년 뒤에 다시 들러보니 세븐일레븐으로 바뀌어져 있었다. 그리고 양조위가 술 마시던 캘리포니아 바는 재건축 중이었다.

그대로인 것은 길 입구에 있는 꽃집과 할머니뿐이었다. 길을 빠져나오는데 자꾸 콧등이 시큰거려왔다. 모두 사라지고 있다. 〈중경삼림〉의 흔적도, 내 젊은 날의 아름다웠던 추억도, 청춘도 사라졌다. 세월은 속절없구나. 속절없음 앞에서 눈물이 나니 나도 늙어가는 건가. 그러나 이제 과거를 그리워하지 않으리라. 저 꽃집이 이제부터 나의 새로운 추억이 되리라.

원래 란콰이퐁은 술집이 많은 유흥가다. 크리스마스나 연말, 또

10월 거리 축제 때는 누구나 거리에서 술을 마시는데, 1992년 1월 1일에는 사람들이 너무 몰려서 20여 명이 사망한 사건이 일어나기도 했다. 홍콩의 유명 작가인 룽핑콴Leung Ping-Kwan은《란콰이퐁의 슬픔The sorrows of Lan Kwai Fong》이란 책에서 이렇게 얘기하고 있다.

> 란콰이퐁은 모든 게 혼합된 '혼종의 공간hybrid space'이고, 카니발 축제 같은 혼잡스럽고 위험한 공간이며, 재앙이 멀지 않은 천당 같은 곳이다.[6]

대충 그 모습이 그려진다. 다양한 인종들이 뒤섞여 술집과 거리에서 와글거리며 술을 마시고, 쾌락이 넘쳐흐르지만 또 무질서가 판치는 시끌벅적한 곳. 나는 아직 그 풍경을 즐긴 적이 없다. 하지만 앞으로 란콰이퐁에 오면 옛것을 그리워하지 않고 눈앞에 벌어지는 축제의 순간을 즐길 것이다.

■

영화 〈중경삼림〉의 흔적은 그곳에서 얼마 안 떨어진 미드레벨 에스컬레이터에도 있다. 세계에서 가장 긴 800미터짜리 옥외 에스컬레이터라고도 하지만 사실 산 중턱까지 단번에 이어지지는 않고 여러 도로에 의해 중간중간 끊겨 있다. 이 에스컬레이터는 고지대에 사는 현지인들을 위해 설치된 것으로 출근 시간인 오전 6시부터 10시까지는 위에서 아래로, 그 밖의 시간에는 아래에서 위로 작동된다.

영화에 대한 추억이 없는 이에게는 그저 평범한 에스컬레이터에 지나지 않겠지만 〈중경삼림〉을 좋아하는 이들에게 이곳은 각별하다. 양조위의 첫 번째 애인인 스튜어디스가 에스컬레이터를 타고 올라가며 무릎을 구부린 채 에스컬레이터 왼쪽에 있는 양조위 집을 향해 손을 흔들던 장면이 있다.

양조위가 늘 하얀 삼각팬티를 입고 돌아다녔던 그 집은 원래 촬영감독의 집이었다고 한다. 퀸스 로드 센트럴의 육교로 올라와 에스컬레이터를 타면, 세 번째 에스컬레이터가 바로 이 유명한 장면의 촬영 현장이다. 영화가 한창 인기 있었을 때는 세 번째 구간에서 일본인 영화 팬들이 영화 장면을 흉내 내 다리를 구부리고 사이로 보이는 양조위 집을 찍었다고 한다. 지금은 다 지나간 얘기다. 홍콩 젊은이들조차 잘 모르는 오래전 영화니까.

그 길고 긴 에스컬레이터를 타고 끝까지 올라가보았다. 고급 아파트들이 들어서 있었고 주변에는 레스토랑, 카페, 기념품 가게 등이 줄줄이 이어졌다. 그리고 에스컬레이터가 끝나는 지점에는 산길 도로가 나 있었다. 조금 허탈했다.

에스컬레이터 옆 계단을 따라 천천히 걸어 내려오다 근처 카페에 앉아 아이스 아메리카노를 마셨다. 홍콩의 6월 공기는 축축하고 무더워서 비를 맞은 것처럼 온몸이 젖었다.

SOHO Plus
Furnished Studio
蘭桂坊啤酒
LAN KWAI FONG
BEER
TO LET
PLEASE CONTACT:
BLONDE
ONG KONG'S
EMIUM BEER
Wo On Lane
和安里

단지 구경 삼아 왔다면 최악의 상태였다. 혹시라도 〈중경삼림〉을 보지 않은 사람이 이곳에 오게 된다면 여름은 꼭 피하시라. 의미 없는 땀 속에서 짜증만 날 것이다. 그러나 영화에 푹 빠졌던 이라면 비몽사몽 꿈속의 인간, 몽중인夢中人이 될지도 모른다.

나는 영화에서 흐르던 노래 〈몽중인〉의 멜로디를 휘파람으로 불며 에스컬레이터를 타고 올라가는 사람들을 물끄러미 바라보았다. 날씨는 더웠지만 영화의 장면을 생각하니 가슴속에 시원한 소나기가 내리는 것만 같았다.

여행자에게
카페란

란콰이퐁이나 미드레벨 에스컬레이터를 들른 날이면 더들 스트리트로 향하게 된다. 원래 마약 상인이었고 훗날 토지 경매인으로 큰돈을 벌었다는 조지 더들의 이름을 딴 이 거리에는 고풍스러운 모습의 스타벅스가 있다.

이곳 스타벅스 계단에는 가스등이 있는데 저녁에 가야만 정취를 느낄 수 있다. 1840년 홍콩에서는 범죄를 줄이고자 집 밖과 거리에 등을 걸어놓았다. 처음에는 기름으로 밝히다가 1862년 홍콩&차이나 가스회사가 창설되면서 가스등을 달았고, 훗날 전기 보급이 되면서 전기등으로 모두 교체했다. 하지만 이 거리의 등만큼은 1979년 유물로 지

무엇을 보기 위해, 찾기 위해 부지런히 노력하면 만날 수 없다.
오히려 몸과 마음이 지치고, 비워지고,
혹은 슬프고 상실된 감정에 젖어 있을 때 우연히 만나게 된다.
그래, 나는 이런 기쁨 때문에 여행을 한다.

정되면서 지금도 가스로 불을 밝히고 있다. 저녁나절, 은은한 가스등 불빛을 받으며 새하얀 웨딩드레스와 예복을 입은 커플이 사진 찍는 모습은 매우 낭만적이었다.

계단 옆에 있는 스타벅스는 늘 푸근했다. 바쁜 관광객들이 일부러 시간 내서 찾아갈 만큼 특별한 곳은 아니었지만 초콜릿빛 나무기둥, 유리창과 벽 사이에 전시된 낡은 중국풍 주전자, 붉은색이 잔뜩 들어간 홍콩 사진, 옛날 로봇, 중국 전통의상을 입은 남녀의 포스터 등 예스러운 분위기가 편안했다.

나는 이곳에 오면 늘 졸았다. 달콤한 음악, 옆자리 홍콩인들의 부드러운 광둥어 소리, 뒷자리에서 들려오는 딱딱하지만 격조 있는 영국식 발음들이 꿈결처럼 들려왔다. 장식보다도 그런 소리들에 의해 옛날의 홍콩으로 돌아온 것만 같았다.

여행자에게 카페는 축 늘어진 몸을 추스르는 오아시스와 같은 공간이다. 여행 중이더라도 종종 쉬어야 한다. 그래야 여행이 더 즐거워진다.

발 있는 새는 다시 날 수 있을까

〈아비정전〉

난 〈중경삼림〉 못지않게 〈아비정전〉도 좋아한다. 주인공 아비(장국영 분)는 하는 일 없이 빈둥거리며 지내는 건달이다. 그는 운동장 매점에서 일하는 수리진(장만옥 분)에게 작업을 건다. 그녀에게 접근해서 "우리 꿈속에서 만날까"라는 달콤한 말로 유혹하다가, 잠시 시계를 1분 동안 보게 한 뒤에 이런 대사로 그녀의 마음을 훔친다.

"1960년 4월 16일, 우리 두 사람이 함께했던 1분을 잊지 않을 거야. 이 1분은 이제 지울 수 없는 1분이 되었어. 이건 부인할 수 없는 엄연한 사실이야. 지나간 과거니까."

멀쩡하던 수리진은 그 말에 흔들려 아비를 사랑하게 되지만 결혼하고 싶어 하는 그녀를 아비는 버린다. 아비는 자기 양어머니를 유혹하는 건달을 패주러 갔다가 낸서 루루(유가령 분)를 만나는데 여전히 책임지기 싫어한다. 그가 이렇게 비뚤어진 것은 입양되었다는 사실을 알게 된 뒤부터였다. 모호한 정체성 속에서 반항적으로 살던 아비는 양어머니가 애인과 함께 미국으로 떠나자 친어머니를 찾아 필리핀으로 향하지만 친어머니에게도 만남을 거절당한다. 자포자기한 아비는 필리핀 범죄조직을 통해 가짜 여권을 만들고 돈을 주지 않다가 총에 맞아 기차 안에서 죽고 만다.

두 어머니로부터 버림받은 뒤에 쓸쓸하게 죽어가는 아비의 모습은 당시 떠나가는 영국과 새로 주인이 되어 나타나는 중국을 바라보는 복잡한 홍콩인들의 의식을 표현하고 있다 한다. 여기에 아비와 경찰관(유덕화 분)과 수리진의 삼각관계, 사각팬티 바람으로 맘보춤을 추던 아비의 매력이 어우러지면서 젊은이들의 가슴을 흔들었다.

그런데 내가 이 영화를 좋아한 이유는 영화에 담긴 깊은 의미 때문도 아니고 청춘남녀들의 아픈 사랑 때문도 아니다. 나는 여행자로서 아비가 읊는 대사들에 심취했었다.

“새가 한 마리 있었지. 발 없는 새는 태어나면서부터 날기 시작해서 죽을 때 땅에 내려오는 줄 알았어. 하지만 그게 아니었지. 그 새는 처음부터 죽어 있었던 거야…….”

아비는 이제는 선원이 된 옛날의 경찰관에게 이런 말을 남기며 필리핀의 달리는 기차 안에서 죽어갔다. 선원이 아비를 타박했듯이 이

말이 '여자 유혹할 때 써먹는 멋진 대사처럼' 들리는 사람들도 있겠지만, 훨훨 날아다니다 정착해야 하는 상황에 있던 내게는 가슴을 후벼파는 비수였다.

내 앞에 길게 이어진 삶이 지겨웠고 빵부스러기를 줍기 위해 고개 수그리는 삶이 치욕스러웠으며 길에서 죽어가는 아비가 부러워 질투도 났다. 또한 영화 속 필리핀의 차이나타운에 있는 게스트하우스들, 거리들을 보면 초라했지만 찬란하게 떠돌던 옛 시절이 그리워 가슴이 시려왔다.

■

영화의 기억을 더듬으며 미드레벨 에스컬레이터 근처에서 드디어 캐슬 로드를 찾아냈다. 믿음직한 경찰관이 늘 순찰을 돌던 길이었고, 수리진이 아비를 생각하며 울다가 경찰관에게 속마음을 털어놓은 길이었다. 이미 촬영할 때 세트로 설치했던 공중전화는 철거되었고 성벽과 낡은 아파트와 축대만 남아 있었다. 너무도 평범한 길이었지만 영화 속에서 청춘남녀들의 아픔을 기억하는 내게 그 길은 결코 평범하지 않았다.

〈아비정전〉의 흔적은 다른 곳에도 있었다. 코즈웨이 베이 역 근처의 리가든스 맞은편에 자리한 퀸스 카페. 아주 작고 평범한 이 카페의 유리창에는 영화에서처럼 왕관과 함께 'Queens Cafe, 皇后飯店황후반점'

Furnished
SERVICE
APARTMENTS
Regent Heights
2895 2555
生
命
堂
ELEVEN
LOOK RIGHT

이라 씌어 있었다. 영화 속에서 아비는 친구들과 이곳에서 노닥거렸었다.

근처 골목길에는 왕가위 감독이 종종 찾는다는 문 가든 티하우스도 있었는데 인사동 찻집 같은 분위기였다. 예스러운 인테리어에 안쪽에는 조그만 연못이 있었다.

혹시 왕가위 감독이 나타나진 않을까? 그런 막연한 기대를 갖고 천천히 차를 마셨지만 그는 물론 나타나지 않았다.

그리고 몇 년 뒤 다시 가보니 퀸스 카페는 자동차 대리점으로, 문 가든은 유리공예품 가게로 바뀌어 있었다. 이제 그곳들은 영화 속에만 남아 있는 추억이 되어버렸다.

에그타르트의 진실

타이청 베이커리

홍콩에는 에그타르트로 유명한 타이청 베이커리泰昌餅家가 있다. 한국인 여행자들이 즐겨 찾는 곳이지만 나는 늘 지나치다가 요즘에야 처음 가 보았다. 이 가게의 에그타르트를 아주 좋아했던 홍콩의 마지막 총독은 영국에 돌아가서도 그 맛을 잊지 못해 주문해 먹었다고 한다.

줄이 길어서 한참을 기다렸다 들어갔는데 에그타르트를 파는 직원들은 매우 피곤한 표정을 짓고 있었다. 많이 팔리면 오히려 종업원들은 고생이지. 에그타르트 세 개를 사 갖고 나와 먹으려니 먹을 데가 마땅치 않아 옆의 퍼시픽 커피숍으로 갔다. 구석에 앉아 아이스커피에 에그타르트를 먹는데 뜨거워서 자꾸 바스라져 떨어졌다. 이거 원, 먹는 모습이 좀 추잡스럽다.

사실 예전에 이곳을 늘 지나친 이유는 별로 기대를 하지 않았기 때문이다. 직업상 여러 것을 경험해야 해서 잘 알려진 맛집을 찾아다니기도 했었지만, 막상 가보면 맛과 서비스는 별로인데 사람만 들끓는 적이 종종 있었다. 그러다 보니 아무리 남들이 많이 가고 유명한 곳이라 해도 무심해졌다. 그런 내가 타이청 베이커리에 들른 이유는 마카오에서 워낙 맛있는 에그타르트를 먹고 그 맛에 홀딱 빠진 뒤라, 홍콩의 에그타르트와 비교하고 싶어서였다. 처음에는 두 개를 무심하게 먹었다. 그래서 '홍콩 에그타르트는 그저 그렇군' 했는데 그게 아니었다. 나머지 한 개를 나중에 숙소에 와서 먹는데 '와 맛있네'라는 탄성이 나왔다. 가만히 생각해보니 처음 먹었을 때는 배가 불렀던 것이다. 너무도 당연한 진실이었다. 배가 부를 때 뭔들 맛있겠는가.

그런데 마카오에서 유명한 로드 스토 카페의 에그타르트와 홍콩 타이청 베이커리의 에그타르트 중 어떤 게 더 맛있을까? 홍콩과 마카오에 가서 두 가지 에그타르트를 다 맛본 나의 대학생 조카는 타이청 베이커리 것이 더 맛있다고 했고, 어느 한국인 여자는 마카오 에그타르트가 더 맛있다고 했다. 글쎄, 취향에 따라 다를 텐데 홍콩의 에그타르트는 겉이 노랗고, 마카오의 에그타르트는 설탕을 얹어 살짝 그을려 겉이 약간 검다. 나는 홍콩 타르트건 마카오 타르트건 두 가지가 다 맛있는데 단, 배부를 때는 두 개가 다 별로다. 결국 가장 맛있는 음식은 '배가 고플 때' 먹는 음식 아닐까.

무심한
휴식처

소호

홍콩에는 소호SOHO라는 거리가 있다. 주로 서양 사람들이 즐겨 찾았지만 요즘에는 한국인들도 많이 가는 곳이다. 이 거리에는 멋진 카페와 바, 빈티지 상점 등이 있는데 낮에 오면 그리 화려하다는 느낌이 들지는 않는다. 그만큼 우리나라 대도시에도 현란한 거리가 많아서다. 이런 곳은 걸어다니며 구경하는 것보다 직접 바에 들어가 술이나 커피를 한 잔해야 분위기를 즐길 수 있다.

처음에는 그냥 돌아보았지만 그다음부터는 바에 들어가 한적한 시간을 즐겼다. 미드레벨 에스컬레이터를 타고 올라가다 보면 왼쪽에 로터스 바, 건너편에 요크셔 푸딩, 대각선 건너편에 스타운톤 와인 바가

STAUNTONS
Staunton's group
Lunch Special from $88
Happy Hour
4pm

보이는 사거리가 나온다. 그곳이 소호인데 그중에서 나는 로터스 바의 단골이 되었다. 세 번쯤 들러 맥주나 차를 마셨는데 한번은 감기가 걸려서 짝퉁 맥주인 진저 비어를 시켰다.

"이건 술이 아닙니다."

동남아 청년, 아니 여인이 주문을 받으면서 서툰 영어 발음으로 그렇게 얘기했다. 얼굴과 목소리는 남자 티가 나지만 허리는 여인이고 목소리는 중간이었다.

아무래도 좋다. 홍콩이란 여행지에서는 그가 남자든, 여자든, 어느 나라 사람이든, 무슨 일을 하든 신경 쓸 필요가 없다.

도대체 홍콩에서 맑은 날씨란 며칠이나 될까? 1월에 왔을 때도, 9월에 왔을 때도 비가 내렸다. 오늘도 흐리다. 건너편 창가에는 많은 서양인들이 대낮부터 맥주를 마시는데 여기는 나 혼자뿐이다. 이상해서 종업원에게 물어보았다.

"건너편 스타운톤 와인바와 요크셔 푸딩은 사람들이 많은데 왜 여긴 없지요?"

"여긴 태국 사람이 하는 데예요. 태국 음식과 칵테일을 위주로 하고, 요크셔 푸딩에는 맥주, 스타운톤에는 와인이 많아요."

그렇구나. 다 인종 따라, 취향 따라 찾아가는 것이다. 이곳은 와이파이도 잘 잡혀서 블로그 포스팅도 했다. 내 블로그에서 흘러나오는 비지스의 〈홀리데이스〉와 조지 해리슨의 〈홍콩 블루스〉를 들으니 진짜로 휴일을 즐기는 기분이었다.

하지만 한적하게 앉아 있는 나와 달리 소호 거리는 바빴다. 학생들이 가방을 메고 지나가고, 할머니가 짐을 끌고 가고, 관광객이 카메라를 들고 가고, 터번을 두른 시크 교도가 지나가고, 아이를 안은 아주머니가 길을 건넌다. 에스컬레이터가 계속해서 토해내는 사람들은 횡단보도를 가로질러 사라진다.

음료 한 잔 시켜놓고 오래 있으려니 좀 미안했지만 손님이 없으니 거북하진 않았다. 건너편 맥주집에 자리 잡은 금발 여인도 한 시간이 지나도 별로 줄지 않는 맥주잔을 앞에 놓고 하염없이 거리를 바라본다. 흐릿한 정물이 되어 무심하게 바라보는 세상은 쓸쓸하고, 달콤하고, 황홀했다.

다섯 시가 다 되어가고 있었다. 홍콩의 12월은 날이 금방 저물었다. 하늘에서 툭 떨어진 어둠이 골목길을 구를 무렵 나는 다시 도시로 걸어나갔다.

대도시
한복판에서

소호에서 센트럴 역으로 걸어 내려오다가 거리에 우두커니 서서 하늘과 행인들을 바라보았다. 남국의 가로수와 건물 들이 하늘로 치솟아 있고, 화려한 간판들은 서서히 빛을 내뿜었으며, 퇴근 무렵이라 사람들과 차량들은 거리를 가득 메우고 있었다. 문득 영화 〈매트릭스〉에서 주인공 네오가 현실로 알고 살아오던 곳이 사실은 가상의 '매트릭스'임을 알면서 놀라는 장면이 생각났다.

　혹시 우리의 현실도 마찬가지가 아닐까. 플라톤이 말했듯이 실재, 참 존재인 이데아는 다른 차원에 있고 세상에 존재하는 것들은 동굴에 비친 이데아의 그림자, 즉 덧없이 변해가는 시뮬라크르simulacre, 그러니까 복제된 이미지가 아닐까? 눈앞에 흘러가는 현실이 다른 차원에서 보면 모니터 속의 화면일지도 모른다.

우리는 이미 그 현상을 삶 속에서 체험하고 있다. 아르헨티나 문학의 거장 보르헤스가 소설 속에서 인용한 유명한 우화가 있다. 어느 제국의 지도 제작자들이 땅과 정확히 일치하는 정밀한 지도를 만들어 전 영토를 덮어버린다. 그러나 시간이 가면서 지도는 닳아 없어지고 결국 몇몇 조각들만 폐허 위에 나뒹군다.

즉 추상적이고 형이상학적인 아름다움은 썩은 고기처럼 부패하여 실제 흙으로 되돌아간다. 이 이야기는 지도가 아니라 원본, 흙이 중요하다는 메시지를 담고 있다.

그런데 프랑스 철학자·사회학자 장 보드리야르는 이 보르헤스의 우화를 변형시켜 "현대에는 지도가 영토에 선행하며, 지도는 건재하고 오히려 영토의 조각들이 썩어들어가고 있다"고 말한다. 즉 이미지가 현실을 지배하고 현실은 힘을 잃는다는 것이다.

홍콩 같은 대도시 한복판에 서면 그런 느낌이 든다. 저 울긋불긋한 간판들은 얼마나 생생하고 아름다운가.

트램에 그려진 남녀의 그림은 얼마나 실제 같은지 툭 튀어나와 현실이 된 것 같고, 반대로 거리에서 우글거리는 사람들이 저 화려한 이미지 속으로 빨려들어갈 것만 같다. 우리의 의식은 이미지와 현실을 구분하지만, 무의식 속에서 모든 게 뒤범벅이 되면서 이미지로부터 영향을 받고 있다.

RADO
SWITZERLAND
THE THINNEST
全球品牌代言人 劉若英
雷達表旗艦店
銅鑼灣波斯富街76號
易通集團
8348
SIGNATURE
sasa
Station EXIT
Nail Box
bossini
Cartier

또한 현대인은 관광지도, 팸플릿, 가이드북, 인터넷 정보 등에 의지해 여행한다. 이 또한 기호와 이미지인데 어느새 여행자들은 그것에 지배당하고 있다. 현대 사회에서 여행은 예전처럼 우연이 이끌어가는 불확실한 모험의 길이 아니라, 빛나는 이미지, 정교한 지도, 상세한 정보, 기호를 따라가는 '궤도 속'의 질서 있는 행위가 된다. 무엇이 볼 만하다고 소문나고 무엇이 먹을 만하다고 알려지면 사람들은 남들처럼 해보고 먹어봐야 한다는 초조함 속에서 부지런히 따라간다. 그리고 남들이 하는 이야기를 자신도 모르게 따라 하게 된다. 이미지가 현실을 규정하고 지배한다. 현실에 대한 인식은 주변 이미지에 의해 만들어지고 있다.

장 보드리야르는 원본 없는 복제물을 뜻하는 시뮬라크르라는 개념을 통해 이런 현대를 비판한다. 그는 시뮬라크르들이 지배하는 현대에서 '의미를 찾는 것'은 의미 없는 일이라는 허무한 말을 하면서도, 의미에 앞서 존재하는 외양들에게서 희망을 본다.

그가 말하는 외양이란 무엇을 뜻할까? 나 역시 언제부터인가 언어와 이미지에 대해 회의했다. 플라톤의 말처럼 우리의 참 존재인 이데아는 다른 차원에서 존재하고, 이 세상에 존재하는 우리들은 그저 그림자 같은 시뮬라크르들이며, 언어와 이미지는 그 시뮬라크르의 시뮬라크르를 확대 재생산하는 것으로 보였다. 그때 모든 것의 본질과 의미는 사라지고 껍데기 이미지만 활개 치는 것처럼 보여서 허무했다.

그런데 언제부터인가 덧없어 보이는 외양들이 사랑스럽게 보이기 시작했다. 걸어가는 사람들의 표정, 경적을 울리며 달리는 자동차, 트램 지나가는 소리, 번쩍거리는 상품 광고, 어둠에 잠겨드는 건물의 흐릿한 경계와 빛나는 가로등……. 시시각각 변해가는, 근원이 모호한, 진짜가 아닌, 덧없는 시뮬라크르들. 그런데 그것들이 발산하는 표정, 소리, 움직임, 꿈틀거림, 에너지 들을 몸으로 받아들이며 황홀함을 느낄 때, 원본과 복제를 구분하는 것은 의미 없어졌다. 나와 저 사물들의 근원이 무엇인지, 어디서 왔는지, 어디로 가는지, 시작과 끝이 어디인지, 의미가 무엇인지 중요하지 않았다. 다만 '지금, 여기서' 꿈틀거리는 빛나는 것들이 사랑스럽게 다가왔다.

유혹하는 옷집

아베크롬비&피치

센트럴 역 근처. 어느 건물 입구에 근육질 몸매를 가진 두 청년이 윗옷을 벗은 채 서 있다.

'저게 뭐야?'

호기심이 일어 들어가보니 청바지만 입은 채 웃통을 다 벗은 남자 옆에서 사진을 찍으려는 여자들이 줄을 서서 기다리고 있었다. 알고 보니 미국 캐주얼 브랜드 아베크롬비&피치에서 내세우는 특유의 판매 전략이었다.

쿵쿵쿵쿵 음악이 울리고 불빛은 은밀했다. 마치 나이트클럽처럼! 정작 옷은 벗은 남자 사진들로 도배된 계단을 올라가야 진열되어 있었다.

잉여를 저축하는 것이 나쁠 것은 없겠지.
그러나 욕망은 끝이 없는 법.
그 잉여가 우리를 파괴하지 못하도록
늘 마음을 낮추고, 비우고,
타인과 나누면서 소박하게 살아가야지.

가격은 품목에 따라 200~3,000홍콩달러까지 다양한데 많은 여자들이 몇 벌씩 움켜쥐고 있었다.

상술이 이렇게까지 발전하는구나. 상점을 떠나면서 사진을 한차례 찍고 손을 들어주니 청년들도 씩 웃으며 손을 흔들었다. 혹시 나를 동성애자로 오인했는지 모르겠지만 나는 돈 벌려고 웃통 벗고 사람들 앞에 서 있는 청년들이 안쓰러워서 그랬다. 기죽지 말고 돈 벌라고.

그런데 행인들의 반응은 각양각색이다. 한 서양 여인은 청년들을 깔보는 표정을 지었고, 다른 서양 여인은 히죽히죽 웃는데 동행한 남자는 불쾌한 얼굴이었다. 히잡을 쓴 인도네시아 여인은 시선을 돌렸고, 필리핀 여인들은 깔깔거리며 한참을 쳐다보았다. 대개 남자들은 무반응이거나 조금 못마땅한 표정, 여자들은 당황하거나 웃으며 호기심을 보였다. 그중 적극적인 여자들은 들어가서 웃통 벗은 젊은 사내 품에 안겨 기념사진을 찍기도 했다.

그래, 여긴 모든 게 상품화되는 것이 전혀 이상하지 않은, 홍콩이란 도시다.

다른 풍경

빅토리아 피크 · 마틸다 병원

사람 사는 풍경은 비슷한 것 같으면서도 막상 가까이 가보면 전혀 다르기도 하다. 빅토리아 피크와 마틸다 병원이 그런 곳이다.

홍콩의 아름다운 전경을 볼 수 있어서 유명한 빅토리아 피크는 원래 무더위에 시달리던 영국인들의 피서지로, 1860년 총독의 여름 관저가 지어지면서부터 본격적으로 개발되었다. 1909년의 여름을 보낸 어느 저널리스트는 덥고 습해서 "빗속의 나이지리아보다도 못하다"고 투덜거렸으나 그의 아내는 영국식 정원과 잔디, 꽃 그리고 점점 시원해지는 깨끗한 공기에 만족했다는 글을 남기기도 했다.

여러 계절에 빅토리아 피크를 가본 내 경험으로는 매우 더운 날씨나 우기에는 오르기 힘들었으나 선선한 겨울에는 쾌적하게 느껴졌다. 예전에 영국인들은 의자식 가마를 타고 이곳을 올랐다고 한다. 그러다 이곳에 호텔을 지은 알렉산더 핀들레이 스미스가 사업상 편의를 위해 1888년 피크 트램을 만들면서 빅토리아 피크에 오르는 게 편해졌다. 지금은 전기로 움직이지만 그 시절 트램은 증기기관으로 움직였으며 앞좌석은 총독의 전용석이었다.

피크 트램 정거장은 언제나 사람들로 붐빈다. 줄이 엄청나게 길어서 기다리는데 짜증이 날 만도 한데 다들 역사적 유물을 타본다는 흥분 속에서 무던히도 기다린다. 트램을 타고 올라가는 동안 오른쪽 차창 밖의 건물들이 다 쓰러지는 것처럼 보여서 웅성거리는데, 나 역시 처음에 트램을 탔을 때 이 광경을 보고 놀란 적이 있었다.

몇 년 만에 다시 와보니 빅토리아 피크 정상에 마담 투소 인형 박물관과 스카이 테라스가 생겼다. 상업적인 목적으로 만들었겠지만 나름대로 흥겨웠다. 들어가는 입구에 지존 이소룡이 서 있었고 그 옆에는 성룡의 밀랍 인형이 보였다. 안에 들어가니 실물 크기의 수많은 인형들이 보였다. 100개쯤 된다는데 그중에서 나는 등려군이 가장 좋았다. 정말 사람 같아서 한동안 자리를 뜰 수 없었다.

멋진 유덕화, 영화 〈첨밀밀〉에서처럼 자전거를 타고 가는 여명도 반가웠다. 또 마릴린 먼로, 마이클 잭슨, 브래드 피트, 안젤리나 졸리 등 서양 배우와 가수들도 많았고 한국의 스타 배용준도 있었다. 백악관 집무실에 앉아 있는 오바마, 후진타오, 장쩌민 등 정치인들도 보였으며,

女神卡卡
Lady Gaga

베컴, 무하마드 알리 등 스포츠 스타도 있었다. 비틀스 앞에서는 많은 사람들이 사진을 찍느라 여념이 없었다. 밀랍 인형들이 정말 실물과 비슷해서 같이 사진을 찍으면 둘 다 살아 있는 사람 같기도 하고 둘 다 밀랍 인형처럼 보이기도 했다.

빅토리아 피크에서 가장 야경이 잘 보이는 곳은 전망대인 스카이 테라스다. 구름이 끼거나 비가 오면 이곳에 올 이유가 전혀 없지만 다행히 날이 맑은 편이었다. 어둠이 짙게 깔리자 홍콩 섬과 구룡반도의 빌딩들이 내뿜는 빛이 땅 위에 흩뿌려진 별처럼 빛났고, 어둠 속에 웅크린 산등성이 건물들에서 번져나온 빛은 짐승 눈빛처럼 이글거렸다. 역시 홍콩은 야경이다. 특히 빅토리아 피크에서 내려다보는 야경은 백만 불짜리였다.

■

한번은 낮에 빅토리아 피크의 전망대 부근에서 빅토리아 산 정상 부근에 있는 공원 빅토리아 피크 가든까지 걸어갔다. 도중에 멋진 유럽식 집들과 공원이 나왔다. 언젠가 텔레비전 프로그램에서 보았는데 이곳은 홍콩에서 가장 집값이 비싼 동네로 33평 아파트 매매가가 56억 원, 170평 아파트는 700억 원이란다. 여기 사는 사람들은 도대체 얼마나 부자일까?

20분쯤 걸어가 전망대에 오르니 확 트인 바다 전경이 보였다. 해가 조금씩 가라앉자 흐릿한 동양화 같던 홍콩의 겨울 바다는 금빛 가루를 뿌려놓은 것처럼 황금빛으로 물들기 시작했다. 홍콩에서는 야경은 물론 해 지는 저녁의 풍경도 금빛이었다.

홍콩에서는 자연이든, 인공이든 빛깔이 마음을 흔든다. 빅토리아 피크 가든에는 분홍색, 빨간색 꽃이 십자형으로 피어 있었고 푸른 잔디밭 위에서는 사람들이 한가롭게 잠을 자고 있었다. 한적하고 평화로운 곳이었다.

구경을 마친 뒤 다시 피크 전망대까지 내려온 나는 내친 김에 어느 영문판 책에서 본 마틸다 병원에 가보기로 했다. 길가에서 찾은 안내판에 '2분'이라 적혀 있어서 금방 갈 수 있을 것 같았다. 마틸다 병원은 그랜빌이라는 남자가 아내 마틸다가 죽자 그녀를 추모하고자 1907년에 세운 의료시설로 헨리 킹 감독의 영화 〈모정〉이 촬영되기도 했다. 공기와 기후가 좋은 지역에 자리한 이 병원은 지금은 누구나 치료받을 수 있지만 한때는 영국인만 이용할 수 있었다고 한다.

그런데 2분이란 것이 걸어서가 아니라 차로 2분이란 소리였다. 결국 행인들에게 물어물어 20분쯤 걸려 도착했다. 마틸다 병원 정문을 들어서는데 웬 여자 경비원이 막아선다. 그냥 구경하러 왔다고 하니 "어디서 왔냐? 홍콩에서 사냐?" 이것저것 물어온다. 활달한 여인이다. 아버지가 네팔 사람으로 홍콩 경찰이었는데 자기는 홍콩에서 태어났고 이 병원에서 14년을 근무했다고 한다. 마틸다 병원보다 이 여인에 더 관심이 생긴 나는 잠시 발걸음을 멈추고 그녀와 수다를 떨었다.

"홍콩은 살기 좋은데 물가가 비싸요. 그리고 이 병원은 진료비가 비싸서 우리 같은 사람은 이용하지 못해요."

"얼마인데요?"

"무슨 치료를 하기만 하면 대개 1에서 2라크 홍콩달러가 들어요. 정말, 정말 비싸요. 여긴 개인병원이라서."

라크? 라크라면 어떤 단위를 말하지? 그녀에게 수첩에 써 달라고 하니 100,000을 썼다. 그러니까 무려 1,500만 원에서 3천만 원이라는 거다. 우엑, 아무리 비싸다고 해도 웬만한 병 치료하는데 그렇게나 들까? 이 말을 액면 그대로 믿기는 힘들고 정확한 사정도 모르지만 비싼 것만은 틀림없었다.

"그렇게 비싼데 누가 여길 다녀요?"

"영국, 러시아, 홍콩 부자들이 오지요. 하하, 세상에는 부자가 많으니까요."

그녀와 한동안 이야기를 나누다 병원을 구경하기로 했다. 일단 건물로 들어가 화장실에서 볼일을 보고 복도로 들어서는데 저 건너편에서 제복을 입은 또 다른 여자 경비원이 다가왔다.

"어떻게 오셨나요? 아파서 내원하셨어요?"

"아뇨, 그냥 구경하러 왔는데요."

"아, 여긴 진료받지 않는 방문자는 건물 안으로 들어오면 안 됩니다. 밖에서만 구경하시겠어요?"

나는 우리나라 종합병원처럼 여기고 한번 휘둘러볼 생각이었는데 그건 안 되는 모양이다. 여자 경비원은 나를 따라 밖으로 나왔다. 그녀도 네팔 여인. 네팔 사람들은 참 친절하고 우호적이다. 그녀와 또 수다를 떨었다.

"나처럼 다른 여행자들도 구경을 오나요?"

"네, 종종 와요. 주로 서양 사람들이 오는데 저번에는 어떤 캐나다인이 여기가 유명한 곳이라며 잡지 기사를 오려 왔더라고요. 하하하. 그런데 방문자들이 마음대로 들어와 돌아다니면 우리 같은 경비원이 해고당해요."

여기서 1년째 일하고 있다는 그녀는 이곳저곳 안내하며 구경을 시켜주고, 사진 찍기 좋은 곳도 가르쳐주었다. 고마웠다. 크게 볼 것은 없었지만 마틸다 병원까지 올 수 있도록 도와준 행인들, 경비원들과 이야기 나누는 게 유쾌했다.

그나저나 홍콩의 부자들은 우리 상상을 넘어서는 부자인가 보다. 누구나 다 갈 수 있는 빅토리아 피크 곳곳에 평범한 삶과는 전혀 다른 삶들이 있었다.

홍콩의 중심

황후상 광장

센트럴 역 부근의 황후상 광장皇后像廣場은 평일에는 조용하다가 주말이 되면 관광객들과 필리핀 이주노동자들이 몰려든다. 크리스마스 무렵에는 간이 회전목마도 설치되어 아이들이 신나게 타고 있었다.

'센트럴中心'이라는 지명에서도 알 수 있듯 여기는 홍콩의 중심지다. 80년 전에 세계일주를 했던 연희전문대의 이순탁 선생이 펴낸《최근 세계일주기》라는 책을 보면 당시에는 '황후상'으로 불리는 영국 빅토리아 여왕의 동상 좌우로 5인의 총독 동상이 서 있었다. 이 동상들은 2차 세계대전 때 홍콩을 점령했던 일본군이 약탈했다가 돌려주었는데 지금은 토머스 잭슨 경의 동상만 남아 있고 빅토리아 여왕의 동상은 빅토리아 공원으로 자리를 옮겼다.

그 시절 홍콩은 70만 인구 중에 영국인은 불과 4천 명이었고, 그 외의 외국인이 3천 명, 나머지는 모두 중국인이었다. 모든 상권을 중국인이 장악한 가운데 홍콩은 매우 번영했다고 한다.

지금도 황후상 광장은 홍콩의 중심지답게 중요한 건물들이 주변에 밀집해 있다. 토마스 잭슨 경이 세운 홍콩상하이은행 건물을 비롯해 국제금융센터, 중국은행, 만다린 오리엔탈 호텔 등이 있어 야경이 훌륭했다. 풍수설에 의하면 황후상 광장은 빅토리아 피크에서 빅토리아 만까지 이어지는 '용의 동맥'이 통과하는 지점으로 영국인뿐만 아니라 중국인에게도 중심이다.

오늘날 그 중심으로 모여드는 사람들은 영국인도, 홍콩인도 아닌 세계 각지에서 온 관광객들이며 일요일에는 필리핀 이주노동자들이 모인다. 이는 하나의 상징으로 보였다. 영국에게 갔다가 중국에게 돌아온 홍콩이라는 땅이 홍콩인의 터전임은 분명하지만, 그 땅을 지탱하는 것은 이주노동자들과 물결처럼 흘러들어오는 '세계인'들이다. 이 같은 현상은 세계 각지에서 일어나고 있으며 우리도 머지않은 미래에 그것을 성큼 느끼는 순간이 올 것 같다.

일요일의 그녀들

일요일이면 동남아 여성들이 수십 명씩, 때로는 수백 명씩 공원이나 거리에 모여 앉아 휴식을 취한다. 예전에는 필리핀 여성들이 압도적이었는데 점점 히잡을 쓴 인도네시아 여성들이 많이 보이기 시작했다. 황후상 광장 근처의 차터 가든을 지나다 필리핀 여성에게 직접 물어보니 이렇게 대답했다.

"예전엔 어딜 가나 우리가 많았는데, 지금은 코즈웨이 베이 역 근처의 빅토리아 파크 주변에는 인도네시아 사람들이 많고, 우리는 센트럴 역의 황후상 광장이나 미드레벨 에스컬레이터에 모여서 놀아요."

홍콩에서 가정부로 일하는 이들이 일요일에 밖으로 나올 수밖에 없는 이유는 좁은 집 탓이다. 주인 식구들은 집에서 오붓하게 지내고 동남아 가정부들은 밖에서 자기들끼리 지내는 것이다. 이들은 주로 패스트푸드점에서 끼니를 해결하거나, 준비해온 음식을 친구들과 공원이나 거리에서 나눠 먹으며 시간을 보낸다. 비가 오면 값싼 트램을 타고 빙빙 돌기도 하고.

홍콩에 사는 한국인들로부터 들은 얘기로는 보통 동남아 가정부는 숙식을 주인집에서 제공받고 한 달에 3,500홍콩달러(약 50만 원)을 받는다고 한다. 큰돈은 아니지만 그래도 집세나 식비가 안 드니까 차곡차곡 돈을 모아서 본국으로 보낸다.

이주노동자들을 다룬 목포대학교 역사문화학부 윤형숙 교수의 논문에 의하면, 홍콩에서는 1980년대 서비스업의 발달로 중산층 여성들의 경제 활동이 늘면서 집안일을 도와줄 가정부가 필요해졌고 이를 해결하기 위해 필리핀 가정부 수입 정책을 추진했다. 계약 기간은 2년이며 고용주는 가정부의 항공료, 식비, 의료비를 책임져야 하는데, 1993년 필리핀 가정부를 고용하고자 하는 사람은 연 15만 홍콩달러 이상의 수입이 있어야 한다는 법도 제정되었다고 한다.[7] 또 다른 자료를 보니 필리핀 이주노동자들은 노동조합도 만들었는데 그들끼리도 노선이 달라 갈등을 빚고 있다 한다. 여행자는 쉽게 알 수 없는 속사정들이 있었다.

그래도 크리스마스가 다가오는 때라 이들은 함께 춤추며 즐겁게 축제를 벌이고 있었다. 광장의 무대에서는 지역이나 단체별로 노래와

pm
下午 4-7
End
終止

춤 실력을 겨룬다. 잠시 후, 귀에 익은 음악이 터져나왔다. 싸이의 강남스타일. 사람들이 몰려들기 시작했다.

그곳 말고도 필리핀 여인들은 건물 밑, 계단, 통로, 공원 등 여기저기에 무리 지어 있었는데 참 낙천적이고 유쾌해 보였다. 노트북을 펴놓고 뭔가 보기도 하고, 서로 발톱을 다듬어주기도 하고, 책을 읽기도 하고, 카드놀이도 한다. 조그만 책이나 접은 신문지 위에 둘씩 짝지어 올라가는 놀이도 하고, 소지품들을 주욱 늘어놓아 더 길게 만드는 게임도 하는데 어떤 여인은 바지를 훌러덩 벗어 바닥에 깔기도 했다. 물론 그걸 대비해서 안에 긴 속옷을 입었지만 그녀의 행동에 모두들 배꼽을 잡고 웃어댔다.

그녀들의 이질적인 문화와 풍경은 홍콩에 활기를 불어넣고 있었다. 홍콩인들도 관대해 보였다. 멋진 현대식 건물들 앞에 자리를 펴고 앉은 필리핀 여인들을 보아도 눈살 찌푸리지도, 내몰지도 않았다.

문득 가슴이 짠해졌다. 그들 속에서 우리의 가난했던 과거가 보였다.

나는 다른 사람들이 노는 모습을 서서 구경하는 필리핀 여인들에게 다가가 물었다.

"홍콩에 온 지 오래되었어요?"

"이 친구는 1년, 나는 석 달째예요."

"힘들지는 않아요?"

"좋아요. 그런데 스트레스도 받아요. 일일이 말로 표현하긴 힘들지만…… 그래도 돈 벌려면 참아야지요."

이렇게 말하며 미소 짓는 두 여인의 얼굴은 더없이 맑고 순박했다. 또 내가 한국 사람인 것을 알자 무척 반가워했다. 한국에 돌아가 필리핀 사람들을 만나면 나도 반갑게, 정답게 대하리라.

트램,
느림의 미학

홍콩에 있는 동안 트램을 종종 탔다. 사실 트램보다는 전차라는 말이 내겐 더 익숙하다. 어린 시절 서울에는 전차가 있었다. 그래서 알록달록한 만화 같은 광고와 멋진 사진들이 뒤덮은 홍콩의 트램이 달려오면 가슴이 뛰었다. 트램을 타고 어린아이처럼 2층 창밖으로 흘러가는 풍경을 내다보며 땡땡땡 소리를 들으면 나는 아련한 과거로 돌아갔다. 홍콩에서 가끔 젊은 엄마가 조그만 아이들을 데리고 타는 모습을 보면 거기 어머니와 동생과 내가 있었다.

지금으로부터 50년 전인 1960년대에 나와 동생은 어머니를 따라 전차를 타고 마포구 공덕동에 있는 큰외삼촌 댁에 종종 갔었다. 대여섯

살 때, 나는 외삼촌 댁이 있는 종점에 다 온 줄 알고 사람들 따라 내린 적이 있었다.

"엄마, 형 내렸어!"

앉아 있던 동생이 소리치자 어머니는 깜짝 놀랐고, 나는 허겁지겁 다시 뛰어올랐다. 만약 동생이 소리치지 않고 전차가 그냥 떠났다면? 나는 고아가 되었을 거다. 옛 시절엔 그런 아이들이 종종 있었다. 참 힘든 때였다. 어머니는 평생 고생만 하다가 가셨다. 트램에 우두커니 앉아 밖을 구경하다가, 아이들 손을 잡고 올라타는 젊은 홍콩 엄마를 보면 나보다 젊었던 '어린 어머니'의 고생하던 시절이 생각나서 가슴이 저려오고 눈물이 났다.

어느 날 코즈웨이 베이 역에서 웨스턴 마켓 쪽으로 가는 트램을 탔다. 만원이었다. 2층 뒤쪽으로 가니 어느 승객이 튼 잡음 섞인 라디오 소리가 들려왔다. 맨 뒷자리 오른쪽 끝에 앉은 중년 사내는 하염없이 창밖을 바라보고, 왼쪽 끝에 앉은 중년 여인은 무심하게 건너편 창밖을 내다보고 있다. 그 옆자리 사내는 졸고, 그 옆자리 아가씨는 로맨스 소설을 읽고, 그 옆자리 청년은 마권을 보면서 계속 휴대전화로 뭔가를 검색하는 중이다. 서서히 밀려오는 어둠 속에서 사람들은 각자의 세계에 빠져 있다.

홍콩 트램들은 예쁘기도 하다. 하얀색, 자주색, 연두색, 보라색, 파란색, 노란색……. 그 위에 그려진 광고는 아기자기하고 황홀해서 트램을 타면 다른 세계로 가는 것만 같다.

152
152
152
Puppetland at
The Landmark
西灣河電車廠
103
152

빠른 도시에서 속도에 지쳤을 때
나는 느린 트램을 타고 천천히 달린다.
어디로 갈지 모른 채 어디론가 가노라면
삶의 짐을 내려놓은 것만 같다.

포근한 트램에서 창밖으로 내려앉는 저녁 어둠과 화려한 불빛을 바라본다. 세상이 현실 같지 않다. 그냥 만화 같고 영화 같다. 혹은 내 유년 시절로 돌아온 것만 같다.

한동안 동심으로 돌아가 무심하게 창밖을 바라보는데…… 어, 저게 뭐지? 자전거 탄 사내가 우리 트램을 따라오고 있다. 멀리 뒤에서는 다른 트램도 쫓아오는데 자전거가 트램보다 빠르다. 이윽고 우리 트램을 따라잡은 자전거는 앞지르기 시작한다. 트램은 중간중간 자주 서니 자전거는 멀리멀리 내빼고 있었다. 트램은 속도도 느리지만 수많은 신호등에서 쉬고 정류장마다 서기에 MTR을 타면 2~3분 걸릴 거리가 15분은 걸린다.

아, 홍콩 참 매력적이다. 도심지 지하에는 핑핑 달리는 MTR이 있고, 지상에는 쌩쌩 달리는 차와 버스가 있으며, 가끔 거기 뒤섞여서 자전거가 달리고, 또 자전거보다 더 느린 트램이 달린다. 모든 게 공존하는 도시. 복잡한 시스템과 빠른 속도에 구멍을 내는 이 풍경들은 얼마나 사랑스럽고 통쾌한가.

빠른 도시에서 속도에 지쳤을 때, 나는 느린 트램을 타고 천천히 달린다. 밑으로 흘러가는 낡고 퇴색한 건물과 간판, 허름한 차림의 서민들이 살아가는 모습을 물끄러미 바라보고, 2층 창가에 매달려 하염없이 밖을 내다보는 아이들을 보면 마음이 푸근해진다. 빨리 갈 곳도 없고, 어디에 내릴지도 모른 채 어디론가 가노라면 삶의 짐을 내려놓은 것만 같았다. 아련한 풍경들이 내 안으로 천천히 흘러들어오면 현실은 한 편의 꿈과 영화가 되어간다.

자전거보다 느린 트램은 어른이 2.30홍콩달러, 아이는 1.20홍콩달러, 65세 이상 노인은 1홍콩달러. 참 착한 가격이다. 트램은 홍콩 서민들과 영화의 추억과 내 삶에 대한 회상이 교차하는 시간이었고, 빠르고 각박한 속도로부터 도피할 수 있는 장소였다. 다만 오래 타면 멀미가 난다는 게 안타까웠다.

우리는
추억의 힘으로
살아간다

〈화양연화〉

영화 〈화양연화〉를 처음 본 것은 2000년대 중반이었다. 결혼하고 7, 8년쯤 지나서였나. 장면마다 새롭게 갈아입는 장만옥의 치파오는 황홀했고 고풍스러운 미장센도 탁월했다. 국수를 사 들고 어두운 골목길을 걸어가는 장만옥의 외로운 뒷모습, 아내의 불륜을 확인하고 골목길 귀퉁이에 서서 담배를 피우던 허탈하고 낙담한 양조위의 표정, 허무와 불안과 사랑이 어른거리는 하얀 담배 연기, 그리고 달콤하고 낭만적인 음악들. 이건 중년이 되어야 더 가슴 깊이 다가오는 장면들 아닐까?

1962년 어느 날, 손씨 부인 집에 첸 부인(장만옥 분)이, 복도로 이어진 옆집 구씨 집에는 지역신문 편집장인 차우(양조위 분)가 동시에 이

사를 오는 것으로 영화가 시작된다. 그 시절에는 좁은 집에 이렇게 세 들어 사는 것이 홍콩의 흔한 모습이었다고 한다. 차우에게도 아내가 있고 첸 부인에게도 남편이 있지만 그들의 배우자는 영화에서 얼굴을 드러내지 않는다. 뒤에서 서로 불륜을 저지를 뿐. 그걸 나중에 알게 된 차우와 첸 부인이 동병상련을 느끼면서 영화는 전개된다.

이 영화를 촬영한 음식점을 처음 찾아가던 늦은 오후는 몹시 후텁지근했다. 땀을 뻘뻘 흘리며 코즈웨이 베이 역 F 출구로 나오니 인파가 들끓었다. 홍콩의 여름 날씨에 영화 촬영지를 찾아가는 낭만을 기대하기란 어려웠다. 그저 빨리 무더운 날씨로부터 도피하고 싶은 생각밖에 들지 않았다. 5분쯤 걸으니 리가든스가 나왔고 바로 뒷골목인 란퐁 로드에 〈화양연화〉 촬영지인 골드 핀치 레스토랑이 있었다. 레스토랑 입구에는 한자로 크게 '金雀餐廳금작찬청', 영어로 조그맣게 'Gold Finch'라 씌어 있었다. 금작이라면 금빛 봉황새란 뜻인가?

문을 열고 들어가니 우선 에어컨 바람이 시원해서 좋았다. 종업원은 나를 안쪽 자리로 안내했다. 어두컴컴한 분위기며 인테리어가 예스러워서 1970년대로 돌아온 것처럼 푸근했다. 점심시간이 지나간 뒤라 손님들이 별로 없었다. 뭔가를 살피듯이 두리번거리는 내 눈치를 본 종업원은 내가 관광객이란 것을 잘 안다는 듯이 이런 말을 했다.

"저기가 바로 영화를 찍은 곳이에요."

건너편 벽에 화양연화에서 양조위와 장만옥이 음식을 먹는 사진이 걸린 자리가 보였다. 양조위와 장만옥이 앉아서 고기를 먹었던 곳이다. 예스러운 분위기의 이 레스토랑은 중년이나 노년의 홍콩인들이 많이 찾는데 〈화양연화〉 덕분에 특히 일본인 관광객들이 많이 왔다고 한다. 점심을 먹고 왔던 나는 커피를 한잔 마시기로 했다.

바로 이 레스토랑에서 차우가 매고 있는 넥타이와 첸 부인이 갖고 있는 핸드백이 각자의 배우자의 것들과 같고 그것들은 홍콩에서 살 수 없는 물건임을 알게 된다. 두 배우자는 일본 출장에서 돌아올 때 자신의 아내와 애인에게, 또 남편과 애인에게 똑같은 것을 사 왔던 것이다. 그 뒤 차우와 첸 부인은 서로 상처를 달래며 가까워지고 사랑하게 된다.

그러나 그들은 남들의 눈을 의식해 헤어지고, 훗날 캄보디아 앙코르와트의 어느 돌구멍에 대고 차우가 혼자 중얼거리며 영화는 끝난다. 들리지는 않지만 아마도 차우는 예전에 동료에게 했던 말을 중얼거렸을 것이다.

"옛 사람들은 감추고 싶은 비밀이 있을 때 산으로 갔대. 어느 나무에 구멍을 파고 거기에 자기 비밀을 속삭인 뒤 흙으로 봉하는 거지. 그리고 비밀은 영원히 가슴속에 묻는 거야."

그가 풀로 구멍을 막은 뒤 돌아설 때 잔잔한 음악과 함께 이런 자막이 나온다.

그 시대에 속했던 모든 것은 더 이상 존재하지 않는다. 먼지 낀 창틀을 통해서 과거를 볼 수 있겠지만 모든 것이 희미하게만 보였다.

金雀餐廳
Cafe de Goldfinch
ROOM
Vehicle waiting will be prosecuted without warning
停車等候
會被檢控
而不予警告
金雀餐廳

이 영화를 볼 때마다 가슴이 시려왔던 것은 희미해져가는 나의 추억 때문이었다. 인생의 가장 아름다운 때를 뜻한다는 화양연화花樣年華의 시절은 나에게 30대 초반 방랑과 방황의 세월이었다. 그런데 점점 그 시절의 추억이 희미해지고 있었기에, 앙코르와트에서 구멍에 속삭이는 차우의 애잔한 뒷모습은 마치 나를 보는 것만 같았다.

거리로 나오니 작은 미니버스들이 길거리에 서 있고 인부들이 땀을 뻘뻘 흘리며 수레로 뭔가를 나르고 있었다. 화려한 쇼핑센터와 명품 숍들, 낡은 상가들도 보인다. 모두 복잡하고 차가운 현실이었다. 사람들은 이 팍팍한 현실 속에서 열심히 일하고, 돈 벌고, 쾌락을 추구하며 살아간다. 그러다 문득, 자신의 삶이 별것 아니었다는 것을 깨닫는 순간들이 있다.

사랑에 실패해서든, 속절없이 먹어가는 나이 때문이든, 병 때문이든, 막막한 삶이 허탈해서든 모든 게 덧없음을 문득 뼈저리게 느낄 때 단단했던 현실은 무너진다. 그때 바라보는 세상은 그전의 세상과는 전혀 다르다. 모든 것이 불투명해 보이고 의지할 것도 없어 보일 때 사람들은 새로운 삶을 꿈꾸거나 과거의 화양연화를 그리워한다.

그래, 자기 삶에서 화양연화 하나만 있어도 우린 그 추억의 힘으로 살아갈 수 있지. 나는 배낭을 메고 마음껏 떠돌았던 젊은 시절에 쌓은 추억의 힘으로 살아가고 있다.

달콤하지만은 않았다. 불안하고 고통스럽고 힘들기도 했다. 그러나 그게 나의 화양연화였다.

일생에 단 한 번 화양연화의 경험을 했던 나는 여한이 없다. 다시 돌아갈 수 없다 해도.

■

7개월 뒤에 나는 아내와 함께 다시 그 레스토랑에 가서 스테이크를 먹었다. 점심시간의 레스토랑은 영화 속 우아한 분위기는 아니었지만 달궈진 철판 위에서 지글거리는 스테이크는 기교를 부리지 않은 투박한 맛이어서 만족스러웠다. 나는 영화 속의 양조위처럼 겨자 소스를 아내에게 건넸다. 유치하다는 느낌이 잠시 들었지만 우리는 추억을 만들어가는 중이었다. 어찌 알랴, 먼 훗날 돌아보면 이 시절이야말로 '우리의 화양연화'가 될지. 이 스테이크 집은 앞으로 홍콩에 오면 꼭 들르는 곳이 될 것 같았다. 이제 영화 때문이 아니라 서로 버텨내고 있음을 확인하고 싶어서.

근대와 전통

눈 데이 건

1960년대에 서울에서는 정오가 되면 사이렌이 울렸었다. 사이렌이 울리면 어머니는 "열두 시다. 밥 먹자" 하며 밥상을 차리셨다. 그런데 홍콩에서는 요즘도 정오가 되면 대포를 쏘는 의식이 있다. 바로 '눈 데이 건Noon Day Gun'이다.

1840년부터 시작된 눈 데이 건은 일본의 점령기(1941-47)만 빼고 계속 이어져왔다. 이 전통이 치러지는 장소를 찾아가는 과정은 순탄치 않았다. 과연 많은 여행자들이 헤맸다는 길답게 코즈웨이 베이 역 D1 출구로 나와 엑셀시어 호텔까지는 쉽게 찾아갔지만 그다음부터는 꽤 진땀을 뺐다. 한참 헤매다 찾고 보니 세계무역센터 건물을 등지고 왼쪽 골목길에 길을 건너는 지하통로 입구가 있었다. 계단을 따라 지하로 내려와 걸어가는 길에 바닷물을 호텔로 공급하는 커다란 녹색 파이프들이 보였다. 이윽고 밖으로 나오니 바닷가 조그만 공터에 반짝반짝 빛나는 파란색 대포, '눈 데이 건'이 놓여 있었다.

11시 45분이 되자 어디선가 여든쯤 되어 보이는 통통한 중국인 할아버지가 나타났다. 할아버지가 입은 감청색 제복은 바지도 짧고 소매도 짧다. 온갖 풍상을 다 겪고 난 담담한 얼굴로, 할아버지는 가끔 시계를 들여다보며 어슬렁거렸다. 나는 대포보다도 할아버지에게 관심이 갔다.

눈 데이 건은 매일 정오에 쏘고, 또 새해가 되는 자정에도 쏜다고 한다. 영국 식민지 시절부터 정오에 대포를 쏘아온 이유에는 여러 설이 있다. 널리 알려진 이야기는 영국 무역회사 자딘 매디슨에서 사장의 배가 지날 때마다 예우의 뜻으로 대포를 쏘아대자 화가 난 영국 해군 제독이 정오에 단 한 발만 쏘라는 벌을 내렸다는 것. 다른 설도 있다. 1993년부터 홍콩에 살면서 홍콩에 관한 책들을 쓰고 있는 작가 피터 스피리어는 항구에 정박하는 배들에게 시간을 알려주고 지키게 하기 위해 영국 해군이 포를 쏘았으며, 1870년 비용 절감을 위해 중단되었다가 아편 밀매로 큰돈을 번 자딘 매디슨 사에서 공공 서비스의 일환으로 다시 쏘았을 가능성이 크다고 얘기한다.[8]

내가 이런 설을 설득력 있게 보는 이유는 단지 영문판 자료이거나 여러 책에서 같은 이야기를 말하고 있어서가 아니라 다른 관점에서

살펴보았기 때문이다. 우리나라에도 정오에 대포를 쏘던 시절이 있었다고 한다. 구한말 그리고 일제강점기 때다. 일제는 1908년부터 한국보다 한 시간 느린 일본의 정오에 맞춰 오포를 쏘았다. 이는 일본의 시간을 한국에 이식하는 소리였는데 라디오가 보급된 뒤 규율은 더 강해졌고 오포는 시보 방송으로 바뀌었다.[9]

이는 근대 국가의 모습이다. 근대에 들어오면서 권력자들은 새로운 사회 건설을 위해 국민들을 교육하고 효율적으로 통제, 동원하며 시간을 관리한다. 과거에는 종으로 느슨하게 시간을 알렸으나, 근대에 접어들면서 오포가 되고, 사이렌이 되고, 라디오 시보가 되면서 시간을 알리는 행위는 점점 세분화되었다. 그렇다면 근대화 과정에서 일본이 한국에서 오포를 쏘아대었듯이, 영국 해군도 근대 국가의 의례를 식민지 홍콩에서 시행했을 가능성이 있다.

그런데 유래가 어찌 되었든 현재 영국에서 중국으로 주인이 바뀐 홍콩에 지금까지 이 의식이 남아 있는 이유는 무엇일까? 습관적으로? 아니면 관광객을 위해서? 나로서는 잘 알 수가 없다.

할아버지는 날마다 해오던 일을 담담하고 엄숙하게 준비하고 있었다. 드디어 12시 8분 전쯤 할아버지는 금빛 포탄을 포에 넣었다. 그러고는 뒷짐을 지고 기다리다 시간이 되자 뚜벅뚜벅 걸어가 금색 종을 치고, 조금도 망설임 없이 대포에 매달린 줄을 냅다 당겼다.

쾅!

공포탄이라는 사실을 알고 있긴 해도 소리가 너무도 커서 카메라

셔터를 누르는 손이 흔들렸다. 무슨 예고라도 하고 쏠 줄 알았는데 그냥 사정없이 당겨버리자 관광객들은 우와, 놀라면서 막 웃기 시작했다. 그런 뒤 할아버지가 비켜나자 사람들은 대포 앞에서 기념사진을 찍었다.

좀 허탈했다. 멋진 의식도 없이 허무하게 끝났다. 사람들이 모두 사라진 뒤 할아버지는 화약 묻은 대포를 수건으로 정성스럽게 닦아내기 시작했다.

과연 할아버지는 어떤 마음으로 이 대포를 쏘는 것일까? 조상에 대한 예의도, 순국선열에 대한 예의도, 조국에 대한 예의도, 기업 수장에 대한 예의도 아닐 테고……. 지속되는 '의례' 자체에 대한 경건함일까, 아니면 아무 생각 없이 그냥 일로서 하는 것일까? 나는 그런 게 궁금했다.

오후의 차

호놀룰루 카페

홍콩 사람들은 배가 출출해지는 오후에 홍콩식 분식집이라 할 수 있는 차찬탱茶餐廳에서 차와 빵을 들면서 애프터눈 티를 즐긴다. 하루는 나도 느긋하게 애프터눈 티를 즐기기로 맘먹고 완차이에 있는 호놀룰루 카페로 갔다.

호놀룰루 카페는 웡찡黃靜이란 홍콩 작가의 단편소설 〈사람을 찾습니다〉에 등장한다. 소설 속 여주인공은 12월 28일 마지막 지하철 12시 15분 차를 타고 가다 한 남자를 우연히 스치게 된다. 이상하게 그를 잊지 못한 그녀는 신문에 광고를 내고, 완차이에 있는 호놀룰루 카페에서 그를 만난다. 그러나 둘은 서로 소외감과 고독감을 확인하며 바람처럼 헤어진다.

또 장학우와 탕웨이가 출연한 영화 〈크로싱 헤네시Crossing Hennesy〉도 여기서 찍었다. 홍콩에서 산 DVD를 보았는데 결혼하라고 시달리는 노총각과 노처녀의 연애 얘기였다. 가족의 등살에 밀려 선을 본 두 사람은 처음에는 서로 관심이 없었다. 옛 연인들이 있었기 때문이다. 방황하던 그들이 점차 호감을 느끼며 진실된 사랑을 가꿔가는 곳이 서민적인 호놀룰루 카페였다.

호놀룰루 카페를 처음 찾아갔을 때는 좀 헤맸다. 완차이 역 4번 출구로 나와 한참을 걸어갔는데 도대체 간판이 보이질 않았다. 같은 길을 왔다 갔다 하다 포기하려는 순간, 웬 음식점 앞에 내놓은 조그만 메뉴판에 Honolulu Coffee Cake Shop이라는 영어가 보였고 간판에는 檀島咖啡餅店단도가배병점이라고 씌어 있다.

오후 4시 반, 호놀룰루 카페는 사람들로 꽉 차 있었다. 한창 애프터눈 티 시간인가 보다. 마침 빈자리가 나서 앉으니 바로 앞의 벽에 〈크로싱 헤네시〉 영화 포스터가 붙어 있다. 한자 메뉴판을 보고 주문을 했다. 紅豆冰홍두빙과 極品蛋撻극품단달. 蛋은 달걀이라는 뜻인 줄 알겠고, 撻은 타르트의 발음을 표시한 글자 같았다.

나중에 나온 것을 보니 역시 에그타르트였다. 늦은 점심인지 이른 저녁인지 면을 먹는 사람도 있지만 대부분은 토스트나 에그타르트와 차를 마시고 있었다.

나는 소설과 영화 속 장면을 생각하며 소박한 애프터눈 티를 음미하고 싶었지만 편하지 않았다. 사람이 많으니 빨리 먹고 나가야 할 것 같은 분위기였다. 이럴 땐 차라리 맥카페가 편했다.

그래, 애프터눈 티가 별건가. 그냥 오후에 먹는 간식이지. 다만 관광객들은 추억을 위해 호텔에서 파는 비싼 애프터눈 티를 즐기고, 홍콩 서민들은 차찬탱에서 와글거리며 에그타르트 한두 개에 한 잔의 차를 마실 뿐이다.

수상족을 찾아서

애버딘

홍콩 섬 남쪽의 바닷가 마을 애버딘Aberdeen에 가면 삼판선에서 사는 수상족을 만나볼 수 있을 것 같았지만 지금은 많이 없어지고 그저 한가한 풍경이었다. 한때는 수상족의 세력이 대단했었다. 1933년에 이곳에 들른 연희전문대 이순탁 선생의 기록에 의하면 당시에 수상생활을 하던 탄카蜑家, TANKA 족은 주강 연안에 30여 만이 살았고, 구룡항에는 이들이 사는 삼판선이 빽빽하게 들어서 있었다.

탄카 족은 명나라가 망할 때 피난 온 한족의 일파인데, 고생하면서 육로로 온 사람들이 편하게 수로로 온 탄카 족을 못마땅하게 여겨 상륙하지 못하게 하자 수상생활을 시작하게 되었다. 그 후 이들은 300년

동안 육지 사람들과 교류하지 않은 채 자기들 관습을 지키며 살아왔다고 한다.[10]

또 1881년 이곳을 방문한 사람의 기록을 보면 빅토리아 항 밖은 삼판선과 정크선 때문에 뱃길이 막힐 정도였다. 길쭉하게 생긴 삼판선은 마루바닥에 침실과 주방이 있으며 제단도 있다. 이 배에서 5세대가 같이 사는 경우도 있다고 한다. 아이들은 두 살부터 배 만드는 법을 배우고, 사내아이는 태어나자마자 목에 구명조끼 역할을 하는 조롱박을 걸었다. 그리고 그들은 죽을 때까지 육지에 발을 딛지 않았다고 한다. 또 18세기 초에 신선한 물을 얻기 위해 애버딘에 정박하던 영국인들은 이곳을 넓고 문명화된 예쁜 곳이라고 묘사하면서 '작은 홍콩'이라고도 불렀다.

1970년대만 해도 탄카 족이 사는 수상가옥이 빽빽했다지만, 지금은 배 위에 조그만 움집을 놓은 듯한 작은 삼판선만 몇몇 보였다. 오전 10시경 거닐어보니 보트 여행을 권유하는 사람들도 없었다. 하릴없이 바닷가를 산책하다가 건너편 압레이 차우 섬을 오가는 조그만 삼판선을 탔다. 안에는 교통카드인 옥토퍼스 카드로 배삯을 낼 수 있어서 편리했다. 십여 명이 앉으면 꽉 차는 배는 건너편 섬까지 가는 데 3분도 안 걸렸다. 내려서 부두 근처의 작은 시장을 돌아보다 다시 배를 타고 건너왔다.

바닷가에 있는 안내 표지판을 보니 음력 5월 5일 단오절에는 용선龍船 축제가 열려 48명의 노 젓는 이들이 긴 배를 타고 북을 치면서 경주를 한다. 6~7월경 태풍이 불어올 때는 1,000여 척의 배들이 태풍을 피해 정박한다는데 그때쯤 홍콩에 오게 되면 다시 와봐야겠다는 생각을 했다.

아쉽게 발걸음을 돌리려는데 웬 조그만 삼판선 사공이 다가와 '삼판선 투어'를 권했다. 흥정 끝에 70홍콩달러를 내고 바다를 돌아보았다. 오른쪽 끝의 방파제 있는 데까지 가보니 하얀 요트들만 잔뜩 있고, 조그만 삼판선은 별로 많지 않았다. 예전의 번영은 더 이상 볼 수 없었다.

아시아의 역사가 교차하다

리펄스 베이 · 스탠리 마켓

홍콩 섬 남단의 꼬불꼬불하게 이어진 해안에는 리펄스 베이가 있고 거기서 얼마 안 떨어진 곳에 스탠리 베이가 있다. 부유한 영국인들의 휴식처이자 주거지인 이 지역은 홍콩 속의 유럽 같은 분위기라 관광객들이 많이 찾는다.

'격퇴, 거절, 퇴짜' 등의 뜻인 repluse가 들어간 리펄스 베이 지명의 유래에는 여러 설이 있다. 어느 군인의 거절당한 청혼에서 유래되었다는 설도 있고 영국 해군이 해적들을 격퇴했다는 얘기에서 유래되었다는 설도 있는데 모두 명확한 증거는 없다. 다만, 역사적 사실은 1941년 12월 25일 영국군이 일본군 공격에 맞서 싸우다 패했다는 것이다.

이곳엔 부자들이 많이 산다. 바다를 내려다보는 아파트, 건물 들은 대략 90~100평, 저층은 40~50평으로 보이는데 집값이 엄청나게 비싸다는 얘기를 들었다. 풍수 사상에 따르면 사람이 가장 살기 좋고 번성하는 자리는 앞에 물이 있고 뒤에 산이 있는 곳. 리펄스 베이의 아파트는 이 조건에 딱 맞아 매우 비싸다. 그런데 문제는 아파트가 산에서 바다로 내려가는 기의 통로를 막았다는 것. 그걸 뚫기 위해 아파트 한가운데 거대한 구멍이 나 있다. 그만큼 홍콩인들에게 풍수 사상은 중요하다. 도시에서 앞에 물이 있고 뒤에 산이 있는 곳을 찾기 힘든 일반인들은 물 기운을 집 안으로 들이려고 어항을 놓고 물고기를 키운다. 또 '물고기 어魚'는 '넉넉할 요饒'와 발음이 비슷해서 물고기는 풍요로움을 뜻한다고 한다. 홍콩인들은 이처럼 풍수 사상이나 숫자, 발음에서 유래하는 상징들을 매우 중요시한다.

나는 여기에 오면 영화배우 최은희와 신상옥 감독이 생각난다. 바로 이곳에서 최은희가 북한 공작원에게 납치됐었다. 영화 합작이라는 미끼로 최은희를 홍콩으로 유인한 뒤 1978년 1월 리펄스 베이에서 납치해 갔고, 신상옥 감독 역시 7개월 뒤에 홍콩에서 납치되었다. 나는 그들이 탈출한 뒤에 쓴 책을 보았는데 납치된 최은희가 깨어나보니 북한 화물선 안이었고, 8일 뒤 새벽에 육지에 당도했는데 김정일이 직접 해변에 마중 나왔다고 한다. 이 부부는 북한에서 영화를 만들며 김정일의 신임을 얻은 뒤, 기회를 엿보다가 1986년 탈출한다.

요즘 리펄스 베이를 찾는 한국 젊은이들에게는 멋진 해변, 식당,

카페가 주로 보이겠지만 그 시절 대학을 다녔던 나는 이곳에 처음 왔을 때 납치 사건부터 떠올렸었다. 30여 년 전 이야기지만 그 시절 홍콩이나 마카오 여행을 한다는 것은 꽤 위험한 일이었다.

리펄스 베이에서 버스를 타고 바닷길을 따라 10분쯤 가면 스탠리 마켓Stanley Market이 나온다. 계단 사이로 난 좁은 골목길에는 옷가게, 기념품, 잡화점, 음식점 등이 있고, 거길 빠져나오면 바다가 보인다. 꼭 바다가 있는 작은 이태원 같다. 홍콩인보다 서양인이나 관광객이 더 많다. 영국인에게 스탠리는 특별하다. 1840년대에 영국은 언덕의 붉은 토양 때문에 '붉은 기둥赤株'이란 이름이 붙은 이곳에 진지를 구축했고, 머레이 하우스는 장교들의 숙소와 식당으로 쓰였다. 그리고 100여 년 뒤인

1941년 일본군이 북쪽에서 상륙해 남쪽으로 압박해 들어오는 가운데 크리스마스에 영국군은 항복했다. 이 건물에 들이닥친 일본군에게 지속적으로 성폭행을 당한 간호사들도 있었다고 한다. 하지만 지금 머레이 하우스에는 멋진 레스토랑들이 들어서 있다.

이제 이와 같은 역사적 사건들은 오래된 이야기가 되었다. 지금 스탠리 마켓은 평화롭다. 나는 골목길에 들어선 옷가게, 기념품 가게, 그림 가게 들을 돌아보다가 한적한 바닷가 벤치에 앉아 양말을 벗고 갑갑한 발을 말렸다. 발가락 사이로 햇살이 파고들고 바람이 살살 간질이는데 얼마나 기분이 좋은지.

용의 등뼈를 오르다

섹오

홍콩 섬 남동쪽 끄트머리에는 섹오石澳라는 마을이 있다. 그 근처에 있는 산 능선은 용의 등뼈 같아서 '드래곤스 백Dragon's Back'이란 이름이 붙었다는데 나도 그 용의 등뼈를 탄 적이 있었다.

대개 MTR 샤우케이완 역으로 와서 미니버스를 타지만 나는 스탠리 마켓에서 미니버스 14번을 타고 왔다. 어떤 정보가 있어서가 아니라 정류장에 붙어 있는 버스 안내도를 보면서 짐작한 것인데 타고 보니 막막했다. 미니버스에는 전광판도 안내방송도 없었다. 아무래도 10분쯤 지나서 나타난 언덕길의 갈림길에서 내려야 했는데 그만 지나친 것 같았다. 운전수에게 물어보았지만 영어가 안 통해서 일단 내렸다. 길에는 아무도 없고 차만 가끔 지나다닐 뿐이었다. 내가 알던 홍콩과는 전혀 다른 고요한 분위기다. 10분쯤 지나자 왔던 방향으로 도로 가는 9번 버스가 오고 있었다. 외길이니 어느 버스든 상관없으리라 생각하고 올라탔다.

"케이프 콜라이슨 쪽으로 가나요? 드래곤스 백 트레킹 시작하는 곳이요."

다행히 이번 운전수는 영어를 이해했고 언덕길 넘어가는 곳에서 내리라고 했다. 내리니 작은 삼거리 부근에 'to Shek O peak[섹오 정상 가는 길]'란 팻말이 보였다. 트레킹을 시작하며 시계를 보니 3시 20분. 지금 올라가면 너무 늦지는 않을까? 운 좋게도 트레킹 코스는 짧았다. 중간에 사진 찍으며 천천히 올라갔는데도 4시에 정상에 도착했고, 또 쉬어가면서 내려왔는데도 5시였으니 한 시간 반밖에 안 걸린 것이다. 더 놀고 쉬어도 두세 시간이면 충분한 코스였다. 그렇게 짧은 코스였지만 풍광은 기가 막혔다.

나무계단을 조금 올라가보니 도로가 나왔고, 도로를 건너 계속 올라가니 귀여운 노란 용이 그려진 팻말이 나타났다. 오른쪽으로 난 호젓하고 가파르지 않은 평범한 산길을 올랐다. 20여 분이 지나자 능선이 나타나면서 위로는 파란 하늘, 양쪽으로는 시원한 바다가 펼쳐졌다. 구불구불 이어진 해안선과 멀리 떠 있는 섬들을 바라보며 능선을 걸으니, 과연 하늘로 치솟는 용의 등뼈를 타고 오르는 듯했다. 나는 산길 중에서 능선을 가장 좋아한다. 정상을 향해 씩씩거리며 힘들게 가는 것이 아니라 아래로 펼쳐진 경치 구경을 하며 천천히 걸어가는 시간이 좋다. 1월 중순 바다에서 불어오는 바람은 가을바람처럼 시원했다. 아무도 없는 길을 천천히 오르니 오길 잘했다는 생각이 수없이 들었다. 지금까지 낮에 본 홍콩 경치 가운데 최고였다.

중간쯤 오니 외줄기 길을 따라 능선이 치솟고 있었는데 하늘에 뭔가가 보였다. 발걸음을 멈추고 바라보니 패러글라이더였다. 파란색 패러글라이더가 가까이 다가오자 슬리핑백 같은 곳에 들어가 있는 헬멧을 쓴 사람이 보였다. 마치 누에고치가 날개를 달고 허공을 날아다니는 것만 같았다. 그는 능선에서 바라보는 나를 의식한 것처럼 계속 내 주위를 오가고 있었다. 위로, 아래로, 바다로, 산으로…… 허공을 홀로 자유롭게 다니는 사람. 정말 부러웠다. 나는 바닥에 주저앉은 채 패러글라이더를 하염없이 바라보았다. 그렇게 한 10분 동안 내 주변을 선회하던 패러글라이더는 마침내 멀리 바다 쪽으로 날아가버렸다.

산 능선에서 바라보는 풍경도 이토록 아름다운데 하늘에서 내려다보는 풍경은 얼마나 황홀할까? 그리고 그 시간은 얼마나 자유로울 것인가.

정신을 차리고 다시 길을 걷기 시작했다. 하산 길에 천천히 어둠이 몰려왔지만 두렵기보다는 푸근했다. 거의 다 내려와서 아까 갈림길에서 다른 길로 가던 청년을 다시 만났다. 그도 나를 알아보고 다가와 말을 붙였다.

"샤우케이완 역으로 가려면 건너편에서 차를 타야 해요."

아, 그런가? 올라갔던 곳과 다른 곳으로 내려와서 방향 감각을 잃었던 것이다. 청년은 이번 토요일에 학생들을 인솔해 오려고 답사를 하러 왔다고 한다.

"그런데 아까 패러글라이딩 하는 걸 보았는데 체험할 수 있는 데가 있나요?"

"아니요. 그건 개인적으로 하는 거예요. 사람들 상대로 패러글라이딩 영업하는 곳은 없어요. 홍콩인들에게 패러글라이딩은 대중적이지는 않거든요. 전 세 번째 왔는데 이번에 처음 봤어요."

"그런데 오늘 사람이 별로 없네요?"

"평일이라서 그래요 주말에는 엄청나게 와요. 아이들 데리고 오고, 학생들도 단체로 오고요."

얘기를 잠시 나누고 있는데 9번 미니버스가 왔다. 예상치 않은 친구를 만나 이런저런 얘기를 하는 시간이 즐거웠다.

"혹시 경마 좋아해요?"

"아뇨. 싫어해요. 나는 기독교를 믿기 때문에 노름을 싫어합니다. 마작은 좀 하지요."

하하. 마작은 노름 아닌가? 그런데 그의 말에 의하면 마작은 홍콩 아이들도 종종 한다고 한다. 그러니까 우리의 화투처럼 이들에게는 노름이라기보다는 놀이인 모양이다. 늘 외롭게 다니는 내게 그와 얘기를 나누던 시간은 참 따스했다.

3장

Hong Kong

신계

전통의 흔적

핑샨 트레일

홍콩 섬과 구룡반도를 차지한 영국은 구룡반도 위로 넓게 펼쳐진 신계 지역까지 탐냈다. 그곳의 물, 가축, 채소와 노동력이 필요했기 때문이다. 이런 야욕에 청나라 정부는 반발했지만, 영국은 신계 지역은 할양이 아닌 조차이므로 청나라 정부에 임대료를 내기로 하고, 중국 관리들과 병사들이 거주하던 구룡성채는 중국 관할로 인정하기로 약속하며 1898년 7월 1일 신계를 조차한다. 이렇게 영국으로 넘어갔던 신계는 99년이 지난 1997년 7월 1일 중국으로 반환되었다.

신계는 눈부시게 현대화된 구룡반도와 홍콩 섬보다는 한적한 편이다. 신계에 정착한 많은 사람들은 당송 시대에 이곳에 왔는데 만주족의 청 왕조가 들어서자 명을 지지하면서 자신들의 전통을 유지하려고 했으며 식민지 시절에도 영국의 영향을 덜 받았다고 한다.

그러나 거대한 근대화의 물결은 어쩔 수가 없어서 예전 모습은 찾아보기 힘들다. 다만 홍콩 문화재청에서 역사적 뿌리를 보존하고 관심을 촉진시키기 위해 만든 핑샨 문화유산 트레일Ping Shan Heritage Trail이 있다기에 가보기로 했다. 틴수이와이 역 근처에 있으며 송나라 때 등씨 가문에서 만든 마을이라 한다. 이미 사틴 역 근처에 있는 증씨 가문 마을인 창따이욱曾大屋에서 마을 담장 문에 '외부인은 들어오지 말라'는 경고를 본 뒤였기에 큰 기대는 없었다. 아마도 관광지로 소개된 뒤로 외지인들이 자꾸 사진을 찍어대니 주민들이 피곤한 듯했다.

핑샨 트레일은 한적한 주택가였다. 등씨 마을, 사원들과 고택들, 자손들의 과거 시험 합격을 기원하며 1486년에 세웠다는 홍콩에서 유일한 중국식 전탑인 취성루聚星樓 등이 있고, 토지 신을 위한 제단과 상장원上璋圍이라는 성벽마을도 보였다. 200년 전부터 등씨 가문이 모여 산다는 낡은 성벽 안에 여러 채의 집들이 나뉘어 있었다. 들어가보니 문 안의 그리 넓지 않은 마당에 공동 수도가 있었고 여인이 등을 보인 채 배추를 씻고 있었다.

근처에는 등씨 가문이 만든 아담한 사당인 양후고묘楊候古廟와 우물터가 있는데 주민들도 몇 명 보이지 않고 여행자들도 별로 없어서 조금 맥이 빠졌다. 그리 화려하지도 않고 고풍스럽지도 않은 낡고 한적한 풍경이었다.

피곤해서 근처에 앉아 쉬고 있는데 웬 할머니와 아주머니가 오더니 사당을 청소하기 시작했다. 이곳을 관리하는 사람인 줄 알았는데 청소를 마친 그들은 제단에 귤을 놓고 향을 피운 다음 절을 했다. 그런 모습을 보니 이곳이 다시 보이기 시작했다.

대단한 것은 아니었지만, 모든 게 현대화된 것 같은 홍콩에 이런 전통이 살아 있다는 사실이 신선했다. 아마도 명절 때는 여기 모여 제사를 지내지 않을까? 마을에는 등씨 가문의 종갓집 사당인 등씨종사鄧氏宗祠라든지 서당 역할을 했던 근정서실覲廷書室 등 멋스러운 옛 건물이 많았지만, 나는 그보다도 사당 앞에 느긋하게 앉아 시간을 보내는 '살아 있는 전통'인 팔구십 대 노인들과, 그 앞의 작은 광장에서 어물을 파는 현재의 삶과, 어느 집 마당 구석의 조그만 돌 앞에 물 석 잔이 놓여 있는 풍경에 더 눈길이 갔다.

예전에 우리도 집집마다, 마을마다 토속 신을 위한 작은 제단들이 있었을 텐데. 그 사라진 흔적들이 홍콩의 이런 마을에 남아 있었다. 골목길 옆 주택가에는 커다란 야자나무 두 그루가 있었는데 나무를 베어 내지 않은 채 집을 지은 모습이 이채로웠다.

온통 자본주의의 효율성과 생산성이 지배하는 줄 알았던 홍콩에도 이렇게 나무라는 생명을 살리면서 집을 짓는 전통이 남아 있구나. 그냥 스쳐 지나갈 수도 있는 풍경이지만 전통의 중요성에 관심이 생긴 터라 흥미가 당겼다.

그런데 나중에 알고 보니 문제들도 있다 한다. 틴수이와이 지역은 대륙에서 오는 수만 명의 이민자들이 많이 머무는 곳으로 아버지는 공사장 같은 곳에서 최저 임금을 받으며 일하고, 어머니는 파트타임 일을 찾아다니고 해서 아이들이 학교에 적응하기가 힘들다고 한다. 아무래도 집세가 싸니까 이런 곳으로 오는 모양이다. 직접 답사를 해보지 않은 나로서는 어디인지 확실히 알 수는 없었지만, 이 핑샨 트레일 지역은 아니고 근처 다른 마을인 것 같았다.

어쨌든 핑샨 트레일은 근대화의 거대한 물결 사이에서 희미하게나마 전통의 흔적을 간직한 조용한 마을이었다.

운명을
알려주세요

웡타이신 사원

홍콩 사람들이 매우 영험하다고 믿는 웡타이신 사원黃大仙廟으로 점을 보러 간 적이 있다. 내 운명보다도 홍콩 사람들은 어떻게 점을 보는지 궁금해서였다.

홍콩에는 400곳쯤 되는 불교와 도교 사원이 있는데, 1921년에 세워진 웡타이신 사원은 그 가운데 가장 인기 있는 사원이다. 웡타이신에 대해서도 여러 설이 있다. 그중 하나는 웡타이신은 지금으로부터 약 2,300년 전인 서기 300년경 중국 저장성 바닷가에 살던 양치기였다는 것이다. 스승에게 가르침을 받아 도교의 깨달음을 얻자 그는 동굴에 들어가 은둔 생활을 했는데, 명성이 점점 퍼져나가 건강과 영원한 생명을 홍콩은 수많은 얼굴을 갖고 있다.
달콤하면서도 쓸쓸하고
흥청거리다가도 소외감이 느껴진다.
그런 것들을 모두 맛볼 수 있다는 것이 이 도시의 매력이기도 하다.

약속하는 신적 존재가 되었다고 한다. 그 뒤 광둥성에 살던 릉 가문이 웡타이신 초상화를 마카오에 가져왔다가 1915년에 홍콩으로 옮겨왔고, 1921년 대륙에서 온 피난민들이 많이 사는 신계 지역에 웡타이신 사원이 세워지자 여기에 초상화를 안치했다. 그 후 1973년 재건축된 웡타이신 사원은 상하이에서 피난 온 사람들에게 특히 큰 인기를 얻으며 유명해졌고 명절 때, 특히 춘절에 많은 사람들이 찾아와 점을 본다고 한다.

웡타이신 사원에 처음 왔을 때는 춘절 무렵이었다. 어마어마한 인파에 정신을 차릴 수가 없었다. 입구에 선 십이지신상 앞에서 많은 이들이 사진을 찍고 있었고, 본전 앞에서 향을 피우며 절을 하는 이들은 매우 진지하고 간절해 보였다. 본전 앞 조그만 광장에는 무릎을 꿇고 산통을 흔들며 점을 보는 사람들이 있었다. 나도 점을 보고 싶었지만 방법도 잘 몰랐고 사람들이 너무 많아서 엄두가 나지 않았다.

며칠 뒤 홍콩에서 한국어를 가르치고 있는 이현희 선생의 도움을 받아 나도 점을 보러 갔다. 사무실에서 번호가 적힌 대나무, 즉 죽간이 잔뜩 든 산통을 빌려와서, 본전 앞에 무릎을 꿇고 앉아 알고 싶은 것을 생각하면서 열심히 흔들어댔다. 흔들다 보니 산통 안에서 죽간 하나가 튀어나와 떨어졌다. 그 번호를 종이에 적어 사원 옆에서 풀이해주는 점집을 찾아갔다. 영어를 하는 아주머니 점술가는 내 번호에 해당하는 점괘 쪽지를 내 띠와 그해의 동물과 연관시켜 풀이해준다.

“음, 올해는 용띠 해니 개띠들은 잘 안 풀릴 거예요. 용이 기가 세서 개와 안 맞거든요. 그런데 당신의 불운을 해결해주는 게 말이에요. 그러니까 여기서 파는 금빛 말 액세서리를 사서 베개 밑에 놓고 자면 일이 잘 풀릴 거예요. 160홍콩달러예요."

일종의 부적이었는데 사지 않았다. 난 점괘가 궁금한데 그건 풀이해주지 않고 자꾸 부적을 팔려고만 하니 난감했다. 복채는 30홍콩달러인데 이 선생 것까지 내가 내려고 하자 점술가는 자기 것은 자기가 내라고 했다.

그런데 그 뒤 나에게는 불운이 겹쳤다. 갑상선기능저하증, 이석증 등으로 거의 1년을 앓았다. 기가 머리로 올라와 늘 휭휭 돌고, 토하고, 픽픽 쓰러졌다. '이러다 죽는 거구나' 싶을 정도였다. 좀 쉬고, 걷고, 잘 먹으면서 차차 회복되었지만 그해는 너무도 힘들었다. 그러나 나는 이 병이 운이 나빠서가 아니라 그동안의 과로와 스트레스 탓이라고 여기고 있다.

1년쯤 지나 다시 홍콩에 간 나는 웡타이신 사원에서 점을 또 보았다. 춘절 때보다는 훨씬 한적했지만 풍경은 여전했다. 이번에는 사람들을 먼저 관찰하기로 했다. 한 젊은이가 무릎을 꿇고 산통을 흔들자 금방 죽간이 튀어나왔다. 그 번호를 종이에 적은 그는 또다시 눈을 감고 산통을 흔들었다. 예전에도 하나만 적지 않고 여러 개를 적는 사람들을 보았기에 '제대로 하려면 네 개를 뽑아서 하는 건가?' 하는 생각이 들었다. 왜냐하면 주역에서도 점을 볼 때 네 개를 뽑기 때문이다. 청년은 계속 흔들어가며 힘들게 네 개를 뽑더니 일어났다. 그의 뒤를 따라가보니 산통을 반납한 그는 점괘를 풀이하러 가는 게 아니라 그대로 MTR 역으로 가는 게 아닌가? 어라, 닭 쫓던 개 신세가 된 나는 사원으로 돌아왔다.

이번에는 직접 무릎을 꿇고 산통을 흔들어댔다. '홍콩에 대한 이번 책이 제대로 써질 것인가?'를 생각하면서 흔들다 보니 하나가 툭 떨어졌다. 79번. 종이에 번호를 적은 뒤 다시 흔들었다. 잘 안 나온다. 눈을 감고 '웡타이신'을 외치면서 계속 흔들다 보니 한꺼번에 두 개가 떨어졌다. 이건 무효다. 다시 흔들어서 간신히 두 번째 죽간이 떨어졌다. 세 번째는 죽간이 잘 나오도록 산통을 과격하게 흔들었는데 그만 죽간이 왕창 쏟아지고 말았다. 다시 하는 수밖에 없었다. 그렇게 힘든 과정을 통해서 네 개를 뽑았는데 팔이 아프고 땀도 났다.

이번엔 지난번과 다른 점집에 갔다. 할아버지 점술가가 점심을 먹다가 나를 반긴다.

"무슨 숫자가 나왔소?"

"숫자 몇 개를 뽑아야 해요?"

"한 가지 질문에 한 가지 숫자."

나는 처음에 뽑았던 79번 하나만 보여주었다.

"뭐가 궁금했소?"

"사업운이요."

그는 79번에 해당하는 종이를 뽑더니 내 나이를 물었다.

"쉰다섯이요. 58년도에 태어났어요."

"그럼 쉰여섯이라오. 어머니 뱃속에 있던 것도 한 살로 쳐야지."

홍콩 사람들의 나이 세는 방법은 우리와 같았다. 그는 자기 옆에 있는 점괘 통에서 무언가를 뽑더니 그 종이 위에 56살이라고 적고 해석하기 시작했다.

"이건 한 해 운세라오. 지금 이 점괘에는 송나라 때 아주 높은 관직에 있는 사람이 점점 더 발전하는 행운에 관한 이야기가 있소. 즉 당신 일은 앞으로 1년 동안은 점점 더 잘될 거란 얘기지."

지난번 아주머니 점쟁이는 내가 개띠니까 무조건 나쁘다고 했는데 이 노인은 내가 뽑은 점괘를 풀이해주고, 점괘가 나온 종이도 빨간 봉투에 담아주었다. 복채는 40홍콩달러. 사실 내 사업운보다도 점 보는 방식이 궁금했는데 의문이 풀렸다. 여긴 주역처럼 점을 보는 게 아니라 웡타이신의 영험에 의존하면서 질문 하나에 번호 하나를 뽑는 식이었다. 그러니 사람들이 뭔가 답답하고 막힐 때 와서 점을 보고 가는 것 같았다.

그런데 아까 네 개를 뽑은 청년은 네 가지 의문이 있었을 법한데 왜 그냥 갖고 갔을까? 그걸 풀이해주는 무슨 책이라도 있나? 쫓아가서 물어볼걸.

주인 없는 땅 이야기

구룡성채공원

웡타이신 역 근처에는 구룡성채공원九龍城寨公園이 있다. 미니버스를 타도 되고 걸어가도 되는데 운전수에게 '까우롱씽짜이꽁윤'에 내린다고 하니 근처에서 내려주었다.

이곳은 홍콩의 모호한 위치를 보여주는 역사적 현장이다. 영국이 신계 지역을 99년간 조차하면서 가장 문제가 된 곳이 구룡성채였다. 이 성채는 송나라 때부터 소금 무역을 관장하는 관리와 병사 들이 주둔해 온 곳이었기에 중국 정부는 내주기를 꺼렸다. 결국 영국은 이곳을 중국의 관할권으로 인정해주기로 했으나, 신계를 인수하는 과정에서 약속을 어기고 구룡성채에 주둔하던 청나라 군인과 세관원 들을 추방한다.

여기서 충돌이 생겨 주민들이 항영 투쟁을 하지만 영국은 구룡성채를 무력으로 점령해버린다.

또 일본 점령기인 1942년에는 카이탁 공항 활주로를 만드는 데 이 성을 해체하여 쓰기도 했다. 그 뒤 영국 정부가 1948년 이곳을 새롭게 건설하려고 하자 성난 주민들이 '이곳은 중국 영토'라고 주장하며 폭동을 일으켰고 광저우까지 번져나가 영국 영사관이 불탈 정도였다. 영국과 중국 공산당 정부는 협상을 벌였지만 결론을 내지 못했고 이곳은 무법천지가 된다. 1950년대에 총독을 지낸 알렉산더 그랜섬에 의하면, 이곳에서 범죄자를 잡아들인다 해도 법정에서 '지배권' 문제가 제기되면 영국 정부에는 관할권이 없어서 결국 범죄자를 처벌할 수 없었다고 한다.

이렇게 중국과 영국 양쪽 정부에 방치된 구룡성채는 점점 마약상과 창녀와 범죄자들이 모여드는 슬럼가가 되었다. 1966년 재키 풀린저라는 여자 선교사가 이곳에 들어가 마약 중독자와 창녀들을 위해 헌신하기도 했는데, 중세 분위기의 어둡고 좁은 골목길에 비위생적인 주거지였다고 한다.

그 뒤 중국 정부의 묵인하에 영국 정부는 1993년 이곳을 완전히 허물고 1995년 지금과 같은 공원을 만들었다. 공원 입구에는 대포가 있으며 옛 시절 사진들이 전시되어 있다.

이곳 주민들은 가내수공업으로 생계를 꾸렸는데, 물이 공급되지 않아 지하수를 끌어올려 사용하는 등 매우 열악한 환경이었으나 홍콩 경제 발전의 원동력이기도 했다. 남문 근처에는 그 시절 살아가던 사람들의 주택 사정을 알 수 있는 모형들이 있었다. 이곳과 비슷했던 우리나라의 1960~70년대 청계천 시절을 기억하고 있는 나에게는 가슴 짠해지는 풍경들이었다.

충돌

어느 날 지하철역에서 싸움을 보았다. 지하철 문이 열리자마자 두 사내가 튀어나왔다. 쇼핑백을 든 뚱뚱한 중년 사내가 양복 입은 홀쭉한 중년 사내를 쫓아가며 소리를 지르기 시작했다. 곧 노란 제복을 입은 역무원들이 달려왔다. 둘이서 계속 뭐라 소리치며 싸우자 역무원들이 일단 둘 사이를 갈랐는데 홀쭉한 사람은 이내 사라졌다. 그러자 뚱뚱한 사내가 역무원에게 소리를 질렀고 젊은 역무원도 그를 노려보았다. 뚱뚱한 사내는 더욱 화를 내면서 이제 역무원과 싸움이 붙었다.

궁금해서 그 뒤에 서 있던 여자 역무원에게 영어로 무슨 일이냐고 물으니, 신경 쓰지 말라며 그냥 가라고 했다. 내 짐작대로라면 양복을 입은 이는 퇴근길의 홍콩인이고 쇼핑백을 든 이는 광둥성에서 온 대륙인이었다.

1년 전에 왔을 때도 지하철 안에서 무슨 일 때문인지 대륙인과 홍콩인이 말다툼하는 모습을 목격했었는데, 이번에도 영 궁금증이 풀리질 않았다. 좀 떨어진 곳에서 제복을 입고 역무를 보조하는 할머니에게 가서 물었다. 할머니는 영어를 잘했다.

"무슨 일이지요?"

"우리끼리 문제니까 신경 쓰지 말아요."

"한 사람은 홍콩인, 한 사람은 대륙에서 온 중국인이죠?"

"네."

할머니는 씁쓸하게 웃으며 대답했다. 돌아보니 뚱뚱한 사내는 몸짓으로 뭔가를 설명하면서 계속 역무원들에게 화를 내는데, 추측건대 내리는 과정에서 서로 좀 부딪친 듯하다.

이 현장은 매우 상징적이었다. 영화 〈첨밀밀〉에 나오듯이 예전에 잘살던 홍콩인들은 대륙에서 온 이주노동자들을 멸시했다고 한다. 그런데 이제 처지가 바뀌었다.

홍콩인들은 영국이란 주인이 손을 뗀 뒤 새로 나타난 주인 나라에서 온 관광객들 앞에서 기가 죽어 있다. 또 한편으로는 시끄럽고 거만한 대륙인들을 피곤하게 여기는 듯했다.

이를 문화 충돌로도 볼 수 있다. 상하이에서 느낀 거지만 대륙인들은 웬만큼 부딪혀도 대범하게 넘어간다. 물론 그게 심해서 스트레스받을 때도 있었지만 대개는 좀 부딪혀도 크게 신경 쓰지 않았다. 반면 홍콩은 조금만 스쳐도 반드시 '익스큐즈 미'라고 해야 한다. 또 상하이의 지하철 안에서 닭다리도 먹고, 튀김도 먹으며 냄새를 풍기는 사람도 보았는데 다들 신경 쓰지 않았다. 그런데 홍콩은 지하철 안에서 음식을 먹으면 벌금을 내야 한다.

서로가 다르니 문화 충돌이 생길 수밖에 없다. 앞으로도 점점 이런 문제는 많이 생길 텐데, 홍콩인들이 대륙화되어가며 무뎌질지 대륙인들이 홍콩화되면서 에티켓에 민감해질지 궁금하다.

홍콩이든 뉴욕이든 도쿄든 서울이든,
대도시 사람들은 파르르르 떨면서 살아간다.
사람이 좋다, 나쁘다 문제가 아니라 좁은 공간과 밀도 때문이다.
환경에 적응하면서 균형을 찾는 것이 도시인들의 운명인가 보다.

정체성

식민지 초기에 홍콩인들은 혼란스러웠다. 그들은 영국에 저항하면서도 영국 문명을 쇠락해가는 청조를 대신할 신문명의 모델로 받아들였다. 이런 이중적이고 분열적인 태도는 현대까지도 지속되는데 여기에는 영국의 정책이 영향을 끼쳤다고 볼 수 있다.

백석대학교의 유영하 교수에 의하면, 영국인들은 1967년 좌파가 주도한 대규모 폭동이 발생한 이래 유사한 '애국' 운동의 발발을 방지하기 위해 일관된 탈중국·탈국족화 정책을 추진하면서 홍콩인으로부터 조국 의식을 없애고 중국과 분리시키려 했다. 그 결과 홍콩은 진보, 부유, 문명의 세계이며 대륙은 낙후, 빈궁, 반문명의 세계라는 관념이

주입된다. 또한 영국의 홍콩 정부는 홍콩을 중국에 반환하기 전에 홍콩 민주화 정책을 취하면서 홍콩을 민주의 성지로 인식시킨다. 반면에 중국 정부는 일국양체제를 내세우며 '비록 체제는 다를지언정 우리는 한 나라'라고 말하며 애국을 내세운다. 이런 상황 속에서 지금 홍콩인들은 대륙이 정의한 '애국'과 홍콩에서 형성된 '민주'라는 기호 사이에서 방황하고 있다.

이렇듯 청나라든 영국이든 지금의 중국 정부든, 그들에게 홍콩은 언제나 변방이고 타자였다. 영국의 지배를 받는 동안 홍콩인은 식민지 백성으로서 교화되고 문명화되어야만 하는 타자였고, 1997년 주권 이양 후부터는 애국심이 빈약한 '식민지 백성'으로 다시 중국으로 회귀되어야만 하는 '디아스포라 중국인'으로서 타자였다. 디아스포라는 '흩어진 사람들'을 의미하며, 원래 팔레스타인을 떠나 세계를 떠도는 유대인들을 일컬었는데 여기서는 중국의 가치와 관습을 유지한 채 살아가는 해외의 중국인을 의미한다.

이런 타자 의식 속에서 애국 쪽에 마음이 기우는 사람은 자신을 '차이니스'라고 답하고, 민주 쪽에 마음이 기우는 사람은 '홍콩-차이니스'라고 구분하며 대륙인에 대한 우월감을 갖고 있다. 대륙인의 시각에서 보면 홍콩인의 정체성은 식민지 생활에서 형성된 '허구 의식'이라 볼 것이고, 홍콩인의 시각에서 보면 대륙 정부는 그들을 장악하려는 또 다른 지배자일 뿐이다. 쉽게 애국을 받아들이기에 베이징은 너무 멀고 한때 주인이었던 영국은 떠나버렸다.

KINGFISHER

과연 홍콩인들에게 민족과 나라란 무엇일까?

민족이나 국가는 항구불변하지 않는다. 정치학자 베네딕트 앤더슨이 밝혔다시피, 민족은 상상의 정치 공동체일 뿐이다. 왕조 국가 때는 민족이란 개념이 희박했으나 근대 자본주의가 발달하면서 부각되었는데, 한정된 경계 속에서 주권을 가진 공동체로 '상상된' 것이다. 앤더슨은 근대에 들어 민족이 출현하게 된 과정을 유럽과 인도네시아 등지의 예를 들어 구체적으로 설명하고 있다. 사람들은 시계, 달력, 신문, 소설 등을 통해 같은 시공간을 살고 있음을 인식하게 되었고, 유럽 왕조들은 통치를 위해 관 주도의 민족주의를 내세웠으며, 식민지에서는 제국주의자들에 대항하는 과정에서 민족의식이 형성되었다고 한다.

물론 그의 설을 세계 어디에서나 보편적으로 적용하기에는 무리가 있을지도 모른다. 그러나 민족이란 개념이 만고불변의 진리는 아니며 시대 속에서 형성되어온 것임은 분명해 보인다. 그런데 홍콩인의 사정은 조금 복잡하다. 홍콩인들은 그동안 대륙과 달리 공용어가 영어와 광둥어였다. 또한 100여 년간 이질적인 정치 체제 속에 살면서 의식조차 바뀌게 되었다. 홍콩인의 의식 속에서는 일찌감치 포기된 희박한 민족과 국가 의식보다는 개인 생활이 중심이다. 이런 관점에서 보면 왕가위 감독이 끈질기게 내세우고 있는 주제 '홍콩인은 과연 누구인가'가 이해되고, 그의 영화 〈중경삼림〉, 〈아비정전〉 등에서 보이는 주인공들의 고뇌와 일상사에 푹 파묻힌 심리가 이해된다.

그러나 이런 홍콩인의 의식을 장점으로 파악하는 이도 있다. 대륙에서 태어나고, 타이완에서 대학을 다니고, 졸업하고는 홍콩에서 일하다가, 영국에서 유학하고 다시 홍콩에 정착한 다양한 경험을 지닌 홍콩 산문가 둥차오董橋에 의하면, 디아스포라적 의식을 가진 홍콩인들은 '거래와 타협'이라는 문화를 발전시켰고, 그것이 홍콩 문화의 최대 가치라고 한다.[11]

홍콩은 중국을 맞아 이런 '거래와 타협'이란 미덕을 계속 잘 발전시킬 수 있을까? 덩샤오핑이 일국양체제로 홍콩을 받아들인 지 이제 16년이 되어간다. 일국양체제가 끝나고 완전히 중국에 귀속되는 데까지는 앞으로 34년이 남았다. 홍콩 반환 당시에 태어난 아이들은 이제 16세, 앞으로 34년 뒤면 50세가 된다. 많은 이들이 중국의 교육을 받고 그 영향 속에서 살아갈 텐데 그때쯤이면 홍콩인들이 대부분 중국화될까? 아니면 오히려 중국이 홍콩화가 될까? 그때 홍콩에 다시 와서 그런 변화를 직접 볼 수 있으면 좋겠다. 이런 문제에 관심 많은 내가 오래 살고 싶은 이유 가운데 하나다.

제3의 공간, 제3의 영역

홍콩은 정치적 관점에서 보면 갈등과 충돌의 현장이지만, 문화적 관점에서 보면 몹시 매력적인 곳이다. 해양 세력과 대륙 세력이 부딪치고, 자본주의의 극치를 이룬 곳이면서도 공산국가에 속해 있다. 이런 역사적 상황에서 홍콩은 "100년이라는 시간이 걸려 형성된 중립적이고도 개방적이면서 자유로운 공간"이며 "대륙에는 우리 편이 아니면 바로 적이라는 공간만이 존재하는 데 비해 홍콩의 제3공간은 매우 광활"[12] 하다고 할 수 있다.

사실, 많은 홍콩인들은 이분법적 상황에서 벗어나 매우 실용적인 태도로 살아왔으며 이방인 의식을 갖고 있다. 외부에서 이주해온 사람

아무리 떠나도 결국 우리는 돌아온다.
그리고 언젠가 이곳을 떠나 다른 차원으로 떠난다.
삶이란 얼마나 덧없고 또 찬란한가.
그러니 어디서든, 살아 있는 동안은 즐겁게 살아야 한다.
힘들더라도 웃어가며
꿈틀거림을 사랑하면서, 여행하듯이.

ⓒ 이지혜

들도, 또 불안해지면 다른 땅으로 간 디아스포라 홍콩인들도 많았다. 이런 영토에서 이방인 의식을 갖고 사는 사람들은 정체성이 모호해진다.

이런 까닭에 중국 대륙에서 태어났으나 1989년 천안문 사건 이후 고국을 떠나 홍콩과 미국을 오가며 살아가는 디아스포라 지식인인 류짜이푸劉再復는 홍콩을 이분법이 지배하지 않는 '제3의 공간'이라고 말한 듯하다. 그가 말하는 '제3의 공간'에서 이분법을 넘어서 서로 다른 것을 포용하고 서로 반대되는 것들이 공존하는 '제3의 영역'이 확보되는데, 홍콩이 중국에 반환된 이후에는 그것들이 허약해 보인다. 제3의 공간이란 외부의 힘들이 서로 균형을 이루는 경우에만 허락이 되지, 한쪽 '외부의 힘'이 너무 강하거나 두 개의 힘이 충돌할 경우에는 다시 획일주의, 혹은 지배와 저항이란 이분법적 전선이 형성되기 때문이다. 중국의 정치력과 경제력이 밀고 들어오는 상황 속에서는 당연히 그것을 지지하거나 반대하는 세력들 간에 충돌이 생기게 되며 이것이 '이분법'을 잉태한다. 이미 그 조짐이 서서히 보이고 있다.

중국 정부는 애국을 내세우며 홍콩을 중국화하려고 끊임없이 노력하고, 반면에 홍콩인의 정체성을 강조하는 사람들은 '천안문 사태' 기념일에 중국 정부를 비난하며 촛불 집회를 열고 있다.

과연 그동안 홍콩에서 형성된 '제3의 영역'은 이런 이분법적 갈등을 포용할까? 아니면 이분법에 의해 갈등이 증폭되면서 '제3의 영역'이 축소될까? 쉽게 예측할 수 없지만, 어쨌든 이런 변화 가운데 뭔가 생성되고 있는 홍콩은 여행자인 나에게 더없이 매력적인 땅이다.

4장

Hong Kong

란타우 섬

때론
아이처럼

홍콩 디즈니랜드

2012년 음력 1월 1일, 아내와 함께 디즈니랜드에 갔다. 예전에 도쿄 디즈니랜드에 같이 가보았기에 그보다 작다는 홍콩 디즈니랜드에는 큰 기대가 없었다. 그러나 그럼에도 가보고 싶었다. 디즈니랜드라는 이미지가 나에게 주는 '그 무엇'이 있었기에.

나는 텔레비전에서 주말마다 해주는 디즈니 만화영화나 드라마를 보면서 자랐다. 그때 디즈니랜드는 천국이었고 미국 아이들이 무척이나 부러웠다. 물론 나이를 먹으며 미국과 디즈니랜드에 대한 환상은 깨져갔지만, 어린 시절에는 현실이 너무 누추했고 디즈니랜드나 미국은 꿈나라처럼 보였다.

그런데 철학자 장 보드리야르는 미국 전체가 디즈니랜드 같은 곳이란 사실을 감추기 위해 디즈니랜드가 거기 있다고 비판한다. 마치 사회 전체가 감옥이라는 사실을 감추기 위해 따로 감옥을 만들어놓은 것처럼. 즉 디즈니랜드가 어린애 티를 내는 것은 진정한 유치함이 세상 도처에 있다는 것을 은폐하기 위해서라는 것이다. 그러니 장 보드리야르 얘기를 빌린다면 홍콩 디즈니랜드는 홍콩이 유치한 도시라는 것을 숨기는 기능으로 작동하는 셈이다.

그런데 아내와 나는 그곳에서 동심으로 돌아가 많이 즐기고 웃었다. 천진난만한 아이들 때문이었다. 여러 나라에서 왔겠지만 그중에서도 대륙에서 온 중국 아이들이 가장 많이 보였다. 아이들은 서니 베이 역에 디즈니랜드 행 전철이 다가오면서부터 흥분하기 시작했다. 창문이 미키마우스 모양이니 얼마나 환상적이겠는가? 벌겋게 얼굴이 달아오른 아이들은 전철이 디즈니랜드 리조트 역에 서자마자 엄마아빠 손을 잡고 뛰기 시작했다. 흥분한 아이들은 들어가자마자 카메라 앞에서 손을 벌리고 엉덩이를 빼며 폼을 잡는데 그 모습이 얼마나 귀여운지 한참을 웃었다.

할아버지와 사진을 찍는 아이, 먹는 데 정신없는 아이, 사진을 찍으면서도 비누방울에 정신이 팔린 아이…… 우린 아이들 모습을 보는 게 더 재미있었다. 우리도 기념품 가게 안에서 미키마우스 티셔츠, 각종 인형과 액세서리를 구경하고 동물 모자를 쓰고 사진도 찍으며 동심으로 돌아가기 시작했다.

CENTER STREET
BOUTIQUE
Tradition 1905

드디어 어린 시절 디즈니 영화에서 보았던 꿈의 나라로 들어서는 멋진 성을 통과하자 수많은 놀이기구들이 나타났다. 회전목마를 타고 도는 아이들, 코끼리 모형을 타고 날아가는 사람들, 버섯처럼 생긴 것을 타고 올라갔다 내려갔다 하며 소리 지르는 사람들…… 나도 그 분위기에 젖어 아이처럼 주욱 둘러선 장승처럼 생긴 나무들 안에 들어가 장난을 쳤다. 움직일 때마다 뿜어나오는 물줄기를 요리조리 피해 다니는 나를 보며 아내가 웃었다.

"당신 아이 같아. 하하하."

그래, 나도 어릴 때는 이렇게 까불고 장난치며 가볍고 즐겁게 살았는데 어느샌가 진지하고 엄숙해져버린 것이다. 한참을 뛰어놀다가 점심을 먹고 나니 광장에서 퍼레이드를 하고 있었다. 디즈니랜드의 만화영화 주인공 분장을 한 사람들이 탈것을 타고 행진하며 춤을 추었다. 대규모 퍼레이드는 아니었지만 관람객들이나 춤추는 사람들이나 그들을 응원해주는 디즈니랜드 직원들이나 모두 밝게 웃어대고 환호를 지르니 한바탕 축제 분위기였다. 홍콩 디즈니랜드는 미국이나 일본의 디즈니랜드에 비해서 훨씬 작았지만 흥겨웠다. 아직도 아이처럼 만화나 동화를 좋아하는 아내는 무척 즐거워했다. 나도 행복했다. 1인당 입장료가 399홍콩달러이니 비싸기는 했지만 이런 행복 바이러스 값으로는 괜찮다는 생각이 들었다.

돌아오는 길에 전철 안 미키마우스 창문 앞에서 찍은 내 사진을 보니 아주 밝은 얼굴이다.

"당신, 이런 모습 본 적이 없었어. 아이 같아. 참 좋아 보여."

그렇구나. 하긴 그동안 여행하면서, 살아오면서 많이 힘들었지. 지금도 형편이 좋다고는 할 수 없지만 여행 중에 아내와 함께 아이처럼 돌아가 이렇게 하하호호 하며 즐긴 적이 있었던가? 없었다. 그래, 우리 참 힘들게 살아왔구나. 디즈니랜드는 장 보드리야르가 말한 것처럼 비판받을 점이 있겠지. 그러나 우리에겐 가끔 이런 유치한 놀이와 덧없는 꿈과 환상도 필요하지 않을까. 모순에 가득 찬 현실을 은폐하는 부정적 기능도 있겠지만, '차가운 현실' 그 자체도 알고 보면 덧없는 환상인 것을. 이 세상, 이 삶 자체가 환상이고 꿈이라면, 그 수많은 꿈과 환상 속에 디즈니랜드라는 환상 하나 더 만들어 즐기는 게 뭐 그리 비판받을 일이랴.

나는 이곳에서든 저곳에서든, 환상에서든 현실에서든, 즐거워하는 아이들과 아내를 바라보는 순간이 소중했다.

아내가 좋아하니 좋다

옹핑 빌리지

디즈니랜드에서 나온 우리는 옹핑 빌리지Ngong Ping Village로 갔다. 통충역에서 옹핑까지 가는 케이블카 앞에는 줄이 길게 늘어서 있었다. 두 종류가 있는데 나는 130홍콩달러나 하는 크리스털 케이블카 표를 사 왔다.

"뭐가 그렇게 비싸? 크리스털 케이블카가 뭐야?"

"몰라."

"그런데 그걸 왜 샀어?"

"비싼 거니까 좋은 것 같아서."

그런데 타고 보니 그건 바닥이 유리로 된 케이블카였다.

"으아아아……."

아내는 타자마자 눈을 질끈 감으며 신음 소리를 냈다. 유리 바닥 밑으로 바다, 산등성이들이 훤하게 보였다. 아내는 거의 기절 직전이었다. 같이 탄 한국인 아이는 무서워 울기 시작했고 러시아어를 쓰는 중앙아시아 사내 둘은 신나서 셀카를 찍고, 의자에 올라가 뻥 뚫린 밑을 배경으로 친구 사진을 찍어주면서 겁에 질린 아내도 슬며시 찍었다. 아내는 구석에서 얼굴이 하얗게 질린 채 눈을 감고 있었다.

"속이 메슥거려. 장난 아니야, 정말"

나는 별로 무섭지는 않았지만 케이블카가 빗방울과 구름을 뚫고 가는 30분이 정말 길게 느껴지긴 했다. 옹핑 빌리지에 도착해 간신히 숨을 돌린 아내는 투덜거렸다.

"어휴, 진상들. 얘들이 아주 신나서 나 겁에 질린 사진이나 찍어대고……. 휴우."

중앙아시아 사내 둘이 의자에 올라가 사진 찍고 왔다 갔다 할 때는 바닥 유리가 깨질 것 같은 공포에 질렸다고 했다. 편도만 사기를 잘했지. 내리자마자 우리는 스타벅스로 가 커피를 마셨다. 비가 오고 바람 부는 홍콩의 1월 날씨는 만만치 않게 추웠다. 그때 덜덜 떨면서 마시던 카페라테 맛은 지금도 잊을 수 없다.

놀랐던 마음과 추운 몸을 따스한 커피로 달랜 뒤 포린사寶蓮寺로 걸어가는데 아내가 소리쳤다.

"우와, 저거, 저거 봐!"

산 정상에 앉은 어마어마하게 큰 대불의 옆모습이 안개 속에서 사라졌다 나타났다 하고 있었다. 비 오는 날이 아니었다면 볼 수 없을 신비로운 풍경이었다. 사원 정면으로 가니 대불 앞까지 길고 긴 계단이 보이고 그 앞에서 간절하게 절을 하는 사람들이 있었다. 부처님의 진신 사리가 모셔져 있는 불상이기에 불교 신자들은 더욱 정성을 다해 기도하는 것 같았다. 계단 위로 올라가 사방을 바라보니 탁 트인 전망이 시원하다. 영화 〈무간도〉에서도 보았던 풍경이고, 대불 아래 광장에서는 텔레비전 예능 프로그램 〈런닝맨〉 출연자들이 뛰어다니며 게임을 벌이기도 했었다.

광장으로 내려오니 비는 이미 그쳐 있었다. 느긋하게 돌아보다 한국식 오징어구이와 솜사탕을 사 먹었다. 솜사탕이 어찌나 큰지 다 먹지 못했지만 아이로 돌아간 기분이었다.

돌아오는 길에는 버스를 탔다. 어두컴컴한 저녁나절 굽이굽이 이어진 산길을 따라 내려오는 버스 안에서 한국 여자 둘이 두런두런 얘기를 나누고 있었다.

"여기 안 왔으면 후회할 뻔했어."

그런가? 사실 나는 그저 그랬다. 거대한 불상이나 유적지는 중국이나 인도 등지에서 많이 보아왔기에 크게 인상적이지는 않았다. 나는 아내에게 물었다.

"당신은 옹핑 빌리지 어땠어?"

"좋았어. 디즈니랜드도, 옹핑 빌리지도. 시원한 풍경도 좋고, 그냥

왔다 갔다 하는 자체가 좋아. 케이블카 탈 때 너무 무서워 죽을 뻔한 것 빼놓고는."

그렇지, 여행이란 게 왔다 갔다 하며 새로운 것들을 만나는 재미지. 답답한 도심에 있다가 허공을 가로지르는 케이블카를 타고, 엄청난 대불을 보고, 이런 산길을 달리는 시간이 낯설고 새로운 것이다. 나로서는 아내가 즐거워하는 모습을 보는 게 가장 기분이 좋았고. 아, 그리고 또 하나. 안갯속 대불 사진을 찍을 수 있었던 것도 좋았다.

또 다른 세상

디스커버리 베이

홍콩 부자들이 산다는 디스커버리 베이Discovery Bay로 가는 페리 터미널은 입구부터 달랐다. 번잡스러운 다른 터미널과 달리 깔끔했고 인포메이션 데스크에는 디스커버리 베이에 관한 무료 팸플릿, 지도, 잡지 등도 비치되어 있었다. 그리고 서양인들이 특히 많이 보였다. 배를 타는데 제복을 입은 남자 승무원이 서서 손님들을 맞았다. 페리 터미널에서 이런 모습은 처음이었다. 다른 곳은 안 그런데 여기만 그러니 다른 나라에 온 것만 같았다. 사기업이 이곳을 운영하면서 만든 전통일까? 아니면 서양인들을 비롯한 부자들에 대한 예우일까?

여객선도 깔끔하고 조용했다. 30분 뒤 선착장에서 내리니 고운 모래가 깔린 해변이 보였다. 중국 하이난에서 갖고 온 모래라는데 보기 좋았다. 선착장에서 나오니 어디까지 몇 마일이라는 표시를 한 팻말이 보였고 그리 많지 않은 국기들 가운데 태극기도 보였다. 한국인 관광객도 많이 찾나 보다.

바닷가에는 퍼시픽 커피숍, 맥도날드, 노천카페들이 들어서 있었고 안쪽 광장에서는 서양 아이들이 뛰놀고 있었다. 부모와 같이 나온 아이들도 몇 있었지만 대개는 필리핀 가정부와 함께였다. 안쪽에는 바다를 바라보는 아파트들이 주욱 늘어서 있고 가로수가 울창한 거리를 전기로 움직이는 골프 카트가 달리고 있었다. 복닥거리는 홍콩이 아니라 유럽의 어느 소도시 같은 풍경이었다. 테니스장에서 테니스를 치는 사람들도 백인들이었다. 이곳 집값이 엄청나게 비싸다는데 저들은 여기서 어떤 직업을 갖고 얼마나 돈을 벌며 살고 있을까? 치솟는 집값, 쪽방의 현실 속에서 살아가는 대부분의 홍콩 현지인들에 비하면 이곳은 낙원 같았다. 그런데 적막한 평화 속에서 어딘지 쓸쓸했다. 홍콩인들이 주인이 아닌 데서 오는 소외감 때문이었을까.

소박한 여행의 행복

따이오 마을

란타우 섬 서쪽 끝에 있는 따이오大澳 마을은 낡은 수상가옥, 건어물 가게와 해산물 가게, 그리고 날씨가 좋으면 할 수 있는 돌고래 투어 정도가 볼거리다. 나는 겨울 주말에만 두 번을 왔는데 그때마다 좁은 골목길이 미어터질 만큼 붐볐다.

두 번째 갔던 12월 어느 날, 마을 생활사박물관을 둘러보고 건어물 가게 골목길을 빠져나오니 마침 수로에서 보트가 떠나려 하고 있었다. 급히 표를 사서 합류했다.

배는 수로를 따라 이어진 수상가옥을 돌아본 뒤 제방을 넘어 바다까지 나갔으나 심한 파도 때문에 이내 수로로 돌아왔다. 돌고래는 바

東京士多
霞女
霞妹
孖生姊妹
孖生姊妹
孖生姊妹
孖生姊妹

람이 불어서 볼 수 없다는데 사실 주변 풍경은 별로였다. 마침 홍콩에 오기 전 상하이 근교의 수향마을에 들렀었고, 이탈리아 베니스도 갔다 온 나로서는 이곳을 '홍콩의 베니스'라고들 일컫는 데에 썩 공감이 되지 않았다. 다만, 비싸지 않은 가격으로 배를 타고 한 바퀴 돌며 바람을 쐬는 즐거움이 있었다.

그런데 골목길을 걷다 보니 점점 따이오 마을이 좋아지기 시작했다. 전통이 서린 분위기 때문이었다. 문밖에 '土地財神토지재신'이라는 글을 써붙인 자그마한 제단이 종종 눈에 띄었다. 제단 위에는 향이나 과일이 놓여 있었고 관운장 초상도 보였다. 골목길의 커다란 나무 옆이나 바다 근처에도 사당이 있었다. 땅의 신, 나무 신을 숭배하는 믿음과 생활양식이 지금까지 이어지는 모습이 신선해 보였다.

작은 생명들도 꿈틀거리고 있었다. 적막한 골목길을 살금살금 걸어다니는 고양이들, 벤치에 앉아 행인들을 바라보는 노인들, 어느 집에선가 새어나오는 라디오 소리, 이 집 저 집에서 들려오는 와그르르 딱딱딱 마작 하는 소리, 전통 옷을 입은 할머니들이 서로 인사하고 정을 나누는 모습, 집집마다 휘날리는 빨래들…… 마음이 푸근하고 느긋해지는 풍경이었다.

여관을 찾으면 며칠 묵어볼까 하는 생각이 들 때, 여학생 몇몇이 커다란 생수통을 들고 걸어가는 게 보였다. 현지인 같지는 않았고 MT를 온 듯한 분위기였다. 학생들을 따라가보니 나무다리를 건너 어느 수상가옥으로 들어갔다. 아무 팻말도 없는 가정집이었다. 그 앞에서 왔다 갔다 하며 살펴보는데 마침 한 학생이 나오기에 붙잡고 물어보았다.

"여기 게스트하우스예요?"

"아니에요. 개인 집인데 방을 빌려주기도 해요."

"홍콩인들만 잘 수 있나요?"

"아뇨, 예약하면 누구나 묵을 수 있어요."

짐작대로 학생들이나 지인들끼리 단체로 놀러와 민박을 하는 모양이었다. 안은 많이 낡았고 아늑해 보이지도 않으며 수로를 흐르는 물도 그리 깨끗하지는 않았다. 관광객들이 많이 오다 보면 이런 수상가옥이 정식으로 게스트하우스가 되는 날이 올지도 모른다.

이곳 상인들도 관광객을 상대로 돈을 버는 방법을 이미 터득한 것 같았다. 빈대떡 비슷한 길거리 음식에 Lady's Cake, Chinese Pizza 같은 이름을 붙여 관광객의 관심을 끌었고, 오징어를 파는 노인은 마치 우리나라 엿장수처럼 신나게 가위질을 하며 오징어를 자르고 구웠다. 사람들은 이런 이미지를 사진 찍고 사 먹는다. 관광객에게는 오징어나 빈대떡 맛보다 이미지가 더 소중한 것이다.

골목길을 돌아보다가 어느 거리에 있는 찻집 겸 식당에 들어가 보았다. 수로 옆의 전통 목조 가옥을 개조한 곳으로 테라스에 탁자들이 놓여 있었다. 커피를 파는 옆집에는 손님이 꽤 있는데 중국차를 파는 이 집에는 아무도 없었다. 나는 그 한적한 곳에서 콩국물인 더우장豆醬과 어묵을 먹으며 노트북에 일기를 썼다. 그동안 홍콩 시내를 돌아다니느라 정신없었는데 한적한 시골에 온 느낌이었다. 바람은 차갑지만 그

創龍社
創至善地
龍永安慶

래도 좋았다. 언젠가 봄이나 가을에 다시 와보고 싶었다. 포근하거나 서늘한 바닷바람을 맞으며 차를 마시고, 책을 읽거나 글을 쓰는 시간은 얼마나 기분 좋을까.

배를 타고 수로를 지나는 사람들이 테라스에 앉아 있는 사람들에게 손을 흔든다. 이쪽 사람들은 그들을 찍고, 그들은 이쪽을 찍으며 서로 흥을 돋우었다.

그곳에 앉아 일기를 쓰던 한 시간이 따이오 여행의 하이라이트였다. 대단한 것을 보러 왔다면 맥이 빠졌겠지만, 천천히 걷고, 배 타고, 군것질도 하고, 물길을 바라보며 차를 마시는 소박하고 게으른 여행자에게는 꽤 괜찮은 마을이었다.

5장

Hong Kong

람마 섬

람마 섬의 밤은 외로워

람마 섬으로 떠나는 주말의 배는 흥분한 관광객들로 가득 차 있었다. 대부분 중국 관광객 같았다. 홍콩 섬 페리 선착장에서 배를 타고 35분이면 이 조용하고 한적한 섬에 닿는다. 이곳은 2011년 조사에 의하면 인구 약 5,900명인 조용한 섬이다. 도심의 무서운 집값을 견디지 못한 서양인들의 주거지로 인기가 좋으며 요즘은 트레킹을 즐기는 여행자들이 많이 찾아온다. 나도 처음 왔을 때 몇 시간 동안 트레킹을 했는데 참 한가롭고 평화로웠다. 그런데 세 번째 찾아와서 사흘을 머무는 동안은 왜 그렇게 쓸쓸했는지 모르겠다. 자동차들이 없어서일까? 자살 사건이 있었다는 소리를 들어서였을까?

람마 섬의 용수완 항구를 언덕에서 바라보는 만라이와 호텔에 갔을 때, 일하는 인도인 할머니와 홍콩인 여주인은 혼자 온 나를 매우 불안스러운 눈초리로 바라보았었다. 나중에 인도인 할머니가 홀로 온 홍콩 사람은 자살할 위험이 있어서 받지 않는다고 말해주었다. 람마 섬은 아니고 청차우 섬에서 그런 일이 일어났으며 외국인은 괜찮다는 맛을 덧붙이면서.

그런 말을 듣고 나니 영 찜찜했다. 발코니에서 바다를 내려다보는 방이 없어서 바다가 살짝 보이는 방에 짐을 푼 뒤 그린 코티지라는 레스토랑으로 가서 점심을 먹으며 종업원에게 다시 물어보았다.

"혹시 이 섬에서 자살한 사람 있다는 소리 들어봤어요?"

"아, 그거 오래전 일이에요. 람마 섬에서는 4, 5년 전에 한 번 그랬던 걸로 알고 청차우 섬에서 그런 일이 많았는데, 거기도 지금은 괜찮아요."

"혹시 이 섬 어느 호텔에서 그런 일이 있었는지 알아요?"

"그건 모르겠어요. 어쨌든 그 뒤로는 어느 호텔에서도 혼자 온 사람은 안 받아줘요. 외국 여행자는 괜찮지만요."

그랬구나. 여기서도 그런 일이 있었던 것이다.

"어떻게 죽냐 하면요, 코일을 태워요."

아마 고기 구워 먹을 때 쓰는 번개탄을 말하는 것 같다.

"그런데 지금은 숙소에 화재경보기를 다 설치해서 연기가 나면 금방 알려지게 되어 있지요."

세상일은 자기 마음대로 늘 되지 않는다.
그러니 떠날 때 떠나더라도 다른 삶을 개척하더라도
'지금, 여기'의 시간은 언제나 소중하다.

기분이 좀 묘해졌다. 저녁이 되니 산책을 하거나 술집에 모여 앉은 서양인들이 눈에 띄는데 왠지 모르게 외로워 보였다. 스산한 겨울이라 그런가? 봄, 여름에는 달라질지도 모르지. 낮에는 전혀 알 수 없던 분위기였다.

숙소에 들어오니 방이 적막했다. 텔레비전도 보기 싫어서 노트북을 꺼내 일기를 쓰다 발코니에 나가보니 부두에 배가 들어와 있었다. 밤 12시, 200명쯤 되는 승객들이 우르르 내리는데 서양인이 꽤 많았다. 어깨를 웅크리고 마을로 걸어가는 모습들이 퍽 쓸쓸해 보였다.

북웜 카페

이튿날 숙소를 옮겼다. 멋진 항구를 볼 수 있는 베란다가 있는 방에 묵고 싶었지만 방이 나지 않았기 때문이다. 그래서 아예 주택가에 있는 카트만두 게스트하우스로 왔는데 값도 싸고 방도 깨끗했다. 걷다가 우연히 발견한 이곳은 건너편 세탁소에서 운영하는 곳이라는데 이상하게 마음에 들었다. 날씨는 흐리고 쌀쌀했지만 나는 이런 날씨가 좋았다. 이름이 '카트만두'이다 보니 20여 년 전 여행했던 네팔로 온 기분이었다. 창밖으로 어느 집 옥상에서 웬 청년이 팔을 휘젓고 궁둥이를 흔들며 체조하는 모습을 보니 웃음이 나왔다. 문득 과거와 현재, 홍콩과 네팔이 뒤섞인 느낌이 들었다.

날씨가 음산하니 아늑한 곳에 앉아 하루 종일 글을 쓰고 싶었다. 나는 근처에 있는 북웜 카페Bookworm Cafe로 가 따스한 카페라테를 마시며 일기도 쓰고 블로그 포스팅도 했다. 홍콩은 이제 게스트하우스나 웬만한 카페에서는 다 와이파이가 잡혀서 인터넷 접속이 정말 쉽다.

북웜 카페는 책벌레라는 이름답게 책들이 주욱 꽂혀 있고, 입맛 당기는 메뉴도 많았다. 호두, 호박, 해바라기씨 등 유기농 재료로 만든 음식도 그렇지만 특히 주스들 이름에 끌렸다. 사과와 당근과 생강을 섞어 만든 니르바나 주스, 바나나와 오렌지로 만든 가이아 셰이크, 바나나와 파파야 등으로 만든 그레이스 셰이크 등등. 한자 이름은 더 재미있다. 니르바나 주스는 涅槃열반 주스, 그레이스 셰이크는 奇異恩典기이은전 셰이크, 샨티 셰이크는 心平氣和심평기화 셰이크, 가이아 셰이크는 地球常綠지구상록 셰이크, 선샤인 셰이크는 陽光燦爛양광찬란 셰이크라고 표기되어 있었다.

나는 점심으로 샌드위치에 가이아 셰이크를 주문했다. 지구의 여신인 가이아, 얼마나 멋진 이름인가! 람마 섬에 있는 3박 4일 동안 종종 이곳에 들러 신선한 음식들을 먹고 휘황찬란한 이름의 음료수를 마시며 책을 읽고 글을 썼다. 따스했던 시간들이다.

Live Simply
That Others may Simply Live
BOOKWORM CAFÉ
AN ORGANIC VEGETARIAN HAPPENING... SINCE 1997...

여백의 시간들

밤에는 쓸쓸했지만 태양이 뜨니 람마 섬은 갑자기 활발해졌다. 새들이 지저귀고 출근하는 사람들은 열을 지어 부두로 빠르게 걸어갔다. 부둣가의 거대한 원탁에는 홍콩인들이 둘러앉아 느긋하게 차와 함께 딤섬을 먹고, 그 옆 카페에서는 서양인들이 빵과 커피를 먹고 있었다. 골목 빵집에는 출근하는 사람들을 위한 테이크아웃용 빵이 쌓여 있고 정육점에서는 방금 잡은 통돼지를 눈앞에서 해체해 팔고 있었다.

한가한 이들은 개를 데리고 홍씽예 비치로 가는 고즈넉한 숲길을 산책했다. 람마 섬 개들은 팔자가 좋다. 극진한 대접을 받으며 지내는데 자유롭고 느긋하다 못해 아주 늘어져 있었다.

이곳에서만큼은 게으른 여행자가 되고 싶었던 나는 항상 천천히 걸어다녔고 늦은 아침을 먹었다. 한적한 오전에는 넓적한 나뭇잎이 드리워진 열대림 같은 숲에서 새들이 지저귀고, 예쁜 기념품이나 향초를 파는 가게, 카페와 음식점이 줄지어선 짧은 골목길에서는 고양이들이 햇볕을 쬐며 뒹굴었다. 중심가를 벗어나면 바로 바다의 여신 틴하우天后를 모시는 사원이 나왔으며 조금만 더 가면 숲과 산으로 이어졌다. 후텁지근한 바람이 불어오면 마치 동남아에 온 듯한 기분이 들었다.

점심 무렵이 되자 관광객들이 몰려오기 시작했다. 그래도 람마 섬의 오후는 한적하다. 배에서 내린 관광객들은 곧 흩어졌고, 좁은 골목길을 가끔 장난감 같은 구급차가 달려갈 뿐이다. 람마 섬에는 차가 없다. 조그만 구급차나 트랙터뿐이다.

점심을 먹고 나면 훙씽예 비치로 천천히 걸어갔다. 바닷가 벤치에 앉아 일기를 쓰며 모래에 맨발을 파묻고 발가락을 꼼지락거리다 보면 해가 떨어지고 바람이 차가워졌다. 무슨 고민을 안고 있는지 잿빛 하늘과 바다를 하염없이 바라보며 앉아 있는 사람의 뒷모습은 한 폭의 그림 같았다.

람마 섬의 매력이라면 바로 이런 것 아닐까? 하릴없이 빈둥거리는 여백의 시간들.

인생의 가장 아름다운 때를 뜻한다는 화양연화.
그래. 자기 삶에서 화양연화 하나만 있어도
우린 그 추억의 힘으로 살아갈 수 있지.

산길을
천천히 걷다

람마 섬 트레킹

이 섬의 발음이 '람마' 또는 '라마'여서일까? 트레킹을 하다가 바다를 바라보는 7부 능선 길을 걷는 여행자들을 보면 황량한 고원을 묵묵히 걸어가는 라마승이 떠올랐다.

이 섬에는 항구가 두 개 있는데 대개 용수완 항구에 도착해서 트레킹을 하며 산을 넘어 소쿠완 항구까지 간 후, 거기서 다시 배를 타고 홍콩 섬으로 온다. 안내판에는 용수완 항구부터 소쿠완 항구까지 약 1시간 10분이 걸린다고 표시되어 있지만 빨리 걸으면 40~50분에 주파할 수도 있고 천천히 걸으면 두 시간, 쉬어 가면 서너 시간도 걸리는 길이었다.

급할 것 없는 여행자인 나는 천천히 걸었다. 본격적인 트레킹은 용수완 항구 근처에 위치한 홍씽예 비치부터 시작된다. 홍씽예 비치는 조그만 바닷가지만 샤워실, 응급실 등이 잘 갖춰져 있었고 바비큐 시설도 있었다. 홍씽예 비치를 지나 언덕길에 오르자 숲 속에서 새소리가 들려왔고 오른쪽으로는 시원한 바다가 펼쳐졌다.

지난번 9월 중순에 왔을 때는 너무 더워서 힘들었지만 1월 초순인 지금은 햇살이 따스하고 바람은 시원했다. 어느 정도 오르니 뱀처럼 길게 이어지는 능선이 보인다. 멀리 콩알만 한 사람들이 한두 명 보일 뿐 적막한 길이다.

천천히 침묵 속에 걷노라니 묵언 수행이라도 하는 느낌이다. 길 중간쯤 위에는 무덤이 있었다. 우리나라 무덤처럼 봉분이 있는 것이 아니라 화장한 재를 모시는 것 같았다. 하트 모양 시멘트로 만든 묘 안쪽에는 재를 넣는 곳이 있고 왼쪽에는 망자를 위한 지폐를 태우는 곳이 있었다.

늦은 오후, 세상은 적막했다. 근처 벤치에 앉아 일기를 쓰다 바다를 보니 해가 서서히 가라앉고 있었다. 철썩철썩 파도 소리가 바람에 실려왔고, 하얀 햇살이 바다 한가운데 길을 내고 있었다. 바다 위에 떠 있는 조그만 배들이 한 폭의 수묵화처럼 아름다웠다. 복잡하고 바쁜 구룡반도나 홍콩 섬의 분위기와는 전혀 다른 이 풍경. 홍콩 섬에서 배를 타고 반 시간이면 람마 섬에 도착하고, 부두에서 다시 반 시간만 가면 이렇게 한적한 풍경이 펼쳐진다.

©이지혜

얼마나 시간이 지났을까? 어느새 4시 30분. 무덤 아래 길에서 음료수를 팔던 사내가 짐을 싸며 갈 채비를 하고 있었다.

나도 다시 길을 떠났다. 능선 길을 벗어나자 내리막길이 나타났고 멀리 왼쪽으로 소쿠완 마을이 보이기 시작했다. 마을로 가기 전에 들른 로소싱 비치는 홍씽예 비치보다 더 작고 평화로운 곳이었다.

다시 길을 내려오니 바닷가 길 한구석에 2차 세계대전 때 일본군이 숨어 지냈다는 음산한 동굴이 나왔다. 슬쩍 보고 소쿠완 마을로 들어서자 해산물 가게들이 즐비하고 끄트머리에는 선착장이 있다. 시계를 확인하니 5시 10분. 3시경부터 천천히 걷고 일기 쓰며 왔는데도 두 시간여밖에 안 걸리는 길이었다.

마을의 틴하우 사원에는 희한한 물고기가 전시되어 있었다. 길이 2.74미터, 무게 18.14킬로그램이며 이름은 Oar Fish, '노 물고기'란다. 배를 젓는 노처럼 길쭉해서 그런 이름이 붙었나 보다. 이 물고기는 동아프리카에서 남중국해로 가는 해협에서 사는데 지금까지 아시아에서는 단 다섯 마리만 잡혔다. 두 마리는 중국 대륙에서, 한 마리는 일본에서, 한 마리는 홍콩에서 잡혔고 나머지 한 마리는 소쿠완 해변에 있는 레인보우 레스토랑에서 잡았다고 한다.

참 이상하게 생긴 녀석이다. 머리는 돼지처럼 뭉툭하고 몸뚱이는 엄청나게 길고.

"스트레인지, 스트레인지……."

뒤에서 웬 서양 노파가 "이상해"를 연발하며 지나간다. 그래, 세상

언제나 내 가슴을 푸근하면서도 아련하게 만드는 풍경들.
따스했던 유년 시절이 저기 어딘가에 숨어 있는 것 같지만
결코 그리로 돌아갈 수 없다.
이미 나는 훌쩍 외로운 어른이 된 것이다.

에는 참 이상한 것들도 많다.

여행자들은 이곳을 떠나기 전 대개 레인보우 레스토랑에서 해산물을 먹는다고 한다. 해물 요리도 맛있고 거기서 음식을 먹으면 그곳 배로 홍콩 섬까지 올 수 있어서인데, 혼자인 나는 먹을 수가 없었다. 양도 많고, 기분도 안 나고, 배도 별로 고프지 않았다. 나중을 기약하는 수밖에 없었다.

우리 집 집주인은 주윤발

홍콩의 한 대학에서 한국어를 가르치고 있는 이현희 선생은 구룡반도의 몽콕 지역에 살다가 집값이 하도 비싸서 한 달 전에 람마 섬으로 이사를 왔다. 내가 방문했을 때는 한국어 경연대회에 나가는 학생들을 가르치느라 몹시 바빴지만, 잠시 짬을 내어 북윔 카페에서 만나 '유기농 점심'을 같이하면서 이런저런 이야기를 나누었다.

"몽콕 집값이 비싸지요?"

"네, 정말 침대 하나 있고 차렷 자세로 샤워할 수 있는 욕실 딸린 방의 월세가 120만 원이니 견딜 수가 없었어요. 어머니가 와서 보시더니 '일고여덟 평이나 되겠나' 하시는데, 하여튼 홍콩 도심은 집세가 너

© 이지혜

무 비싸요."

"여기는 얼마쯤 해요?"

"70만 원쯤인데 방도 훨씬 크고 쾌적해요. 이 방 계약하기도 힘들었어요. 가르치는 학생 도움을 받아서 아슬아슬하게 했는데 지금은 집세가 더 올랐대요. 1년 있다 재계약할 때면 또 올라갈 것 같지만 어쨌든 도심보다는 싸니까요. 그런데 우리 집이 영화배우 주윤발이 태어난 집 바로 옆집이에요."

"아니, 정말이요?"

"수도세 통지가 나왔는데 이름이 '주윤발'로 되어 있더라고요. 나중에 알고 보니 집주인은 주윤발 어머니지만 수도세는 옛날 주인인 주윤발 이름으로 나온대요. 그러니까 주윤발이 제가 사는 집을 사서 어머니께 드린 것이고, 바로 옆의 허름한 집에서 주윤발이 태어났대요."

아, 주윤발. 한때 〈영웅본색〉을 보며 가슴 떨었었는데. 그의 고향이 람마 섬이라는 것, 그리고 유명해진 뒤에도 수수하게 다니고 주민들과도 잘 어울려서 사람들이 매우 좋아한다는 얘기는 들었지만 이 선생 바로 옆집에서 태어났을 줄이야.

"처음에 이곳에 왔을 때는 무섭더라고요. 밤에 항구에서 집까지 걸어오는데 정말 적막했어요. 불 꺼진 길을 걷다 보면 별도 선명하게 보이는데 집에 있으면 너무 조용해서 무섭기도 하고 우울증에 걸릴 정도였어요. 한두 달 지나니까 괜찮아졌지만."

그렇구나. 트레킹하면서도 느꼈지만 낮에도 이 섬은 어딘지 한적하고 고요했다. 그런데 밤이면 오죽할까?

“요즘은 영춘권도 배우면서 나름대로 잘 적응하고 있어요.”

“영춘권이 뭐죠?”

“이소룡이 배웠던 무술이요.”

이소룡이면 절권도 아니었나? 그만큼 무술의 세계에 무지한 나보다 이 선생은 이소룡과 무협 세계에 대해서 훨씬 많이 알고 있었다. 그녀가 홍콩에 온 이유도 무협지《영웅문》과 홍콩 영화들 때문이었다. 그게 좋아서 중어중문과를 갔고, 외국계 기업을 다니면서도 계속 관심을 갖다가 결국 홍콩에 와서 한국어를 가르치고 있으며, 그러다 보니 영춘권까지 배우게 되었다고. 특히 중국에서 홍콩으로 와 영춘권을 널리 보급한 엽문에 대한 영화를 보고 영춘권에 관심이 생겼다는데 당시 홍콩에서 곧 개봉 예정이던 왕가위 감독의 〈일대종사〉에 대한 기대가 대단했다.

그녀가 영춘권을 배우게 된 것은 우연이었다. 람마 섬에 이사 와서 적적하고 외롭게 보내던 중, 어느 일요일 오전 창밖을 내다보니 아래쪽 집 마당에서 웬 사내가 무술을 하더라는 것. 나중에 알고 보니 그는 영춘권을 가르치는 사부였고, 결국 그에게 일주일에 한차례 영춘권을 배우고 있었다. 영춘권은 원래 여성을 위한 무술이라 과격하지 않고 배우기도 쉽다 했다. 사람의 인연이란 재미있다. 나는 그녀로 인해 생각지도 못한 영춘권 사부를 만나게 되었다.

영춘권 마스터,
평안 류

주윤발이 태어난 집은 홍씽예 비치로 가는 길 중간, 왕롱이라는 마을에 있는 낡고 허름한 단층집이었다. 문은 굳게 닫혀 있었다. 이런 가난한 집에서 태어난 그가 유명한 배우가 되기까지는 고생도 많았을 것이다. 영춘권 사부 평안 류Peng Aun Lieu의 집은 바로 그 아래 허름한 집이었다.

"아버지는 중국인이고 어머니는 영국인이래요. 그래서 서양인이면서도 어딘지 동양적이에요. 중국 차도 좋아하고."

그 정도 지식만 갖고 이 선생과 함께 그를 만나러 갔다. 집 앞에는 조그만 마당이 있었다.

"좁지요? 그런데 영춘권 연습하는 데는 그리 큰 공간이 필요하지 않아요."

이 선생이 사부를 부르자 안에서 잠시 기다리라는 말이 나오고, 먼저 개들이 뛰어나와 반겼다. 한 마리는 아기 양처럼 생긴 녀석이고 한 마리는 검은 고양이처럼 생겼다. 조금 뒤 문을 열고 나온 사내는 눈빛이 날카로웠다. 키는 그리 크지 않은데 어깨가 딱 벌어지고 팔뚝이 매우 굵고 탄탄해 무술인이란 느낌이 팍 왔다. 그는 영국인에 더 가까운 모습이었고 영국식 영어를 썼으며 중국어나 한자는 알지 못했다. 나는 그가 허락한다면 연습 장면을 사진 찍고 금방 갈 생각이었는데, 그는 내가 정식 인터뷰를 하는 줄 알았나 보다.

"뭐든지 물어보세요."

그러고는 마당에 의자를 펴고 차를 대접하는데 사실 영춘권에 대해서 잘 모르는 나로서는 막연했다. 그렇다고 사적인 질문을 함부로 하기도 미안하고. 그의 말에 귀 기울이는 수밖에 없었다. 영춘권은 남의 힘을 이용하고 피하면서 방어하는 무술이며, 그는 13년간 무술을 했고 홍콩에서 7년을 머물렀으며 나이는 서른여덟. 지금 영국인·독일인·일본인·한국인 등을 가르치는데 개인 교습도 하고 몇 명씩 모아서도 가르친다고 한다. 이어 이 선생과 수련하는 모습을 잠깐 보는 것으로 그 자리를 마무리하고, 다시 만나기로 한 뒤 트레킹을 떠났다.

그리고 일주일이 지나 그를 두 번 더 만났다. 이번에는 인터넷으로 영춘권에 대해서 사전조사를 하고 갔다. 나중에 한국에 돌아와 한국에서 영춘권을 가르치고 있는 장량 선생의 책도 읽었는데, 영춘권은 청나라 때 난을 피해온 소림사 비구니가 두부 장수 엄이의 딸 엄영춘에게 가르친 권법에서 유래되었다고 한다. 결혼하자고 달려드는 불량배 퇴치용으로 여성들에게 맞는 권법을 만들어 엄영춘을 가르쳤고, 1800년경 엄영춘의 남편이 푸젠성까지 전파했다. 그리고 엽문이 홍콩에 와서 영춘권을 가르치면서 세계로 퍼져나갔다. 엽문에게 영춘권을 배운 이소룡은 그 원리를 이용해 스스로 절권도를 만들었다고 한다.[13]

어쨌든 영춘권에 깊이 알지 못했던 나는 그의 개인사에 초점을 두고 이야기를 시작했다.

"왜 무술을 배우게 되었어요, 특히 영춘권을?"

"영춘권은 매우 유연해요. 그 안에 철학도 있는데 그게 매력적이었습니다. 영춘권은 중국 남쪽 지방에서 발전한 거예요. 북쪽 사람은 다리를 주로 쓰고, 남쪽 사람은 손을 주로 쓰지요."

"언제부터 영춘권을 배웠지요?"

"영국에서 스물세 살에 영춘권을 배우기 시작했어요. 그리고 호주에 와서 가라데, 유도를 배우고, 태국에서 무에타이도 배웠지요."

"그럼 영국에서 태어났어요?"

"네, 그래요. 영춘권을 더 배우러 2005년 홍콩에 왔다가 지금까지 살고 있어요."

"여행도 많이 했겠네요?"

"그리 많이 한 편은 아니에요. 유럽, 호주, 말레이시아, 싱가포르, 태국, 라오스 정도. 여행 자체보다는 무술이라는 목적이 있었죠."

태국의 절에서 석 달쯤 머리 깎고 스님처럼 생활하기도 했다는 그는 심플 라이프가 좋다고 했다. 너무 편하면 수련하기가 힘들어진다면서, 너무 영리해도 안 되고 너무 미련해도 안 된다는 사부의 말을 명심하며 살아가고 있었다.

"앞으로 희망이나 꿈이 있다면요?"

"이 생활을 업그레이드하고 싶어요. 다른 나라에서도 기회가 된다면 가르치고 싶고, 내가 배운 영춘권을 많은 사람들과 나누고 싶어요."

"하루에 운동을 몇 시간 하세요?"

"네 시간이요. 가끔은 가르치는 시간도 포함해서요."

"운동하려면 잘 먹어야겠어요?"

"그럼요. 그런데 소고기, 닭고기, 돼지고기는 안 먹고, 브라운 라이스, 아보카도, 생선, 채소 등을 먹습니다."

"만약 내 책을 읽은 사람들이 당신을 찾아와 영춘권을 배우고 싶다 하면 가르칠 생각도 있어요?"

"물론 환영합니다."

인터뷰를 마치며 그는 수요일 저녁에는 일본인 수강생이 오니까 그때 다시 와서 사진도 찍으라고 호의를 베풀었다.

"저에게 6년간 영춘권을 배우고 있는 다카입니다. 엽문 선생 닮지 않았어요?"

이틀 뒤에 만난 일본인 제자는 사진에서 본 엽문과 진짜 닮았다. 키가 크고 호리호리하며 머리는 빡빡 밀었다. 다카는 람마 섬에 살면서

홍콩 섬의 직장에 9년째 다니고 있는데, 영춘권이 자신을 방어하면서 도를 깨치는 과정 같아서 매력적이라고 했다. 기초 운동을 마친 다카는 사부와 대련을 하기 시작했다. 발을 시원스럽게 움직이는 태권도나 쿵푸와 달리 영춘권은 둘이 서서 손으로 치고 막는 동작이어서 멋지지는 않았지만, 서로 기와 기가 부딪치면서 호흡 소리가 가빠지기 시작했다. 가까운 거리에서 전광석화처럼 손으로 급소를 친다면 당해낼 재간이 없어 보였다. 그만큼 빨랐다. 내가 사진을 찍자 평안 류는 친절하게 칼로 찌르고 막는 시범까지 보여주고 사진 찍기 좋게 천천히 포즈를 잡아 주었다.

우연으로 시작된 재밌는 만남이었다. 그들과 헤어져 돌아오면서 문득, 한적한 곳에 머물며 무술 배우고 도 닦으면서 세상을 잊고 싶은 생각이 들었다.

6장

Hong Kong

청차우 섬

해적 섬 전설

문득 어디론가 숨고 싶을 때 떠오르는 곳이 바로 홍콩의 청차우 섬이다. 홍콩 섬 5번 페리 선착장에서 배를 타고 한 시간이면 닿는 곳이다. 18~19세기에 해적들의 소굴이었다는 이 섬이 나는 왜 그렇게도 좋았을까?

4월 말에서 5월 초에는 빵 축제가 열려 수많은 관광객이 모여들지만, 내가 처음 갔던 9월의 어느 토요일은 적당히 활기차게 붐비는 정도였다. 부두에 정박한 작은 삼판선들과 알록달록한 간판들 때문에 마치 그림 속으로 들어온 듯했다. 차도 안 다니는 작은 섬은 포근하고 아늑했다. 당일치기 일정이라 해변도로를 천천히 걷고 마을을 구경하다가 돌아왔는데, 그날 일기장에 '좋다, 좋다, 좋아!'라고 쓸 정도였다.

그 뒤 춘절 전에 다시 방문해서 홀리데이 하우스라는 바닷가 낡은 콘도에서 이틀을 묵었다. 썩 좋은 시설은 아니었지만 마음 편한 곳이었다.

우선 해적의 흔적이 보고 싶은 나는 청포자이張保仔 동굴로 향했다. 바닷가 길을 20분쯤 걸어 언덕으로 올라가니 조그만 동굴이 나타났다. 구멍이 매우 좁아서 사람 하나 간신히 들어갈 정도였다. 이미 오후 5시 반이라 어둑어둑하고 아무도 없는 데다가 파도 소리 때문에 더욱 스산했다. 늘 갖고 다니는 작은 손전등을 꺼내 비추면서 들어가니 밑으로 내려가는 사닥다리가 보였고, 2~3미터 내려가니 사람 한두 명 있을 만한 좁은 공간이 나왔다. 잠시 손전등을 꺼보았는데 내 손도 안 보이는 완벽한 어둠이었다. 무섭지는 않았다. 손전등을 켜고 다시 10여 미터를 걸어가자 사닥다리가 보였다. 간신히 기어올라 빠져나오니 반대쪽 구멍이었다.

해적 청포자이가 머물렀다는 동굴인데 과연 그럴까? 나는 관광지에 얽힌 사연에는 종종 의심을 품는다. '그렇다더라'라는 얘기가 활자화되면 그때부터 명소가 되는 것이다. 청포자이가 남서해안 동굴에 보물을 숨겨놓았다는 설도 있는데 그래서 이 동굴이 '청포자이 동굴'이 되었는지도 모른다.

아무튼 분명한 것은 이 섬 전체가 청포자이를 중심으로 한 해적들의 터전이었다는 사실이다. 원래 청포자이는 광둥성에서 살던 어부의

85918
21
568

아들인데, 그 당시 '붉은 선단'을 이끌던 해적왕 청아이鄭一 부부에게 납치되어 그들의 양아들이 되었다.(양아들이라기보다는 성적 노리개였다고 한다.) 1807년 청아이가 죽자 그의 아내 청아이사오는 붉은 선단을 이끌며 청포자이를 2인자로 만들었다가 결국 그와 결혼한다. 대담무쌍한 청포자이는 자주색 비단옷을 입고 검은 터번을 두르고 다니며 위세를 떨쳤다. 그는 1,000척의 정크선과 8만 명의 부하를 이끌며 해적들을 나름대로 공정하고 엄격한 규율로 다스렸다. 명령을 어기면 참수하고, 노략질한 물건을 함부로 차지해도 참수하고, 포로를 강간해도 참수하고, 만약 강간당한 이가 동의하면 범인을 바다로 던져버렸다. 청포자이 선단은 대포를 보유하고 외국 포함들도 두려워하지 않았다. 그러나 좋은 시절도 결국 기울어, 1810년 청나라 정부에 투항하고 만다. 청아이사오는 사면되어 광둥성으로 돌아가 도박집을 운영했고(그녀는 원래 매춘부였다), 청포자이는 청나라 해군의 고위직까지 올라 해적 잡는 일을 했다고 한다.[14] 해적이 해적 잡는 일을 했다는 게 이상하지만 어쨌든 그는 유명인이 되었고 지금은 관광객들을 불러들이고 있었다.

삶의
열기

청차우 섬은 람마 섬과 달리 서양인들이 별로 보이질 않고 현지 주민들이 아기자기하게 살아가는 곳이었다. 차가 없는 이 섬의 풍경은 한가로웠다. 삼륜 자전거가 천천히 달렸고, 저녁에는 주민들이 해변 길을 산책했으며, 밤에는 청년들이 낚시도 했다. 부두에는 맥도날드와 카페가 있었지만 시장에는 전통적인 가게와 음식점이 들어서 있어서 활기찼다. 가뭄과 홍수와 비를 주관하고 역병을 물리치는 북쪽의 신 팍타이北帝를 모시는 팍타이 사원에서는 수천 개의 빵으로 탑을 쌓는 빵 축제를 벌이는데 1978년에 탑이 무너지는 바람에 부상자가 생겨서 금지하다가 최근 부활했다고 한다. 마을 한복판과 청포자이 동굴 근처 바닷가에는 어

부와 뱃사람을 보호하는 바다의 여신 틴하우를 모시는 사원도 있다. 마을의 틴하우 사원 앞 광장에서는 저녁나절이면 사람들이 모여서 제기차기 같은 놀이를 했는데, 베트남에서 보았던 '다카오' 놀이와 비슷했다. 여러 사람이 둥그렇게 둘러서서 제기 같은 것을 차는데 마을의 노인, 아저씨, 아줌마, 젊은이 들이 함께 어울려 놀고 있었다. 그 일상의 행위 속에서 근대화, 자본주의에 의해서 아직 붕괴되지 않은 전통의 힘이 보이는 것 같았다.

그동안 한국에서건 다른 나라에서건 나는 전통이 무너진 가운데 경쟁하며, 더 나은 미래를 위해 헉헉 뛰는 모습들을 종종 보아왔다. 인간의 이성에 의해 새로운 문명을 건설하겠다는 근대화의 관점에서 보면 전통과 관습은 극복되고 폐기되어야 대상이었으며 일상은 더 나은 미래를 위해 희생해야 할 대상이었다. 그런데 탈근대 사회에 와서 일상생활은 얼핏 무의미해 보이지만 그 밑에 풍요로운 의미가 숨겨져 있는 풍성한 토양으로 인식되기 시작한다.

우리도 그렇지 않은가? 그동안 빠른 근대화를 이루기 위해 전통을 부정하고 서양 사람들을 흉내 내면서 살아온 우리는 어느 순간부터 허전하고, 삭막하고, 막막해졌다. 물질적으로는 풍요로워졌어도 정신적으로는 더 힘들어진 느낌이 든다. 그런데 가난한 시절에도 끈질기게 살아온 힘은 어디서 왔을까? 중년이 되는 요즘에 와서야 나는 그것이 사람들과의 정, 인연, 유대 관계가 바탕이 된 전통적인 일상에서 온 것임을 깨닫는다. 그래서 홍콩의 이 섬마을에서 나는 사원과 거대한 고목과 놀이 풍경을 보며 감동을 받는 것이다. 얼핏 보면 별것 아닌 그 사소한 일상의 풍경 속에서. 이 섬은 저녁이 되어도 람마 섬처럼 쓸쓸하지 않았다. 현지인의 전통과 삶의 열기가 생생하게 느껴졌기 때문이다.

길게 늘어진 이 섬 한가운데에는 산이 있지만 평지는 그리 폭이 넓지 않아서 한쪽 해변에서 저쪽 해변으로 걸어가는데 10분도 안 되는 곳도 있었다. 해안가를 1선이라 한다면, 그 안쪽에는 2선인 시장이 있고, 3선은 주택가이고, 4선은 언덕에 있는 낡은 콘도와 호텔들이라 할 수 있으며 사이사이에는 좁은 골목들이 거미줄처럼 이어지면서 아기자기한 가겟집, 음식점 들이 들어서 있었다. 다 고만고만한 상점들이고 대형 쇼핑몰은 별로 보이질 않았다. 그렇게 세월 속에서 버텨낸 일터들이 사이좋게 공존하면서 살아가고 있었다.

삶에 지친 홍콩인들은 이런 분위기에 위안받고자 이 섬을 찾아오는 것 아닐까? 그런데 여기도 조그맣지만 이제 맥도날드, 세븐일레븐과 일식집, 태국 음식점도 들어왔다. 또 해변과 트레킹 코스를 즐기러 점점 많은 사람들이 찾아오고 있다. 그래도 전통이 굳건한 이곳에서는 서민들의 터전이 쉽게 무너지진 않을 것 같다.

정

이 섬사람들에게는 사람을 편안하게 해주는 따스한 인심이 있었다. 한 번은 저녁을 먹으러 칠판에 34홍콩달러라고 적어 밖에 세워놓은 허름한 식당으로 들어갔다. 뭔지는 잘 모르겠지만 바다 해海자 들어간 메뉴를 골랐다. 잠시 기다리니 우선 닭발이 들어간 탕이 나왔다. 닭발이 그대로 들어 있어 보기에는 영 그랬지만 구수한 맛이다.

식당 안에는 노부부가 생선 다섯 마리와 무슨 요리 하나와 밥과 탕을 먹고 있고, 아이 하나가 혼자 앉아 있는데 조금 있으니 엄마가 와서 같이 밥을 먹었다. 그러다 아기를 안은 여인이 들어왔는데 임신했는지 배가 불룩하다. 손님들과 아기를 두고 이런저런 얘기를 나누며 웃는다. 주인 부부도 주방에서 잠시 나와 수다를 떨다 들어간다.

탕을 거의 다 먹어갈 때 간을 한 생선 다섯 마리와 밥이 나왔다. 맛은 그저 그랬지만 값도 싸고, 음식보다도 이런 인심과 풍경을 맛보는 게 좋았다. 100홍콩달러를 내니 거스름돈이 없던 주인아주머니가 잠시 기다리라는 시늉을 했다. 그런데 마침 밥값을 치르러 나온 한 여인이 잔돈을 냈고, 카운터 가까이에서 밥을 먹던 사람이 밥값으로 미리 잔돈을 내놓아 거스름돈이 금방 마련되었다.

아…… 나는 이런 조그만 사건, 사람들의 배려심 앞에서 감동했다. 주인아주머니가 잔돈이 없는 것을 알자 손님들이 슬그머니 나서서 도와주는 것이었다. 이 섬에도 알고 보면 또 이런저런 고민과 갈등이 있겠지만, 여행자의 눈치로 볼 때 이곳은 정과 배려심이 풍성하게 남아 있는 마을이었다.

산책의 기쁨

청차우 섬이 좋아서 그로부터 11개월 후인 크리스마스 무렵에 다시 찾아왔다. 이번에는 지난번에 묵었던 바닷가 콘도 대신 마을 한복판의 조그만 게스트하우스에 짐을 풀었다. 몇 년 전에 그런 곳에서 자살 사건이 연속적으로 일어났다는 소식을 들어서 께름칙해서였다.

두 번째 방문에서는 트레킹을 즐길 셈이었다. 청차우 섬에는 두 가지 트레킹 코스가 있다. 하나는 팍타이 사원 옆길로 올라가서 통완차이東灣仔라고 하는 섬 끝부분으로 가는 코스, 또 하나는 통완 비치에서 시작해 소장성小長城으로 올라가는 길이다.

통완차이로 올라가는 길은 알고 간 게 아니었다. 그냥 부두에서 나와 왼쪽 바닷길로 가다가 오른쪽 산으로 오르는 작은 계단을 발견했고, 무작정 계단을 오르니 통완차이로 가는 길이 나왔다. 나는 지도를 보고 길을 찾기보다는 그냥 발길 닿는 대로 이리저리 다니는 편이다. 올라가다 보니 청차우 기독교도 공동묘지가 나타났고, 계속 올라가니 북쪽을 바라볼 수 있는 조그만 정자가 나왔다.

아, 거기서 바다 쪽으로 내려가는 길의 풍경이 절경이었다. 왼쪽으로 만을 끼고 바다로 삐죽이 나온 섬의 끝을 향해 내려가는데 아무도 없으니 더 좋았다. 사방에 바다가 펼쳐지고 시원한 바닷바람이 불어오고, 홀로 새로운 세상을 향해 걸어가는 기분이 들었다. 계단 길 중간에 조그만 정자가 또 나타났고, 그 길은 바닷가까지 이어졌다. 왼쪽의 조그만 바닷가에 음식 찌꺼기나 병들로 어지럽혀진 것을 보니 주말에는 사람들이 꽤 많이 오는 것 같았다. 그쪽으로 가려고 바닷가 바위 길을 따라가는데 해변에 개들 십여 마리가 몰려와 나를 쏘아보고 있었다. 이게 뭔가. 소름이 쫙 끼쳐왔다. 집개가 아니라 들개로, 늑대처럼 눈빛이 사나웠다. 그리로 갔다가는 물어뜯길 것 같아서 포기한 뒤, 다시 올라오다 정자에 앉아 숨을 골랐다. 결코 오지가 아닌데 사람이 없으니 오지 같았다. 인적이 뚝 끊긴 길 너머로 잿빛 하늘과 바다가 끝없이 이어지고 있었다.

람마 섬 트레킹 때도 그랬지만 여기는 복잡한 홍콩과는 전혀 다른 분위기였다. 오면 올수록 홍콩은 숨겨놓았던 풍경들을 조금씩 내보이고 있었다.

海濱冰

다시 마을로 내려와 선착장을 등지고 오른쪽으로 조금 가다 왼쪽으로 올라가니 통완 비치가 나왔다. 그 근처의 B&B라는 숙소 부근은 통완 비치의 정식 입구로 여행자들로 늘 붐볐다. 거기서부터 오른쪽 해변을 지나 조금 걸어 올라가니 관음보살을 모신 사원이 나타났고 이내 소장성, 즉 '작은 만리장성'이라 이름 붙은 바닷가 언덕길이 나타났다. 원래의 만리장성과 비교할 바는 못 되지만 완만한 언덕길을 걸으며 바다를 바라보는 맛이 있었다. 해안과 산에는 종, 꽃병, 독수리, 사람 머리 등을 닮은 바위들이 있었다. 나는 그저 시원한 바닷바람을 맞으며 걷는 시간이 좋았다.

이 길을 걸으며 줄곧 '이 섬이 정말 좋다'라는 생각이 들었다. 바다가 있고, 산이 있고, 음식이 풍부하고, 인심도 넉넉하니 자꾸 정들고 있었다.

한 해를 보내는 날

춘절이 이틀 남자 청차우 섬은 더욱 활기를 띠기 시작했다. 여기도 명절이면 도시에서 고향으로 돌아오는 사람들이 많은 모양이다. 저녁이 되자 해산물 가게들이 서서히 불을 밝혔고 가게마다 빨간 포장지로 싼 선물 상자들이 그득하게 쌓아올려졌다. 야외 원탁에 모여 앉아 요리에 맥주를 마시는 사람들도 많았는데 모두 친척이나 이웃 사이 같았다. 건배를 하고 추첨해서 상품을 주고는 박수를 치고 있었다.

골목길을 거닐어보았다. 깃털 뽑은 오리와 닭들을 손질하는 사내, 딤섬을 파는 통통한 아주머니의 부지런한 손놀림, 밝은 등 아래 진열된 싱싱한 과일들, 창문 안으로 보이는 기타 연습하는 아이…….

낡은 집들과 골목길 구석구석에는
그들의 은밀한 삶이 꿈틀거리고 있을 것만 같다.

人平安

그런 일상의 풍경들이 정겨웠다. 그런데 어느 골목길로 들어서니 커다란 붉은 등들이 허공에 주욱 매달려 끝없이 뻗어나가고 있었다. 나는 두근거리는 가슴을 누르며 등불에 홀린 아이처럼 골목길을 걸었다. 한 해가 끝나가는 날, 낡은 시간들을 배웅하는 것일까, 새로 오는 시간들을 환영하는 것일까? 사람들은 등 밑을 무심하게 걸었지만 나에게는 붉은 등이 걸린 이 골목길은 과거로 또 미래로 뻗어나가는 비밀스러운 통로처럼 다가왔다.

이튿날, 즉 설날 전날 아침에 부두로 가니 바닷가 레스토랑에서 찬바람을 맞아가며 사람들이 딤섬을 먹고 있었다. 날씨는 영상 10도 안팎. 행복한 웃음을 짓는 그들은 모두 두터운 외투를 입고 목도리를 둘러서 티베트 사람처럼 보였다. 바닷가의 티베트 사람들이라…… 청차우 섬에는 갖가지 모습이 있었다.

나도 원탁에 합석해 주민들과 어울려 딤섬을 먹고 차를 마셨다. 딤섬 이름을 모르니 그냥 딤섬 통 쌓여 있는 데로 가서 골랐다. 주인이 뚜껑을 열어 보여준다. 모양 좋은 딤섬을 두 판, 앞사람이 먹고 있는 빵과 차 한 주전자도 시켰다. 나중에는 닭발과 함께 나오는 딤섬도 더 시켜 먹었다. 모두 33.5홍콩달러. 정말 착한 가격에 훌륭한 식사였다. 앞의 노인은 신문을 읽고 옆의 중년 사내는 거리를 구경하며 하루를 시작하고 있었다. 바쁜 도회인들의 모습이 아니라 이런 느긋한 모습이 원래 홍콩인들의 삶이었을 것이다.

여유롭게 차를 마시며 딤섬을 먹노라니 문득 이곳에서 한동안 머물고 싶어진다. 은둔하는 기분이 들 것 같다. 오지가 아닌데도 이상하게 그런 생각이 들었다.

이제 청차우 섬과도 헤어질 시간이다. 배를 타고 떠나는데 "하이야" 하는 광둥어 목소리들이 정겹게 들려왔다. 10시 45분 고속선을 타니 35분 뒤에 홍콩 섬 페리 터미널에 닿았다. 터미널 시간표를 보니 정기 패스는 월 480홍콩달러(약 6만 7천 원). 이 정도 교통비면 홍콩 섬에 직장이 있는 사람들도 청차우 섬에 살 만하지 않을까? 배는 새벽 빼놓고 거의 온종일, 보통 30분 간격으로 있으니 괜찮아 보였다.

다음에는 홍콩에 도착하자마자 배를 타고 이곳에 와서 콕 숨어버리자. 이런 상상에 기분이 좋아져서 자꾸 웃음이 나왔다.

都市耽讀

2부

Macau

마카오

마카오 역사

홍콩이 외세에 점령당하는 역사를 겪었다면, 마카오는 외세와 충돌하고 타협해온 역사를 갖고 있다.

16세기 초 인도양 항로를 장악한 포르투갈은 1517년 중국 마카오까지 진출해 교역을 시도한다. 중국 정부는 처음에는 우호적이었으나 포르투갈인들이 중국 어린이를 납치해 노예로 만드는 사건이 생기는 바람에 관계가 틀어진다. 포르투갈 상선은 이후에도 계속 찾아왔지만 선원들은 처형이나 가혹한 처벌을 받았다. 그런 과정 끝에 1553년 포르투갈인들은 중국 관리에게 뇌물을 주고 마카오에서 교역할 수 있는 허가를 받아 무역을 독점했다. 당시 만주족과 싸우고, 또 임진왜란에 참전하느라 쇠약해진 명나라는 바다에서 침입해오는 영국과 네덜란드를 포르투갈로 막게 하는 이이제이以夷制夷 전략을 취했고 세금도 걷었기에 손해 볼 것은 없었다.

이렇게 서로 간의 필요에 의해 중국 정부는 마카오에서의 포르투갈인들의 권리를 인정했다. 마카오의 한자 이름인 澳門오문은 '항구의 문'이라는 뜻으로, 광둥성으로 들어가는 입구이자 비옥한 땅이라서 포르투갈인들은 매우 만족했다. 또 다른 이름은 十字門십자문이었는데, 물길이 十자로 흐르는 데서 유래한 지명으로, 포르투갈인들은 기독교의 십자가를 연상하며 이곳이야말로 신이 자신들을 위해 선택해준 땅이라고 생각했다. 그 후 마카오는 서양과 중국을 이어주는 무역의 중심지이자 포르투갈 국교인 가톨릭 선교의 전진기지가 되었다.

포르투갈은 차츰 마카오 행정권까지 장악해 나간다. 이를 움직이는 이들은 시민들이 선출한 의원인 세나도Senado였다. 1623년부터 포르투갈 본국에서 임명된 총독은 군대 통솔권만 있을 뿐 행정에는 간섭할 수 없었다. 그러다 영국이 홍콩을 합병하는 것을 보면서 포르투갈도 1849년 중국 관리들을 추방하고 총독이 직접 통치하려 하는데, 중국인들로부터 세금을 거둬들인 아마랄 총독은 성난 중국인에게 죽임을 당하기도 한다. 그러나 결국 1887년 불평등 조약에 의해 마카오는 포르투갈 식민지가 되고, 112년이 지난 1999년 중국에 반환되면서 50년간 홍콩처럼 일국양체제로 살게 되는 운명을 맞는다.[15]

첫 여행의 기억

첫 번째 마카오 여행의 기억들은 희미하지만 그래도 일기장에는 그 흔적이 남아 있다. 1988년 11월 어느 날, 나는 프랑스 여인 실비와 함께 처음 마카오에 갔었다. 여자와 단둘이 마카오로? 이상하게 생각될지도 모르겠는데 전혀 그런 관계는 아니었다. 여행길에서는 일정이 같으면 동행하게 되는 경우가 종종 있다. 그녀를 처음 만난 곳은 홍콩 청킹맨션의 호스텔 부엌이었다. 배낭을 메고 걸으면, 배낭에 다리가 달려 걸어가는 것처럼 보일 정도로 실비는 키가 작았으나 매우 당찬 여인이었다. 그녀는 나보다 더 영어를 못했는데 혼자 석 달간 중국 여행을 하고 홍콩으로 왔다고 했다. 여러 여행자들이 모인 부엌에서 대화의 중심은 단연 실비였다.

"중국 어땠어요?"

"휴우, 여행하기 참 힘들었어요. 휴우~."

할 말은 많은데 영어는 짧다 보니, 실비는 조금 얘기하다 휴우, 휴우 숨을 내쉬는 식으로 말을 이어갔다. 그녀의 꿈은 농부였는데 중국 여행을 한 이유도 농업을 관찰하기 위해서였다. 그러다가 마카오 얘기가 나왔고 나 역시 마카오에 갈 생각이라 같이 가기로 했다.

이틀 뒤, 홍콩에서 떠난 배는 부연 바다를 1시간 15분쯤 달려 마카오에 도착했다. 우리는 부두에서 버스를 타고 세나도 광장 근처에서 내려 어느 저렴한 중국풍 여관에 묵었다. 침대가 8개인가 10개인가, 하여튼 침대가 많이 있는 널찍한 방이었는데 싸고 깨끗했다. 그 시절 배낭여행자들은 남녀 구별 없이 여럿이 같이 쓰는 도미토리에서 흔히 묵었다.

우리는 먼저 성 바울 성당 유적지에 갔다. 인적 드문 언덕길을 올라 다다른 유적지는 방치된 느낌마저 들 만큼 한적했다. 그 옆의 몬테 요새도 마찬가지였다. 아래로 낡은 도시 풍경이 보였고 근처 마을에서 사람들이 떠드는 소리가 들려왔다. 부슬부슬 내리는 비 때문인지 고즈넉해서 졸음이 올 정도였다.

그곳에서 내려온 우리는 하루 종일 걸어다녔다. 길거리에는 포르투갈어 간판들이 있었으며 어쩌다 길을 물어보면 학생이건 어른이건 영어를 거의 못했다. 낡은 건물들, 장미꽃이 피어 있는 아파트 베란다를 보면 중세풍 유럽 거리를 거니는 것만 같았다. 길거리 식품점에서는 육포와 건어물을 팔았고 중국 사원 앞에서는 거지들이 중국 악기로 구슬픈 멜로디를 연주하고 있었다. 관운장 초상을 모셔놓은 낡은 집들도 곳곳에 보였고 저녁 어둠이 서서히 내려앉는 골목길은 포근했다. 우리는 어느 허름한 식당에 들어가 오누이처럼 사이좋게 저녁을 먹은 뒤 다시 길을 걸었다. 오소리와 올빼미를 팔던 거리도 떠오르고 지글지글 생선 굽는 연기를 내뿜는 식당들도 기억난다. 1988년 마카오는 이런 풍경이었다.

그날 우리 방에 다른 여행자들은 오지 않았다. 실비는 저쪽 구석, 나는 이쪽 구석에 자리를 잡고 일기를 썼다. 나도 영어가 짧고 그녀는 나보다 영어를 더 못했지만 의사소통에는 아무 문제가 없었다.

"실비, 다음에 갈 나라는 어디지?"

"언니가 있는 인도로 갈 거야. 언니는 남편과 함께 인도에서 살고 있어. 결혼은 하지 않았지만 같이 살아. 지금 프랑스에서는 흔한 일이야. 그리고 다시 프랑스로 가야지. 당신은?"

"글쎄, 나는 일단 태국으로 갈 거야. 거기서부터 돈 떨어질 때까지 동남아 여행을 해야지. 어차피 직장을 그만뒀으니까."

"나하고 비슷하군. 난 졸업하고 2년쯤 일하다 1년쯤 실업자였어."

"그런데 집으로 돌아가면 정말 농사지을 거야?"

"우리 부모님이 농사를 지으셔. 나는 농사가 좋아."

그녀는 대지의 딸답게 성실하고 순박해 보였다. 이런저런 얘기를 하는 가운데 어느새 밤 10시가 되었다. 피곤하고 속도 불편했다. 홍콩에서부터 몸이 좋지 않았는데, 마카오에서도 식욕이 없어 거의 굶다가 저녁에 먹은 볶음밥 때문에 결국 탈이 났다. 새벽 4시에 깨어나 소화제를 먹고 배를 문지르다 겨우 다시 잤다.

아침에 일어나니 조금 낫기는 했지만 여전히 속이 안 좋았다. 그러나 여행을 중단하고 싶지는 않았다. 마카오는 마카오 섬, 타이파 섬, 콜로안 섬으로 이루어져 있는데 우리는 타이파 섬과 콜로안 섬을 가보기로 했다. 버스를 타고 먼저 콜로안 마을을 돌아다녔다. 한적한 마을이었다. 조그만 성당이 있었고 쇠락한 중국 사원이 보였다. 지금은 에그타르트를 파는 카페가 유명하고 드라마, 영화 촬영지로 유명해 많은 관광객이 오지만 그때는 조용한 마을이었다. 그곳을 둘러보고는 타이파의 중국인 묘지로 가려고 버스를 기다렸다. 실비나 나나 좀 이상한 여행자였다. 묘지를 보러 가다니.

버스는 쉽게 오지 않았는데 운 좋게 지나가던 봉고차를 얻어 탈 수 있었다. 묘지 근처에서 내려 언덕길을 20분쯤 올라가니 도교, 유교, 기독교를 믿는 중국인들의 '연합 묘지'가 나왔다. 지팡이를 짚고 선 거대한 노인상 밑으로 수많은 석조 무덤들이 들어서 있고, 멀리 바다가 보였다. 묘지를 어슬렁거리며 구경하다 정자에 앉아서 쉬었다. 바닷바람이 솔솔 불어와 졸음이 몰려왔다. 얼마나 지났을까? 잠깐 누워 잠이 들었나 보다. 실비는 저쪽에 앉아 바다와 무덤들을 하염없이 바라보고 있었다.

"여긴 쉬기에 참으로 좋은 곳이네."

"맞아. 나도 여러 사람들이 쉬고 있는 걸 봤어."

"어디? 사람들이 많이 왔나?"

"저기."

실비는 손을 들어 적막한 무덤들을 가리켰다. 그렇지. 세상 고통을 다 뒤로하고 영원히 휴식을 취하고 있는 사람들. 무덤 앞에서 향을 피우는 한 청년을 보니 문득 집 생각이 났다.

아버지, 어머니는 잘 계신지. 집 떠난 지 이제 일주일밖에 안 되었는데 집 생각이 나다니. 그토록 집을 떠나고 싶어 했는데 몸이 아프고 입맛도 없으니 편안히 쉬고 싶은 생각뿐이었다.

그런데 실비는 얼굴에 수심이 그득했다. 무슨 사연이 있는지, 장래에 대한 걱정 때문인지, 실연을 당한 것인지. 내가 불어를 하거나 실비가 한국어를 하면 많은 이야기를 나누었을 텐데. 그러나 깊은 얘기를 자세하게 소통할 방법도 없고 그런 관계도 아니었다.

이 여행을 잘 마칠 수 있을까? 앞으로 어떻게 살 것인가? 직장을 그만두고 나온 나는 이런저런 걱정이 들었다. 몸이 아프니 여행과 삶이 결코 낙관적으로 보이지 않았다. 그러나 아무 생각도 하고 싶지 않았다. 모든 걸 잊고 그냥 지금만 보고 싶었다. 멍청히 앉아 실비와 함께 무덤과 바다만 바라보다 시내로 돌아왔다. 그날 밤에도 아팠다. 힘이 빠지고 골이 아파 누워 있는데 라디오 리시버를 꽂고 저쪽에 누워 있던 실비가 갑자기 벌떡 일어나더니 뭐라 외쳤다.

香閣
小菜
茶點
RESTAURANTE
LAN HEONG KUOK
龍昌行
專營 魚翅 燕窩 鮑魚 海味
批發零售電話:28921216
東亞酒
李經幄

"어, 왜 그래?"

"아라파트가 예루살렘을 팔레스타인의 수도로 선포했대."

늘 차분하고 뭔가 수심에 차 있던 실비였는데 그녀는 자기 일처럼 기뻐하며 흥분했다.

"난 팔레스타인과 이스라엘이 같이 살아야 한다고 생각해."

사실, 그 시절 이스라엘과 팔레스타인은 나에게 먼 곳의 일이었다. 세상 경험이 모자라고 나의 시야는 좁았기에. 25년 전인 1988년 11월 15일 화요일 밤의 일이었다.

이튿날 나는 너무 아프고 힘이 없어서 홍콩으로 가기로 했다. 김치찌개라도 먹으면 힘이 날 것 같았는데 마카오에는 마땅한 한국 음식점이 없었다. 실비는 마카오가 좋아서 며칠 더 있겠다고 해서 우린 그렇게 헤어졌다. 그리고 나중에 한 번의 편지 교환을 끝으로 연락이 끊어졌다. 그녀는 지금 잘 살고 있는지. 프랑스에서 대지의 딸이 되어 있겠지.

23년 만의 방문

한동안 홍콩이나 마카오는 내가 가고 싶은 여행지들의 목록 밖에 있었다. 그 뒤로 나는 인도, 동남아, 중국, 실크로드, 유럽, 아프리카, 러시아 등 낯선 문명과 오지를 열망했었다. 또 책을 쓰다 보니 가본 곳을 되풀이해서 여행하다가 도시에 애정을 갖게 되던 무렵에야 다시 홍콩과 마카오에 들르게 되었다.

첫 번째 마카오 여행을 한 지 23년이 흐른 2011년 9월, 다시 마카오에 발을 딛는 순간 옛날 풍경들에 대한 기대로 가슴이 설렜다. 실비와 함께 걸으며 보았던 생선 굽는 냄새를 풍기던 조그만 음식점들, 오소리와 올빼미를 팔던 거리, 고즈넉한 골목길들이 머릿속을 스쳐 지나갔다. 그런데 현실 속에 펼쳐진 풍경은 전혀 그 모습이 아니었다. 홍콩보다는 어딘지 한가해 보였지만 예전의 낙후했던 항구에는 현대식 빌딩이 들어섰고 매표소와 환전소, 관광안내소 등이 있었다.

며칠 묵는 일정이라 환전을 하지 않았다. 마카오에는 마카오 파타카[MOP]라는 화폐가 따로 있지만 환율이 거의 비슷한 홍콩달러가 통하기에 그냥 쓰기로 했다. 그러나 버스에서 잔돈을 거슬러주지 않아 조금 불편했고, 중국 표준어인 푸통화, 광둥어, 포르투갈어, 영어 안내방송이 동시에 흘러나와 다른 땅에 왔다는 실감이 났다.

예전에 실비와 묵었던 중국식 여관은 세나도 광장이나 리스보아 호텔 근처에 있을 것 같았다. 그곳을 찾아가는 길, 버스를 타고 가며 바짝 긴장하고 있는데 15분쯤 지나자 거대한 건물과 번화한 거리와 돌길이 나타났고 중앙에는 꽃과 가로수가 보였다. 여기가 세나도 광장이 맞나? 예전에는 이런 화려한 곳이 아니었기에 긴가민가했다. 안내 방송에 귀 기울여보아도 호텔 리스보아, 세나도라는 단어가 들리질 않았다.

"리스보아 호텔이 어디 있는지 알아요?"

뒷자리에 앉은 사내에게 영어로 물었지만 그는 알아듣지 못했다. 이번엔 푸퉁화로 물어보았지만 그것도 통하지 않았다. 주위 사람들도 마찬가지. 할 수 없이 만원버스 안을 뚫고 나와 운전기사에게 '리스보아 호텔, 세나도 어쩌고저쩌고' 물었지만 전혀 통하지 않았다. 그때 누군가가 영어로 외쳤다.

"리스보아 호텔 이미 지났어요. 세 정거장이나."

필리핀 아주머니였다. 언어가 통한다는 게 얼마나 고마운지 실감하는 순간이었다. 거기서 내려 지나온 길을 되짚어가기 시작했다. 돌이 깔린 보도에는 게, 오징어, 해, 꽃 등 예쁜 문양이 새겨져 있었다. 예전에는 없던 것들이다. 그러나 후텁지근한 공기를 타고 오는 골목길 음식 냄새는 23년 전에 이 길을 걷던 추억을 모락모락 불러내고 있었다.

세나도 광장은 금방 찾아냈지만 예전에 묵었던 그 중국식 여관은 찾을 수 없었다. 할 수 없이 돌아다니며 새로운 숙소를 찾아보기로 했다. 어느 골목길로 들어서니 '飯店반점'이란 간판이 보였다. 반점이라면 한국에서는 음식점을 말하지만 중국에서는 호텔, 숙소 등을 말한다. 그런데 가보니 식당이었다. 혹시 식당과 숙소를 겸하고 있는가 싶어서 종업원에게 서툰 푸통화로 말을 건넸다.

"여기서 자고 싶습니다. 방 있습니까?"

그는 푸통화를 이해 못했지만 내 몸짓을 보고 난감한 표정을 짓다가 웃었다. 주인이 와서 뭐라 말하는데 이번엔 내가 광둥어를 알아들을 수 없었다. 결국 손짓 발짓을 통해 알아낸 것은 '이곳은 식당'이며 숙소는 저 옆 골목에 있다는 것이었다. 한바탕 소동을 벌인 뒤 근처를 헤매다 보니 또 飯店 간판이 보였다. 가보니 그곳 역시 조그만 식당이다. 이 과정을 통해서 알아낸 사실은 마카오에서는 飯店은 그냥 식당이고, 酒店주점이 호텔이라는 것이었다.

어쨌든 그렇게 헤매다 플로리다 호텔을 발견했다. 조그만 호텔이었지만 들어가니 시원한 에어컨 공기가 반겼다. 카운터를 보는 사내는

영어를 전혀 하지 못했는데 몸짓과 계산기에 찍어준 숫자를 통해 소통했다. 방 하나는 550파타카(약 8만2천 원)이었고 내일은 주말이라 100파타카를 더 받는다고 했다. 나에게는 너무 비싼 방이었지만 그냥 묵기로 했다. 에어컨, 텔레비전, 욕실, 수건, 샴푸, 그리고 창문이 있는 아담한 6층 방이었다.

짐을 풀고 나서 두근거리는 가슴으로 시내를 돌아보았다. 세나도 광장은 엄청나게 변해 있었다. 예전과 달리 돌 깔린 길들, 아기자기한 골목길과 가게들 그리고 중추절에 설치한 등들이 어우러져 축제 분위기였다. 더 깜짝 놀란 것은 성 바울 성당 유적으로 올라가는 인파였다. 얼마나 사람들이 많은지 물결에 휩쓸려가는 것 같았고, 주변에는 육포와 과자 가게들이 빽빽하게 들어서 있었다. 예전에는 한산하던 길이 이렇게 변했단 말인가? 계단 위에서 돌아보니 꾸역꾸역 밀려오는 사람들이 마치 개미 떼 같았다. 토요일이라 더 그랬을 것이다. 그 길 끝 언덕 위에 있는 유적지는 그대로였으나 주변 풍경은 완전히 달라져 있었다. 예전에는 그냥 먼지 풀풀 나는 길에 가겟집 한두 개쯤 있었는데 지금은 수많은 음식점과 상점이 들어섰고 북적이는 관광객들로 정신이 없었다.

성 바울 성당은 마카오에서 가장 유명한 성당으로 예수회에서 아시아에 파견할 선교사를 육성하는 대학이기도 했다. 16세기 후반 이탈리아 선교사 마테오 리치가 이곳에서 공부한 뒤 중국에 가톨릭을 전파했었다. 1835년 원인 모를 화재로 다 타버려 지금은 건물 정면만 남아 있다. 성 바울 성당에서 교육받았던 선교사들은 자신들의 종교를 중국 대륙과 아시아에 전파하려는 열망에 가득 차 있었을 것이다. 그런데 이렇게 폐허만 남고, 중국은 공산화되었고, 마카오는 중국에 반환되었다. 세상은 자꾸 변해가고 있다. 앞으로 100년, 200년이 흐른 뒤, 이곳은 그대로 남아 있겠지만 과연 중국 대륙과 세상은 또 어떻게 변해 있을까?

유적지 오른쪽 언덕에 있는 몬테 요새로 올라가보았다. 성채에서 바라보니 풍경이 많이 달라져 있었다. 도시에는 높은 건물들이 솟아 있었고 특히 남쪽에는 마징가 제트 같은 그랜드 리스보아 카지노 건물이 불쑥 솟아 있었다. 그러나 요새에 설치된 대포는 그대로였다.

나는 실비와 함께 걷던 옛 추억을 떠올리며 대포를 세어보았다. 대략 남쪽, 즉 리스보아 호텔 쪽을 향해 14문이 있었고, 서쪽으로 3문, 동쪽으로 3문 그리고 바로 밑의 성벽에 남쪽을 향한 1문이 있어 총 22문이 남아 있었다. 지도에 표시를 해놓고 보니 남쪽은 만처럼 된 상륙하기 좋은 바닷가고 동쪽과 서쪽도 모두 바닷가다.

포르투갈에게 가장 큰 위협은 대륙의 중국이 아니라 식민지를 두고 경쟁하던 네덜란드였다. 마카오를 무력으로 점령하고자 했던 네덜란드 함대와 포르투갈은 1622년에 큰 전투를 치른다. 공격하던 네덜란드인은 600명, 방어하던 포르투갈인들은 겨우 150명 정도였으나 대포가 위력을 발휘해서 그중 하나가 정확히 탄약과 무기를 실은 배를 명중시켰다. 136명이 죽고 126명이 부상을 당하자 전의를 상실한 네덜란드는 마카오를 포기하고 대신 타이완의 일부를 식민지로 삼는다.[16]

그런데 포를 살펴보니 1860년이라 새겨져 있다. 1860년 무렵에 설치한 것일까? 실제로 이 대포를 쏜 것은 1622년 전투 때였는데 238년이나 지난 후니까 포가 낡아서 새로운 것으로 교체한 모양이다.

성채에는 예전에 없던 박물관도 있었는데 이런저런 유물이 전시되어 있었다. 그중에 내 눈길을 끈 것은 무언가를 긁어 파는 수레와 그걸 끄는 사람 인형이었다. 어린 시절 듣던 '찹쌀~ 떠억, 메밀~ 무욱' 하는 소리와 비슷한 외침이 반복적으로 들려왔다.

그리고 과거의 홍등가였다는 펠리시다데 거리로 들어서는 순간, 23년 전 이 거리를 분명히 걸었고 이 근처에서 묵었다는 확신이 들었다. 길가 음식점들이 더 조그마했던 것으로 기억하는데 지금은 큼직큼직한 식당, 육포와 과자를 파는 집들이 많이 보였다. 호텔들도 다 현대식으로 바뀌어서 어딘지 알 수 없었다.

2박 3일간 마카오에 머물며 콜로안 섬과 학사 비치와 어마어마한 카지노를 돌아보면서 그 변화를 실감했다. 23년 전과는 너무도 달라진 휘황찬란한 풍경 앞에서 조금 쓸쓸했지만, 골목길 구석구석에는 푸근한 모습들이 남아 있었다. 왠지 모르게 아기자기한 정이 드는 도시 마카오. 지금 이 글을 쓰고 있는 순간에도 다시 가고 싶을 정도로, 나는 마카오에 완전히 빠져버렸다.

요절복통
불면의 밤

산바 호텔

최동훈 감독의 영화 〈도둑들〉을 보셨는지? 〈도둑들〉 포스터에 나오는 거리가 마카오의 펠리시다데 거리이고, 김혜수와 김해숙이 얘기를 나누던 여관이 이 거리에 있는 산바 호텔Sanva Hotel이다. 나는 이런 사실을 전혀 몰랐었다. 2011년 9월에 길을 걷다 우연히 발견한 곳을 기억해놓았다가 나중에 와서 묵게 된 것이다.

산바 호텔은 참 묘한 곳이다. 최근 몇 년간 세 번이나 이 호텔에서 머물렀다. 좋아서? 아니다. 매우 불편한 숙소다. 이곳은 호텔이라기보다는 140년이나 된 낡은 여관이다. 홍콩 영화 〈이사벨라〉와 왕가위 감독의 〈2046〉에서는 몸 파는 여인들이 머무는 곳이었으며, 〈도둑들〉에서는 마카오를 털러 온 도둑들이 머물렀다.

그런데 나는 왜 이곳에 자꾸 와서 묵었을까? 적어도 나에게는 좋다, 나쁘다로 표현할 수 없는 묘한 매력이 있었기 때문이다. 또 우리 돈 2만 원 안팎으로 묵을 수 있는 저렴한 숙소였다. 주말엔 1,500원쯤 더 붙지만 그건 다른 호텔들도 다 비슷한 상황이었다. 이곳은 꼭 인터넷 홈페이지를 통해 예약해야만 했는데, 영어로 매우 상세하면서도 무뚝뚝한 이런 안내문이 있었다.

> 체크인 하는 날로부터 4일 이내의 예약, 혹은 2개월 전부터 하는 예약은 피해달라. 우리는 어떤 예약에도 당장 답을 보낼 의무가 없다. 그러나 모든 예약은 예약한 날로부터 4영업일 이내에 이메일로 답을 받는다는 것을 보장한다. 4일 후에도 답장을 받지 못한 경우를 제외하고는 예약 진행 상황을 전화로 묻지 말아달라. 모든 방에서는 금연이며 최대 벌금액은 600파타카. 예약 취소를 하려면 예약일로부터 4영업일 이전에 이메일로 취소하기 바란다. 체크인 당일에 예약 시간이 2시간이 지나도 나타나지 않으면 예약 보증금은 우리 권한이며, 방을 내주지 않을 수도 있다. 체크인 시간은 오후 2시 이후부터로, 우리는 그전에 방을 줄 의무가 없다.

나중에 알고 보니 여기 근무하는 노인들이 전혀 영어를 못하기 때문에 혼선이 빚어질까 봐 미리 영어를 할 줄 아는 이가 다른 사무실

에서 예약 업무를 대행하고 있는 듯했다. 주인은 홍콩에 있다는 얘기도 얼핏 들었다.

이곳은 계단도 방도 모두 초록색으로 칠해져 있었다. 처음 갔을 때 일하는 할머니는 결코 나와 눈을 마주치지 않았다. 마치 다른 세상에서 나타난 듯 냉랭한 모습이었다. 할머니에게 방값과 열쇠 보증금으로 10홍콩달러를 주자 손가락으로 오른쪽을 가리켰다. 말은 한 마디도 하지 않은 채. 오른쪽 끝방인 내 방은 더블베드가 놓인 더블 그랑데로 청킹맨션의 방보다는 훨씬 넓었다. 끝방이라 한 면은 시멘트, 다른 면은 창문, 나머지 두 면은 아주 높은 나무 칸막이인데 천장과는 살짝 틈이 벌어져 있었다. 천장에는 커다란 선풍기, 구석에는 수도와 세면기가 있었고 낡은 옷장, 탁자 등 있을 것은 다 있었지만 하얀 벽은 더럽고 창틀에는 먼지가 끼었으며 커튼도 낡았다. 바닥은 장판을 깔았는데 어딘지 꺼진 부분도 있고 조금 울리는 것도 같았지만 120홍콩달러짜리 방으로는 괜찮았다.

그런데 벽에 간이 옷걸이들이 잔뜩 붙어 있다. 세어보니 50개가 넘는다. 여관에서 만들어놓은 것이 아니라 개인적으로 사다가 붙인 것 같은데 참 묘하다. 할머니도 청나라에서 온 혼령 같고, 적막하고 낡고 퇴색한 분위기에 수많은 옷걸이들…… 먼 과거로 온 것만 같다. 이 여관이 생겼다는 140년 전쯤으로.

밤이 되니 옆방에서 신문 뒤적이는 소리, 가방 지퍼 여는 소리, 살금살금 과자인지 빵인지 봉지를 뜯는 소리에 씹는 소리까지 들려왔고 귤 냄새까지 풍겨왔다. 앞방에서는 이를 닦는 데 '삭삭삭'은 앞니, '썩썩썩'은 어금니 닦는 것으로 식별될 만큼 선명하게 들려왔다. 자리에 누우니 골목길에서 떠드는 소리들이 들려오는데 마음이 푸근해지면서 잠이 몰려왔다. 자정이 지나자 숙소는 쥐 죽은 듯이 조용해졌고 세상은 평화로웠다. 다만 악몽을 꿨다. 북한으로 납치되어 가서 강제노동을 하는 꿈이었다. 예전에 북한 사람들이 마카오에서 활발하게 활동했다는 얘기를 들었었는데 그게 나의 무의식에 영향을 미친 것일까.

■

불편한 숙소였지만 2주일 뒤, 아내와 함께 마카오에 와서 또 이곳을 찾았다. 묘한 끌림에 어쩔 수가 없었다. 그리고 좀 더 비싼 발코니 트윈룸을 예약했으니 괜찮을 것 같았다.

하지만 방에는 싱글 침대 두 개만 달랑 있었고 펠리시다데 거리를 내다볼 수 있는 베란다는 앉을 수도 없을 만큼 좁았으며 전혀 낭만적이지 않았다. 거기다 우풍이 매우 심했다. 당시 한국에도 한파가 몰아쳤을 때로, 홍콩과 마카오도 여간 추운 게 아니었다. 이불은 두터웠지만 우풍이 세니 파카를 꺼내 입고 누울 수밖에 없었다. 일기를 쓰는데 손과 코가 시릴 정도였다. 더 큰 문제는 자정이 넘어 들어온 뒷방의 중국인들이 고래고래 소리 지르고 난리법석이었다는 것. 항의의 표시로 우리도 신음 소리도 내고 한국말로 떠들어도 봤지만 요지부동이었다. 그

평생 고생만 하는 것은 싫지만
가끔 겪는 고생,
불편함은
오히려 나를
더 튼튼하게 만들었다.

러다 겨우 잠이 들었는데, 아침에는 엄청 일찍 일어나서 또 난리였다. 여자 목소리는 소프라노처럼 높고 남자 목소리는 거칠기 짝이 없었다. 게다가 남자는 연달아 가래침을 뱉고 담배까지 피워댔는데 그 연기가 벽을 타고 넘어와 아내는 콜록거리며 괴로워했다. 해롱거리던 아내가 화장실에 갔다 오더니 한숨을 내쉬며 말했다.

"그동안 너무 편하게 살았어."

공용 화장실은 할머니가 늘 깨끗하게 청소했지만 남녀 공용인데다가 바로 맞은편에는 욕실이 있어서 프라이버시가 지켜지는 공간은 아니었다. 사람이 많으면 줄도 서야 하고. 그러니 멋진 마카오 여행을 기대하고 온 아내로서는 한숨이 나올 만도 했다. 그런데 우리 어릴 때는 방 하나에서 여럿이 잤고, 푸세식 화장실을 썼으며, 따스한 물이 나오는 욕실 같은 것은 없었다. 나 어릴 때 겨울이면 방의 물이 꽁꽁 얼 정도였다. 그러다 언제부턴가 따스한 물 나오는 욕실, 깔끔한 화장실, 자기만의 방에서 편안하게 지내며 과거의 불편을 잊고 살아왔다. 산바 호텔은 과거로 돌아가는 곳이었다.

■

세 번째 이곳에 왔을 때, 나는 처음에 묵었던 그 옷걸이 많은 방인 303호 더블 그랑데에 다시 묵었다. 예약하면서 미리 요청했기에 말없는 할머니는 선선히 그 방을 내주었다. 대충 짐을 정리하고 나와서 내

방문을 사진 찍고 돌아서는데, 카운터에서 목을 주욱 빼고 나를 바라보던 할머니와 눈이 딱 마주쳤다.

그런데 어, 할머니가 활짝 웃는 게 아닌가? 으잉, 나도 따라 웃기는 했지만 이게 대체 무슨 사태인지. 왜 할머니가 나를 보고 웃지? 늘 쌀쌀맞고 무표정하던 할머니가? 나를 기억하나? 하긴 그때도 이 방에 묵었었고, 내가 나쁘게 보인 것은 없었지. 그래도 그렇지. 할머니가 활짝 웃다니. 왜, 왜, 왜? 도저히 믿을 수 없는 광경 앞에서 소름이 끼쳐왔다. 그 뒤로는 할머니가 웃는 것을 다시 보지 못했다.

이곳을 지키는 이들은 60대 중반의 무표정한 할머니와 선량해 보이는 할아버지, 그리고 이마에 혹이 세 개나 있는 80대 초반의 할아버지였다. 사흘간 지내며 보니 낮에는 60대 노인들이 자리를 지켰고 밤부터 아침까지는 80대 할아버지가 소파에 누워 잠을 자며 입구를 지켰다.

그런데 할아버지는 밤늦게 들르는 사람들에게 종종 시달렸다. 한번은 새벽 1시쯤에 필리핀 여자들이 와서 영어로 내일 묵을 방이 있냐고 물었다.

"노 베이컨시[빈방 없어]."

영어를 전혀 못하는 할아버지가 외워서 하는 말이었다. 그런데 필리핀 여자들이 그걸 못 알아듣는다.

"노 룸[방 없어]?"

필리핀 여자들이 쉬운 단어로 되물었다.

"노 베이컨시."

할아버지는 '룸'이란 단어를 알아듣지 못하고, 아니 질문 자체를 이해하지 못하고 같은 답을 되풀이한다. 질문과 대답이 표류한다. 마치 '무시기가 뭐꼬, 뭐꼬가 무시기' 식의 얘기가 전개되고 있었다.

아, 답답해. 내가 가서 통역을 해줄까? 이건 언어의 문제가 아니라 눈치의 문제고, 경우의 문제다. 새벽에 와서 내일 묵을 곳을 알아보러 다니니 이게 무슨 경우냐. 옆방에서 한참 떠들던 중국 여인들도 한숨을 내쉰다. 자기들 떠들 때는 몰라도 남 떠드는 것 들으면 그렇게 되는 것이다.

이번엔 필리핀 여인이 "양거런[두 사람]" 뭐라뭐라 그러자 할아버지가 "싼거런[세 사람]" 뭐라 한다. 이건 또 무슨 이야기지? 두 명은 안 되고 세 명은 된다는 얘기인가? 할아버지가 초지일관 "노 베이컨시"란 말을 하면 어쨌든 '노'란 말 때문에 없는 것을 알아들을 텐데, 그렇게 말하니 말이 빙빙 도는 것이다.

한참을 그러다가 필리핀 여인들은 결국 "뚜이부티" 하고는 가버렸다. '미안하다'는 말인 '뚜이부치'를 '뚜이부티'라고 발음했으니 할아버지가 알아들었을까? 아이고, 이 상황이 마치 개그의 한 장면 같아서 웃음이 터져나왔다.

이런 일은 종종 일어났다. 한번은 밤 12시쯤 되었을까, 열심히 노트북에 일기를 쓰는데 밖이 시끄러웠다. 웬 서양 남자가 서툰 영어로 방이 안 좋다며 바꿔달라는 소리가 들렸다. 토일렛, 워터, 어쩌고저쩌고. 대충 무슨 얘기인 줄 알겠다. 그러니까 가장 싼 방들은 화장실 옆에 있었는데, 거기 묵으면 아마 용변 보고 물 내려가는 소리에 밤새도록 시끄러울 것이다. 그 방을 바꿔달라는 듯했다. 그런데 그걸 영어 못하는 80대 할아버지가 알아듣나? 무조건 할아버지가 "예스, 예스" 하니까 서양인은 돌아버리려고 한다. 답답해서 나가보려고 하는데 나보다 먼저 옆방 여자가 나와서 통역을 해주었다.

그러자 할아버지는 말한다.

"메이여우[방 없어]."

여자가 그렇게 전해주어도 서양인은 계속 불평했다. 옆방 여자도 한숨을 내쉬며 들어와버려 이번에는 내가 나가보았다. 서양인은 방 열쇠를 이불 뒤집어쓴 할아버지 코앞에서 흔들며 화를 내는데 할아버지는 누운 채 눈만 껌벅거리면서 꿈쩍도 안 했다.

"왜 그러세요?"

"내 방이 저 화장실 옆인데, 계속 화장실 물이 흐르고, 사람들이 왔다 갔다 해서 시끄러워서 잠을 잘 수 없어요."

"하…… 맞아요. 여긴 정말 시끄럽고 형편없는 곳입니다. 저도 아주 잠을 못 자겠어요."

동조하는 사람이 있자 약간 화가 풀린 사내는 나에게 하소연하기 시작했다.

"그런데, 지금 저기 카운터에 열쇠가 많이 걸려 있어요. 저게 빈방 아니에요? 그런데 이 영감은 그냥 없다고만 하고 알아볼 생각은 하지 않으니."

그러나 광둥어를 전혀 모르는 내가 할아버지에게 '열쇠가 왜 저렇게 많은데 방이 없냐'라는 질문까지는 할 수가 없었다.

"방이 없나 봐요. 이해하고 내일 숙소를 바꿔요."

할 수 없이 그는 포기하며 돌아섰다. 화장실 옆에 있는 방은 정말 괴로울 것 같았다. 그러니 값싼 숙소에서는 제일 좋은 방에 묵는 게 낫다 싶었다. 그래 봤자 만 원도 안 되는 차이니.

산바 호텔의 아침

아침 7시쯤 잠이 깨니 모기에 잔뜩 물려 있었다. 12월 중순인데 모기라니. 자는 동안 귓가에서 앵앵거려 신경질이 났는데 볼에 앉은 모기를 잡다가 그만 내 따귀를 때렸었다.

모기향을 피울까? 소용이 없다. 이곳은 위가 다 터져 있으니 모기는 다른 방으로 가면 된다. 모기를 잡으려면 이 집 전체에 향을 다 피워야 한다. 여긴 밀폐된 곳이 아니라 사방팔방이 다 터진 곳이다. 갑자기 이 모든 게 우스꽝스럽고 즐거워졌다.

여긴 정말 다 같이 사는 곳이며 내 마음대로 되는 곳이 아니다. 너와 나의 비밀이 없고, 모기가 있으면 다 같이 물려야 하고, 새벽 내내 들락날락하는 외부인들에게 주인과 손님이 다 같이 시달려야 한다. 재수 좋은 날은 매우 평화로운 밤을 보내지만 옆방에 진상 손님이라도 묵으면 그날 밤은 다 설치게 된다. 이곳은 한 군데서 일어난 소음이 전체를 흔든다.

그래, 여긴 코뮌이다. 방은 벽으로 나뉘어 있지만 서로 다 통하는 것이다. 그래서 불편하면서도 외롭지 않았다.

불편함을 무릅쓰고 내가 이곳에 묵었던 이유는 그것 때문이었나 보다. 나는 늘 여행을 혼자 했다. 혼자서 자고, 혼자서 먹고, 혼자서 이동하고……. 가끔 친구를 사귀고, 아내와 함께 여행한 적도 있지만 대부분은 혼자였다. 그래서 외로웠다. 혼자 여행하는 배낭여행자들이 멋진 호텔보다도 여럿이 같이 자는 게스트하우스를 좋아하는 이유가 거기 있다. 싸기도 하지만 서로 어울리는 재미 때문이다.

이 여관은 비록 한 공간에 같이 자지는 않았지만 옆방 사정을 훤히 알 수 있었다. 그게 흥미로웠다. 옆방 여인의 말소리를 들으며 '저 여인은 억양이 타이완 사람 같아. 저 아가씨 중국어 말소리는 참 꾀꼬리 같네' 하면서 소리를 음미했다. 그러다 갖고 다니던 수동식 라디오를 조그맣게 틀어놓고 이불을 뒤집어쓴 채 듣다 보면 무슨 비밀스러운 방송을 듣는 것 같아 짜릿했다. 그리고 밤늦게 길옆 식당에서 설거지하는 소리가 들려오면 '오늘 하루가 무사하게 가는구나'라며 안도감을 느꼈다. 내 몸은 외따로 방에 누워 있었지만 소리로 연결된 세상은 포근하고 친근하게 다가왔다.

내 삶에서도 그랬다. 이런저런 아파트에서 살아보았는데 멋지고 외부와 격리가 잘된, 그래서 밖이나 옆집의 소음이 전혀 안 들리는 새 아파트는 편했지만 외로웠다. 빈방에 누워 있다 보면 세상에 나 혼자만 남은 것처럼 고요하고 쓸쓸했다.

그런데 오래되고 좁은 복도식 아파트에서는 온갖 소리가 들려왔다. 옆집 아이가 엄마한테 야단맞는 소리, 떠드는 소리, 새소리, 경비 아저씨의 구수한 사투리 소리, 비 오는 소리, 폐가전 팔라는 마이크 소리, 방금 영광에서 올라온 싱싱한 굴비 사라는 소리들을 듣다 보면, '아…… 우리는 모두 이렇게 연결되어 같이 살아가고 있구나'를 느끼며 가슴이 뭉클해지기도 했다.

우리 사회도 그렇다. 전통 사회에서는 서로 긴밀하게 연결되어 있었다. '누구네 몇째 아들이 어떤 사람이고, 그 집 숟가락이 몇 개고, 개가 강아지를 몇 마리 낳고' 등등 서로 다 알고 지냈었다. 그러다 근대화가 되면서 주거지는 미세하게 분리되었고, 타인에 대한 간섭은 무례한 것이 되었다. 그게 도시인들의 현실이다. 타인으로부터 간섭받지 않는 시간과 공간이 우린 편하고 좋다. 도시에서 살아온 나 역시 그랬다. 그런데 문득 고독함을 느끼는 것이다.

그러다 탈근대 사회가 되면서 사람들은 고독에서 탈출하려 인터넷에 접속하기 시작했다. 수많은 뉴스들, 블로그, 트위터, 페이스북을 통해 거미줄처럼 우리는 서로를 들여다본다. 몸이 떨어져 외로운 만큼 그물망 같은 관계 속에서 존재를 확인받고 싶어 한다.

그런데 대가를 치른다. 조그만 사건, 조그만 언행에 의해서도 세상은 난리가 난다. 상처를 주고, 상처를 받고, 핏대를 세우고……. 또 가끔은 감동하고, 소속감도 느끼고, 열기를 느낀다. 그러다 문득 '이 세상이 내 마음대로 되는 게 아니구나'와 '세상에는 나와 다른 사람들도 많구나'를 깨닫게 되는 게 아닐까. 그것이 짜증 나지만 어찌하랴. 모두 살 권리가 있는 생명들이고, 세상은 원래 다양한 사람들이 모여 만들어진 곳이며, 상식을 벗어난 극단적인 사람들은 언제나 존재해왔다. 그게 세상 아니던가?

산바 호텔이 바로 그 세상이며, 거기에 묵는 손님들이 바로 세상 사람들이었다. 우린 각자 소음을 일으키고, 서로에게 불편함을 주고, 또 불편함을 겪는다. 서로 조심하는 사람들도 있지만 극단적인 '진상 손님'들도 있다. 그러나 내 마음대로 이곳을 정화시킬 수는 없다. 이곳을 떠난다면 모를까, 이곳에 묵는 동안만큼은 일단 적응하는 수밖에 없는 것이다. 변한 것 없어도 짜증 내기보다 '인정하고, 즐기자'라고 마음먹자 불편한 이곳이 흥미진진한 공간으로 다가왔다.

쾌적하고 편안한 숙소에 묵는 것도 즐거운 일이지만 가끔 이런 불편한 숙소가 나를 단련시켰고 거기에 적응할 때 문득 자유로워졌다. 사는 것도 비슷한 것 같다. 평생 고생만 하는 것은 싫지만 가끔 겪는 고생, 불편함은 오히려 나를 더 튼튼하게 만들었다. 모든 게 얼기설기 미세하게 이어져 단번에 내 마음대로 바뀌지 않는 세상에서는 적응하고, 풍자하고, 웃고, 즐기는 게 필요한 것 같다.

물론 이런 곳을 싫어하는 사람들도 많을 것이다. 재수가 좋아 조용한 밤을 지낸 사람은 그런대로 괜찮았다고 할 것이고, 화장실 옆에 묵거나 시끄러운 밤을 보냈다면 치를 떨 것이다. 모든 게 복불복이고 사람마다 다른 법이다.

예약한 사흘이 끝나자, 나머지 이틀은 펠리시다데 거리에 있는 다른 현대식 여관에서 묵었다. 그곳은 편했지만 타인과 단절된 나는 외로웠다.

행복의 거리

펠리시다데

펠리시다데 거리는 포르투갈어로 '루아 다 펠리시다데Rua da Felicidade'이며 '행복의 거리'라는 뜻이다. 이곳은 원래 홍등가였다. 19세기 말에 이곳을 찾은 어느 여행자의 기록에 의하면, 가난한 이 거리에는 호텔과 도박집 수십 곳이 있었고 멋진 옷을 입은 배우 같은 매춘부들이 웃음을 지으며 호텔 근처에 서 있었다고 한다. 예전처럼 드러내놓지는 않았지만 지금도 매매춘을 하는 곳은 있는 것 같았다.

한번은 펠리시다데 거리에서 싼 숙소를 찾으려고 이 호텔, 저 여관을 다니며 물은 적이 있었다. 그러던 중 어느 골목 구석의 허름한 여관 계단을 따라 올라가보니 오른쪽 2층의 조그만 공간에서 섹시하게

꾸민 여인들이 카드놀이를 하다 말고 활짝 웃으며 나를 반긴다.

"마사지?"

그렇게 말하며 웃는 여인의 색기 넘치는 새빨간 입술과 하얀 이가 눈부시게 빛난다. 그 옆에는 아주 조그만 방 두 개가 보이는데 안에서 웬 사내가 나온다. 그러니까 여긴 2층이라기보다는 3층으로 올라가는 계단 옆에 있는 공간이다. 이상한 분위기다. 계속 3층으로 올라가니 통통한 여자가 짧은 치마를 입고 어느 방으로 들어가고 있었다. 대충 상황 파악이 되었다. 도로 내려가는 나에게 계단 옆에 있던 여인이 또 "마사지" 하고 속삭인다. 그냥 웃으며 내려오니 잡지는 않았다. 일반적인 숙소가 아니라 마사지를 빙자한 매춘굴 같았다. 펠리시다데 거리에는 붉은 문이나 기둥들이 즐비해서 그렇지 않아도 홍등가가 연상되는데, 그 여관에 들어갔다 나오니 19세기 말의 그 풍경이 이 거리에 펼쳐지는 듯했다.

길거리 화가 이야기

펠리시다데 거리는 바로 길 건너 있는 떠들썩한 세나도 광장과 그 일대의 멋진 거리들에 비하면 낙후된 곳이지만, 나에게는 은근한 매력을 띠고 다가왔다. 특히 밤이 되면 주욱 등불을 밝힌 길이 멋졌다. 희미한 불빛 속에 길게 누워 있는 길을 걷노라면 마음이 여유로워지고 편안해졌다.

나는 이 길을 낮이고 밤이고 참 많이 걸었다. 하루는 아침 10시쯤 숙소에서 나와 펠리시다데 거리를 걸어가는데 거리 한구석에 앉아 그림을 그리는 중년 사내가 보였다. 그런데 오후 늦게 돌아오는 길에도 그는 여전히 거기 앉아서 그림을 그리고 있었다. 걸어가며 캔버스를 슬쩍 보니까 맞은편 대각선으로 보이는 집의 붉은 문과 창문을 정교하게 그린 솜씨가 보통이 아니었다.

이튿날에도 그는 그 자리에 앉아 그림을 그렸다. 그러다 마침 쉬는 시간인지 담배 파이프를 꺼내 물기에 다가가 물었다.

"실례합니다만, 그림이 아주 멋있네요. 잠깐 얘기해도 될까요?"

"아, 네."

그는 60대 초반쯤 되어 보였고, 허름한 점퍼 차림에 좀 지치고 초췌한 얼굴이었다.

"지나다니다 여기서 계속 그림 그리는 것을 보았는데, 화가인가요?"

"네, 화가입니다."

"실례지만 어느 나라 사람이에요?"

"스페인 사람인데 지금은 마카오에서 살고 있어요. 7년 동안."

"와, 7년이나……. 마카오가 그렇게 좋은가요?"

"네, 마카오가 좋아서 여기 살면서 그림 그리고 있답니다."

그림 그릴 시간을 뺏는 게 미안해서 양해를 구한 뒤에 사진을 찍고 가려는데, 그는 자신에게 보인 관심이 싫지 않았는지 저녁에 전시회 오프닝 세리머니를 한다면서 약도까지 자세하게 그려주었다.

6시 반에 그곳으로 가보니, 넓은 화랑에 그의 그림들이 전시되어 있고 주로 서양인들이 감상을 하고 있었다. 그런데 거리의 그 허름한 화가는 말쑥한 양복 차림에 지팡이를 잡은 멋진 신사가 되어 인터뷰를 하고 있는 게 아닌가. 아까와는 딴판이었다. 인사라도 하고 싶은데 인터뷰는 10분도 넘게 이어지고, 끝나자마자 다른 서양인 사내가 깍듯하게 인사를 하고 나서 또 인터뷰를 한다. 그 뒤에도 사람이 기다리는 것 같았다.

도무지 끝날 기미가 보이질 않아 할 수 없이 인사를 포기하고 그림부터 감상하기 시작했다. 우선 화가의 프로필을 보니 이런 내용이 소개되어 있었다.

> Charles Chauderlot Cortes. 중국 이름은 喬得龍교득룡. 스페인 출신으로 프랑스 보르도에서 그림 공부를 하다가 30대 초반에 모든 것을 정리하고 그림에 몰두하고자 중국으로 와서 여백의 미를 배우기 시작했다. 독특한 영역을 개척해서 서양인으로는 처음으로 자금성 안에서 그림을 그릴 수 있는 허가를 받았고, 현재 중국에서 열 손가락에 꼽히는 화가로 인정받고 있다.

아, 대단한 사람이었구나. 주로 중국, 아니 마카오의 전통적인 건물과 사람과 풍경들을 그렸는데, 초점이 되는 부분은 매우 정교한 스케치였고 나머지는 여백으로 처리했다. 수묵화 같은 분위기 속에서 세밀한 스케치가 돋보이고, 동서양 분위기가 어우러진 멋진 그림이었다.

그림을 다 보고 난 뒤에도 그는 또 다른 인터뷰를 하는 중이어서 인사도 못 한 채 나올 수밖에 없었다. 그가 부러웠다. 7년 동안 마카오에서 그림만 그리며 어떻게 생계를 꾸려가는 것일까? 그는 오프닝 세리

머니 직전까지도 그림을 그리다 왔다.

부럽구나, 부러워. 이런 데서 글만 쓰면서 몇 년을 살 수 있다면 얼마나 좋을까. 아니, 한 도시에서 몇 년씩 체류하며 세상을 보고 글을 쓰며 살 수만 있다면 얼마나 좋을까. 비록 지금은 돈도 시간도 부족하지만 언젠가 그런 삶을 살아볼 것이다.

펠리시다데에서 아마 사원까지

펠리시다데 거리에서 아마 사원Temple de A-Ma까지 이어지는 길은 포르투갈인들의 흔적과 중국 전통이 어우러져 묘한 매력을 풍긴다. 종종 그 길을 걸었는데 12월 중순 늦은 오후에도 다시 걸었다. 겨울이지만 포근해서 가을날 같았다. 낡은 아파트 창문에는 빨래들이 날리고 하굣길의 아이들이 걸어가는 풍경은 한적하고 평화로웠다.

문득 좁은 골목길에 가득 들어선 낡은 집들 어딘가에 숨고 싶어졌다. 세상 모든 것 잊고, 거리에서 만난 화가처럼 콕 들어박혀 글이나 쓰면 얼마나 좋을까? 지나가다 부동산 앞에 붙은 종이를 보니 방 두 개짜리 월세가 4,600파타카(약 70만 원), 방 두 개짜리 아파트 매매가는 228만

파타카, 무려 3억4천만 원이다. 마카오 집값과 집세도 만만치 않다.

이곳이 어쩌면 저렴한 숙소와 음식점, 카페 등이 모인 배낭여행자들의 거리가 될지도 모르겠다는 느낌이 들었다. 예전에는 Fried Rice King[볶음밥 왕]이라는 음식점 앞에서 종업원으로 보이는 흑인이 춤을 추고 있었다. 그런데 이번에는 옷가게로 바뀌어 서양인 남녀가 가게 앞에서 뭔가를 정리하고 있다. 다음에 오면 이 근처가 어떻게 변해 있을까?

이 좁은 골목길에는 모든 것이 작고 아기자기하다. 금붕어, 화초, 빵, 달걀, 꽃, 닭고기 등을 파는 조그만 가게들이 이어졌고 찻집, 금은방, 어묵꼬치, 장난감 가게도 있었다. 또 필리핀 사람들이 많이 사는지 필리핀 반찬 가게도 보였다. 나는 이런 풍경들이 좋다. 엄청난 자본으로 세워진 번쩍거리는 카지노와 금은방과 쇼핑몰이 있는 화려한 거리보다 사람들의 숨결과 전통이 배어 있는 이런 골목에 오면 마음이 편안해진다. 이 길을 걷다 보면 중국과 포르투갈 혼혈인인 매캐니즈가 포르투갈어로 얘기하는 모습이 종종 눈에 띈다. 거창하지는 않지만 다문화가 조그맣게 뿌리를 내리고 있었다.

이길 중간쯤에 성 로렌스 성당이 있다. 입구에 '主愛恒常有 眞福萬世存[주의 사랑은 항상 있다. 복음은 세상 어디나 존재한다]'라는 글이 씌어 있었고 한가운데는 '福'자가 보였다. 중국 문화권에서는 복이 중요하다. 복에는 정신은 물론, 물질적인 것이 결합되어 있다. 하늘의 것만 너무 강조하면 성스럽지만 거리감을 느끼는데 '복'이란 말로 표현하면 왠지

가깝게 느껴지고 푸근해진다.

성 로렌스 성당 부근에서 아마 사원까지 가는 비탈길은 고즈넉한 길은 아니었다. 좁은 길에 미니버스와 오토바이들이 왔다 갔다 하고 어디선가 노랫소리도 들려오고 개 짖는 소리도 들려왔다. 사람 사는 소리가 반가웠고 중간에 설치된 가로등과 공중에 걸린 화분들이 낭만적이었다.

조금 더 가니 왼쪽에 큰 나무가 있고 쉬어갈 수 있는 벤치들이 나왔다. 맞은편 길에는 만다린 하우스 팻말이 보였다. 오늘은 수요일이라 문을 닫았나 보다. 지난번 왔을 때 들어가 구경했는데 마카오의 중국인 부호가 어떻게 살았는지 한눈에 볼 수 있는 중국식 고택이었다.

비탈길을 내려가다 왼쪽으로 꺾어드니 드디어 아마 사원이 나오고 바다가 나타났다. 현지 이름은 마꼭미우媽閣廟. 아마 여신은 뱃사람들이 모시는 신으로 홍콩에서는 틴하우 신으로 불린다. 지난번에는 춘절에 왔다가 폭죽 소리에 고막이 터지는 줄 알았다. 평상시에도 아마 사원은 늘 붐빈다. 본당 구석에는 점 보는 노파도 있고 빨간 리본 같은 것에 소원을 적어 매달아놓은 곳도 있는데, 내가 찾은 저녁 무렵은 조용했다. 이곳에는 범선이 그려진 큰 바위가 있다. 선체는 붉은 빛, 돛은 금빛으로 포르투갈의 마카오 입성을 상징적으로 보여주는 그림이다. 1553년 이곳에 도착한 포르투갈인들이 현지인들에게 '이 땅이 어디냐?'고 묻자, 현지 주민들은 사원에 대해 묻는 줄 알고 '마꼭'이라고 대답했는데 거기서 현재의 '마카오'라는 지명이 유래했다고 한다.

어느새 어둠이 내려앉고 있었다. 다시 펠리시다데 거리로 돌아오는데, 학교에서 쏟아져 나오는 학생들이 모두 회색에 하늘색이 어우러진 체육복을 입고 있었다. 사진을 찍자 한 여학생이 손가락으로 V자를 그리며 킥킥대고 웃었다. 재잘거리는 아이들이 모두 새 같고, 병아리 같고, 강아지 같아서 귀여웠다.

아, 나도 너희들처럼 체육복 입고 다시 학교 다니고 싶구나. 세상 모른 채 그저 하루하루를 하하하하 웃으면서.

밤이 찾아오자 펠리시다데 부근의 골목길은 아까보다 더 조용해졌다. 집에 돌아가는 사람들 발길이 이어졌고 낡은 아파트에서 불빛이 새어나왔다. 작은 음식점에서는 현지인들이 밥을 먹고 있었다. 언제나 내 가슴을 푸근하면서도 아련하게 만드는 풍경들, 따스했던 유년 시절이 저기 어딘가에 숨어 있는 것 같지만 결코 그리로 돌아갈 수 없다. 이미 나는 훌쩍 외로운 어른이 된 것이다.

황홀한 휴식

마카오에 갈 때마다 처음 들르는 곳은 스타벅스였다. 홍콩 구룡반도의 페리 터미널에서 오전 10시경에 배를 타면 마카오 페리 터미널에 11시가 조금 넘어 도착했고, 세나도 광장에 이르면 12시쯤이다. 내가 묵으려는 산바 호텔은 2시부터 체크인을 하니 시간이 비었다. 배가 고파 점심을 먹으려 해도 세나도 광장의 유명한 완탕면 집 웡치케이黃枝記는 이맘때쯤 항상 줄이 길게 늘어지고 맥도날드는 너무 복잡해서 나는 종종 스타벅스로 향했다. 이곳은 오전이나 점심 무렵에는 늘 한산했다.

클럽샌드위치와 카푸치노를 사 들고 올라간 스타벅스의 2층 공간은 12월 어느 날도 역시 사람들이 없었다. 내가 좋아하는 푹신한 의자

네 개가 있는 곳도 비어 있었다.

휴우, 몸을 쿠션에 푹 파묻으니 배낭 메고 다니느라 구겨졌던 몸이 주욱 펴진다. 이 스타벅스, 예전에 아내와 함께 왔을 때는 왼쪽 창가 높은 의자에 앉아서 노트에 일기를 썼었다. 그때는 1월 중순이었는데 숙소가 너무 추워 여기서 저녁 때 두어 시간씩 보내곤 했다. 12월 중순인 오늘 입국장 전광판은 낮 최고 기온 22도, 습도 62퍼센트라 알리고 있었다. 따스한 봄 날씨다.

노트북을 펴놓고 일기를 쓰는데 사람들이 조금씩 들어왔다. 다들 구석에 앉아 조용히 책을 보거나 글을 쓴다. 건너편에 앉은 여인들이 광둥어로 재잘대는 소리가 새소리처럼 울려 퍼진다. 한참을 떠들던 그들이 책을 보기 시작하자 조용해졌는데, 그때 흘러나오는 음악은 모차르트의 〈터키 행진곡〉. 황홀하다. 갈색 나무 벽과 푹신한 초록색 의자, 창에서 들어오는 밝은 빛, 저쪽에서 영자 신문을 보는 서양인, 창에 걸터앉아 중국 신문을 보는 사내, 그리고 창밖의 노란 건물과 와글와글 떠드는 한낮의 소리들. 이 모든 것을 아름다운 모차르트 선율이 감싸안으며 행진한다. 터키로, 오스트리아로, 세계로, 세계 너머 다른 세계로. 예기치 않게 맞이하는 행복한 시간. 그리고 뒤이어 흐르는 기타 연주곡은 스페인의 〈알람브라 궁전의 추억〉. 아, 20여 년 전에 가보았던 곳인네.

옆자리 여자가 휴대전화로 통화를 하는데 목소리가 듣기 좋다. 의미를 모르고 듣는 소리는 얼마나 아름다운가. 낯선 곳에 오면 의미를 상실한 세상이 오히려 아름답고 흥겹게 다가온다. 소리, 소리, 소리에 귀 기울여 보아야겠다. 아니, 길거리를 다니는 사람들 얼굴도 모두 신기하고 재미있다. 어디 출신일까? 중국인일까? 광둥인? 대륙 출신? 마카오? 홍콩? 타이완? 한국인? 혼혈인? 흑인의 자손? 포르투갈인의 자손? 모든 게 혼합된 이곳. 의미는 잠시 뒤로 밀어두고 있는 그대로의 형상과 소리를 음미하는 시간은 풍요롭다. 이어서 흘러나오는 음악은 귀에 익은 촉촉한 팝송. 마카오에서의 행복한 추억이 이렇게 더해지고 있다.

봄 같은 12월의 어느 날, 가슴이 뭉클하면서 눈물이 나려고 한다. 이 좋은 날 아침, 내가 행복하니 모든 사람에게 감사하고, 돌아가신 부모님에게 너무 죄송했다. 그 후에도 나는 오전이면 텅 빈 스타벅스 2층에 와서 종종 이런 시간을 보냈다. 행복했다.

천천히,
천천히

세나도 주변 유적지

마카오 광장의 중심은 세나도 광장이다. 그리 크지 않은 광장이지만 늘 관광객들로 북적인다. 나는 중추절, 춘절, 크리스마스 무렵에 이곳에 왔었는데 올 때마다 명절 분위기에 맞게 꾸며져 있었다. 중추절에는 커다란 탑이 쌓아올려져 있었고, 춘절에는 중국식 옷을 예쁘게 입은 왕서방 인형이 있었으며 노란 등도 수많이 매달려 있었다. 크리스마스 무렵에는 산타클로스와 눈썰매가 장식되어 있었고, 작고 파란 조명들이 마치 눈이 오는 것처럼 허공에 늘어뜨려져 축제 분위기였다.

마카오 여행의 시작은 늘 여기서부터다. 그런데 현지인들에게 '세나도'라고 말하면 잘 모르는 경우가 많고 그 거리 이름인 '싼마로우新馬路'

福
有余

라고 하면 금방 알았다. 푸퉁화 발음으로는 '신마루'이지만 광둥어로는 '싼마로우'나 '싼마로'라고 하는 것 같았다.

광장 바로 맞은편의 릴 세나도 빌딩은 식민지 시절에는 마카오 총독부 건물로 쓰였으며, 마카오가 중국에 반환된 뒤로는 행정청과 의회 건물로 쓰이고 있다. 포르투갈인들의 정치와 생활의 중심지였던 이 건물을 중심으로 이들의 흔적이 펼쳐진다. 세나도 광장 쪽으로는 언덕 위의 성 바울 성당과 그 너머의 카몽이스 공원 등이 있고, 릴 세나도 빌딩 뒤로 펠리시다데 거리에서 아마 사원 가는 길에는 포르투갈인들이 세운 성당들과 유적지가 많이 있다.

마카오에는 유네스코 세계문화유산이 30곳이나 있다. 이곳을 돌아보는 방법은 '천천히'다. 짧은 시간 안에 다 볼 생각에 너무 부지런히 다니면 힘들다. 나는 가이드북도, 지도도 일단 다 집어넣고 눈에 보이는 표지판과 건물들과 사람들을 관찰하면서 천천히 다녔다. 이곳의 유적지는 대개 반경 300미터 안에 오밀조밀 붙어 있고 표지판도 잘되어 있어서 그냥 남들 많이 가는 데 따라다니다 보면 다 나온다. 그때 팻말을 보면서 '아, 이 건물이 그거구나' 하며 지도나 가이드북에 하나하나 체크하다 보면 어느 새 많은 것을 보게 된다.

나는 이 거리를 그렇게 즐겼다. 수많은 유적지 가운데 특히 인상에 남는 곳은 마카오 대성당大堂이다. 현지인들이 미사를 드리고 조용히 기도를 하는 성당인데 나도 구석에 앉아 기도를 했다. 우리 부모님은 기독교를 믿다 가신 분들이다. 기도를 하는데 자꾸 눈물이 났다. 2년 반전에 어머니의 돌아가시던 과정, 그 순간들 그리고 어릴 때의 추억들이 떠올라서.

마음을 진정시키고 나오는데, 한 필리핀 여인도 십자가상을 바라보며 하염없이 눈물을 흘리고 있었다. 얼굴이 눈물범벅이다. 그 모습을 보니 다시 눈물이 솟구쳤다. 간신히 참고 나와 성당 앞 광장 구석에 있는 벤치에 앉았다.

저 여인은 무슨 사연이 있기에 울고 있을까? 홍콩, 마카오에는 돈 벌러 온 필리핀 여인들이 많다. 어쩌면 그녀 역시 부모를 혹은 남편을 혹은 자기 신세를 생각하며 우는지도 모른다. 혹은 누가 병이 들었거나, 부모가 세상을 떴거나……. 내가 그런 것을 겪어보기 전까지는 그런 사람들의 슬픔을 잘 몰랐다. 그러나 지금은 스쳐 지나가기만 해도 가슴이 아프다.

잠시 마음을 추스른 뒤, 햇볕이 따가워 나무 쪽으로 자리를 옮겼다. 옆자리 할머니에게 안긴 아기가 나를 빤히 쳐다본다. 천사 같다. 할머니가 나를 보고 웃고, 아기도 웃고, 내가 손을 내밀자 고사리 같은 손을 내민다. 그 모습이 귀여워 지나가던 할아버지도 아기를 안아본다. 아, 따스하다. 여기는 관광지 같지만 이렇게 현지인들의 따스한 인정과 한가함과 애절하고 포근한 삶이 곳곳에 숨어 있다.

성 바울 성당 유적지 가는 길은 여전히 관광객들로 미어터졌다. 이 길은 흔히 '육포 거리'라고 불리는데 수많은 육포집과 유명한 제과점들이 있어서 나눠주는 육포와 과자 조각만 먹어도 배가 부르다. 또

성 바울 성당 바로 앞에 있는 과일주스 가게 간판에는 이상한 한글이 씌어 있다. '奇異果汁, KIWI JUICE, 이상한 과일', '西瓜汁, WATER MELON, 물 멜론' 등등. 그러니까 키위의 발음을 따서 '奇異기이'로 쓰고, 한국어로는 뜻으로 풀어 '이상한 과일'이 된 것이다. 워터멜론도 수박이 아니라 '물 멜론'이 되었고. 한국인 관광객들에게는 그것도 작은 볼거리다.

성 바울 성당 옆에는 나차 사원이 있다. 예전에 왔을 때는 방치된 것처럼 보였지만 지금은 잘 관리되고 있고 옆에는 박물관까지 만들어져 있었다. 박물관의 설명에 의하면, 나차哪吒는 탁탑천왕 이정李靖의 셋째 아들로 어머니 뱃속에서 3년이나 있다가 나왔다고 한다. 어렸을 때 동해에서 놀다가 실수로 용왕의 아들을 죽이는 바람에 어머니에게 자신의 살을, 아버지에게 뼈를 주는 벌을 받게 된다. 이를 가엾게 여긴 태을진인太乙眞人이란 신이 연꽃잎을 사용하여 새로운 생명을 주었고, 그 뒤 나차는 옥황상제의 위대한 전사가 되어 신격화되었다. 그러다가 19세기에 전염병으로 주민들이 속수무책으로 죽어나갈 때 한 주민의 꿈에 나차 신이 나타나 '산에 있는 물과 함께 어떤 약을 먹으라'는 계시를 내린다. 이 처방으로 많은 사람들이 목숨을 구하자 사람들은 나차 신에게 감사해하며 1888년 이 사당을 세웠고 2005년에는 유네스코 세계문화유산으로 지정되었다.

전설이란 재미있다. 어떤 역사적 사실이 있었기에 사람들에게 전승이 되었을 텐데 세월이 흐르면서 신격화되고 이미지의 세계로 넘어

DEI

간다. 나중에 살펴보니 나차의 哪나는 역귀 쫓는 소리를 의미하고, 吒타는 꾸짖는다는 뜻이니, 이름 자체에 이미 역귀를 꾸짖고 쫓아낸다는 뜻이 담겨 있다. 그러니까 원래 이름이 나차가 아니라, 나중에 붙은 이름으로 추측된다. 어찌 되었든 사람들을 위로하고 우리 세계를 풍성하게 해주는 전설이다. 박물관 안에는 나차 신을 모시는 작은 금빛 사원과 나차 신 초상도 있다. 나차 신은 귀여운 동자 신이었다.

세나도의
아침 풍경

세나도 광장 주변은 언제나 관광객으로 들끓지만 아침에는 주로 노인들이 산책을 한다. "조산, 조산" 하면서 서로 반갑게 아침 인사를 나누는데 운동복 차림, 외투를 걸친 사람 등 차림새가 각양각색이다. 한번은 머리를 엉망으로 하고 빨간 운동복 웃옷에 엉덩이에서 막 흘러내릴 것 같은 청바지를 걸친 젊은 여자가 할머니를 모시고 걸어가는 것을 보았다. 아침 산책 같은데 할머니가 아는 할머니를 만나 얘기를 나누자 그 동안 손녀는 할머니 어깨를 어루만지며 밝게 웃는다. 옷차림은 가관이나 착한 손녀다. 내가 종종 마카오에서 감동하던 것들이 바로 이런 모습들이었다. 관광객들만 상대하는 곳이 아니라 이렇게 주민들이 살아

遊客諸君
財物小心

가는 모습을 보면 그들이 간직한 보기 좋은 전통이 곳곳에서 발견되었다.

세나도 광장 바로 옆에는 도교 사원인 삼카이뷰쿤 사원三街會館이 있고, 육포 거리에도 아주 조그만 제단이 있었다. 죽은 유적지가 아니라 현지 주민들이 향을 피우고 건강과 재물과 복을 비는 삶의 현장이다. 건너편 좁은 골목들에는 음식점, 옷가게 등이 있고, 중간의 5층짜리 건물 안에는 시장이 있다. 가장 붐비는 때는 아침인데 특히 노인들과 필리핀 여자들이 많이 보였다. 1층에는 어물전, 2, 3층에는 닭고기, 돼지고기, 소고기 등을 매달아놓고 파는 정육점들, 4층에는 채소와 과일가게들, 푸드 코트가 있었다. 사람들의 애환이 서린 이런 시장, 일터, 밥집에서는 언제나 긍정적인 삶의 기운이 넘쳐흘렀다.

마카오
음식 열전

마카오 하면 대부분 카지노를 가장 먼저 떠올린다. 문화에 관심이 있는 사람이라면 유네스코 세계문화유산일 수도 있을 텐데 사실 마카오 여행에서 내가 가장 즐기는 것은 먹을거리다. 이름난 식당의 포르투갈 요리나 중국 요리도 훌륭하지만, 그보다도 길거리나 조그만 음식점에서 쉽게 접할 수 있는 에그타르트, 우유 푸딩, 주빠빠오猪扒包, 육포, 과자, 어묵 등에 즐거워진다. 값도 싸고 맛도 좋아서, 이런 것들을 사 먹으며 돌아다니면 군것질하는 아이처럼 신이 나고 마음이 가벼워진다. 굳이 멀리 찾아다닐 필요도 없다. 세나도 광장을 중심으로 유적지를 다니다 보면 곳곳에 눈에 띈다.

우선 로카우 맨션이 있는 골목길의 어묵집. 어묵과 버섯을 골라 그릇에 담으면 푹 데쳐서 소스에 비벼주는데 매콤한 맛이 좋았다. 먹을 데가 마땅치 않아 그 앞의 돌이나 계단에 앉아서 먹어도 즐거웠다.

성 바울 성당 유적으로 가다 보면 '꽃보다 남자'란 한글을 써붙인 주빠빠오 집이 있다. 주빠빠오는 빵 안에 돼지고기를 넣은 아주 간단한 음식이지만 육즙이 제대로이고 한 끼 식사로도 괜찮아 보였다. 또 육포 거리로 들어서기 전에 '강남스타일' 음악을 틀어놓은 터키 아이스크림 집도 있다. 그런데 주인 사내가 정말 재미있다. 사람들, 특히 어린아이들에게 아이스크림을 주다가 뺏고, 손으로 감추고, 막대기로 집어 돌리면서 웃기는 바람에, 그걸 보고자 아이스크림을 사는 사람들도 많았다. 세븐일레븐 옆 골목으로 조금 올라가면 후자오빙胡椒餅을 파는 곳이 나왔다. 돼지고기, 양파, 후추 등의 소를 넣은 빵으로 바삭바삭하고 소스가 맛이 좋았다. 그 옆집 할아버지가 파는 빵 앞에도 줄이 길었는데 아쉽게도 배가 불러서 사 먹질 못했다.

거기서 10미터만 올라가면 채소로만 만든 절 음식을 파는 곳이 있다. 우연히 발견했는데 다른 나라 가이드북에 소개가 되었는지 사람들이 늘 많아서 간신히 합석해서 먹었다. 밥, 면, 각종 요리들을 파는데 나는 그냥 그림을 보고 이것저것 시켰다. 먹어보니 탕은 인삼과 옥수수, 당근이 들어가서 구수했고 음식은 이런저런 곡물과 채소를 김밥처럼 돌돌 만 것이었다. 그림만 보고는 김밥처럼 맛있을 줄 알았는데 썩 맛있다는 생각은 들지 않았다. 혼자서 다 먹으려니 조금 질리는 맛이었지

Spicy Beef
$99/磅
黑椒牛柳
Fillet of Pork
$49/磅
$59/磅
$89/磅
$79/
Premium Beef Fillet
極品牛柳

만 영양은 만점일 듯했다. 그리고 육포거리에서 사 먹은 돼지고기 육포도 꽤 맛있었다.

죽집은 골목길을 기웃거리다 우연히 발견한 곳이다. 삼카이뷰쿤 사원을 등지고 맞은편 오른쪽 대각선 골목길에 숨어 있는데 현지인들이 애용하는 곳이다. 우선 그림을 보고 종업원에게 물어가며 메뉴를 파악했다. 눈앞에서 은행, 호두, 잣 등을 맷돌로 갈아서 만드는데 대개 우리 돈 1,600원이니 정말 싸다. 깨로 만든 검은 죽은 간, 뇌에 좋고, 허베이 지방에서 나온 은행으로 만든 하얀 죽은 폐, 위장, 미용, 생기를 북돋아준다고 한다. 또 땅콩이 들어간 회색 죽은 폐를 뜨뜻하게 하고 장을 원활하게 해주며 변을 잘 나오게 해준단다. 사실 메뉴판의 한자와 종업원의 설명을 통해 눈치로 알아낸 것이다. 어쨌든 처음에 검은 깨죽을 들고 2층에 올라가서 맛을 보니 달달하고 고소한 게 정말 맛있었다. 꿀이 놓여 있기에 타서 먹어봤는데 굳이 안 넣어도 괜찮았다. 그 뒤 날마다 들러 이 죽 저 죽 먹고 여러 가지 떡도 먹어보았다. 홍콩 캐머런 로드에서 먹어본 적이 있는 귀링까오龜冷膏도 있었다. 거북이 등껍질과 약초, 국화 등으로 만들며 양생에 좋고 정열을 해독시켜준단다. 그럼 정욕을 감소시키는 건가? 잘 모르겠다. 홍콩의 찻집에서 만난 어떤 아주머니 얘기로는 매운 것을 먹고 나서 열이 올라올 때 차갑게 가라앉혀준단다. 먹어보니 한약 맛 나는 묵 같았다. 여기서 먹은 귀링까오의 맛과 양은 홍콩에서 먹은 것과 비슷한데 값은 12홍콩달러로 홍콩보다 훨씬 쌌다.

또 빼놓을 수 없는 곳이 세나도 광장의 웡치케이. 칼칼하고 시원한 새우 완탕면으로 유명한데 늘 사람이 많다. 아, 그리고 지금도 생각하니 침이 고이는 것은 세나도 광장 근처 대로에 있는 이슌 밀크 컴퍼니에서 파는 우유 푸딩! 팥을 얹은 푸딩을 자주 사 먹었는데 은근한 단맛과 부드러움이 기가 막히다. 아내도 그걸 먹으며 정말 좋아했고 지금도 '푸딩, 푸딩' 노래를 한다. 여기서는 식사도 할 수 있는데 나는 꽁치가 들어간 매콤한 라면을 먹고 후식으로 우유 푸딩을 먹곤 했었다.

펠리시다데 거리에서는 샥스핀 집에 가보았다. 펠리시다데 언덕길 끝 왼쪽에 있는 집으로 항상 줄이 있어서 호기심에 들어가보았다. 메뉴판 해독이 힘드니 뭔지도 모른 채 무조건 종업원이 추천하는 것을 시켰는데 합석한 홍콩 젊은이가 샥스핀이라고 얘기해주었다.

"마카오에 여러 번 왔는데 올 때마다 여기서 샥스핀 수프를 먹어요. 오늘은 그래도 사람이 덜 온 편이네요. 주말에는 삼사십 명씩 줄을 서요. 값도 싸고 맛도 괜찮아요. 홍콩에서 이런 것 먹으려면 엄청 비싸거든요."

먹어보니 해삼은 그런대로 꼬들꼬들했지만 샥스핀은 아무 맛도 없고 수프는 살짝 짭짤했다. 샥스핀은 기력을 증진시키는 보양식으로 알려져 있지만 과장이란 말도 있다. 내 입맛에는 그냥 그러했으나 특히 홍콩인들에게는 줄 서서 먹을 정도로 인기가 대단했다.

그리고 빼놓을 수 없는 것이 에그타르트. 콜로안 마을의 로드 스토 베이커리도 유명하지만 마카오 시내에 있는 마거릿 카페 이 나타도 인기가 높다. 오전 8시 30분에 문을 여는 순간, 줄을 서 있던 사람들이 우르르 들어가 빵, 토스트, 에그타르트 등을 산다. 나도 아침에 가서 사 먹었는데 에그타르트를 한 입 베어무는 순간 은근하게 깊고 단맛이 입안에 가득 배어왔다. 매장에 서서 손님들에게 인사하는 풍채 좋은 여자가 주인인 마거릿일까? 포르투갈 혼혈인처럼 보이는데 프로 정신과 자부심이 깃든 당당한 얼굴이었다. 오후에도 이 앞 의자들은 관광객들로 만원이었다.

정말 마카오는 아기자기한 먹을거리의 바다다. 아, 우유 푸딩과 에그타르트가 정말 그립네.

김대건 신부의 발자취

성 안토니오 성당

마카오에는 한국 최초의 가톨릭 신부인 김대건 신부의 흔적이 남아 있다. 성 안토니오 성당 오른쪽 별관에도, 근처의 카몽이스 공원에도 김대건 신부의 동상이 있다. 카몽이스 공원에 들어가니 울창한 숲에 친절하게도 '金神父像김신부상'이란 팻말이 눈에 띄었다. 그걸 따라 계단 밑으로 내려가다 왼쪽으로 가니 도서관과 놀이터가 나왔고 넓은 잔디밭 구석에 갓을 쓴 김대건 신부상이 보였다.

김대건은 1821년 충청도 솔뫼에서 태어나 1837년 6월 마카오에 와서 신학 수업을 받고, 1845년 8월 상하이 김가항 성당에서 사제 서품을 받았다. 그해 10월 충청도 황산포에 와서 선교를 하다가 1846년 6월

황해도 순위도에서 체포되어 석 달 뒤에 서울 새남터에서 순교했다. 26세라는 너무도 젊은 나이였다. 그리고 138년 뒤인 1984년 5월 교황 요한 바오로 2세에 의해 성인으로 시성되었다. 즉 한국 최초의 가톨릭 신부요, 성인이 된 것이다.

나는 가톨릭 신자는 아니지만, 가톨릭 예수회에서 세운 대학을 다녀서 K관, 즉 김대건관에서 늘 강의를 들었다. 그래서 감회가 깊었다. 그가 앞서간 발자취를 수많은 신도가 따랐고 지금은 수많은 한국 사람들이 관광객이 되어 이곳에 나타나고 있다. 그가 순교한 지 165년이 지난 뒤의 풍경이다.

시원한 전망을 즐기다

기아 요새 · 마카오 타워

마카오에서 제일 높은 언덕에 있다는 기아 요새로 가는 길은 지도에서 보면 짧은 거리였지만 실은 돌고 도는 길이었다. 게다가 새로운 호텔과 카지노를 세우느라 언덕길 곳곳이 공사 중이어서 시끄럽고 공기도 나빴다. 아, 이럴 줄 알았으면 택시를 탈걸. 돈보다도 시간과 체력을 아끼는 게 더 낫다는 생각이 들었다.

공원화된 기아 요새 정상에 오르니 성당과 대포가 있었고 등대가 바다를 바라보고 서 있었다. 1622년 네덜란드가 침입한 뒤에 지어지기 시작해서 1638년에 교회와 지하 대피소를 갖춘 요새가 완성되었다. 1865년에 세워진 중국 최초의 근대적인 등대는 지금까지도 사용되고 있다. 올라가보니 마카오에서 가장 높은 산에 오른 기분이 들었다. 시원한 전망을 잠시 즐겼지만 큰 감흥이 일지는 않았다. 대충 돌아보다가 사람도 없는 케이블카를 혼자 타고 내려온 뒤, 어디를 갈까 잠시 망설였다. 그날따라 좀 빈둥거리며 게으름을 피우고 싶었다. 그런데 마침 정류장에 선 18번 버스가 마카오 타워를 거쳐 아마 사원까지 가는 것 아닌가. 반가워서 일단 타고 보았다.

사연이 있었다. 처음 마카오 타워를 아주 힘들게 갔었다. 아마 사

원을 구경하고 버스가 없어 걸어갔는데 40분이나 걸렸다. 목마르고 배고프고 소변까지 마려워서 정말 힘들었다. 그런데 마카오 타워까지 가는 버스를 기아 요새 부근에서 보니 반가웠던 것이다.

마카오 타워는 2001년 마카오 반환 2주년을 기념하여 세운 탑이다. 58층으로 가니 타워 주변으로 마카오 전경이 펼쳐졌다. 여기를 걷다 보면 바닥이 유리인 부분이 있어서 깜짝 놀라는 사람들도 있다. 61층으로 올라가면 번지점프 하는 곳과 밖을 걸어다니는 스카이워크도 있다.

나가서 걸어보니 차가운 바람이 휭휭 불어와 기분이 오싹해졌다. 내가 올라오기 바로 전에 누군가 번지점프를 뛰었다는데 한 바퀴 돌아보고 커피 한잔 마시는 동안 다시 뛴 사람은 없었다.

몇 년 전에 뉴질랜드 퀸스타운에서 번지점프를 하려다 실패한 나로서는 그 공포감을 잘 안다. 200여 미터의 허공에 서서 밑을 내려다보니 침엽수림이 보이고 파란 하늘이 펼쳐져 있는데 도저히 뛸 수가 없었다. 포기를 하는 순간 스스로 치욕스러웠지만 어쩔 수 없었다. 집으로 돌아온 뒤에 아내가 이렇게 위로했다.

"당신 나이 오십이야. 번지점프가 원래 10대 후반, 20대 초반 성인식으로 시작했다는데 한동안 글만 쓰고 운동도 안 해 뱃살 나온 당신이 뛰었다면 아마 심장마비로 죽었을지도 몰라. 다행인 줄 알아."

듣고 보니 그랬다. 그 시절 나의 몸 상태는 엉망이었었다. 그때를 회상하며 마카오 타워에서 허공을 내려다보니 아찔했다.

그로부터 1년 뒤쯤 텔레비전 예능 프로그램 〈런닝맨〉에서 멤버들이 마카오 타워 밖으로 나가 걸어다니고 탑을 기어오르며 힘들어하는 모습을 보며 조마조마했었다. 그런데 여배우 송지효가 조금의 망설임도 없이 번지점프를 멋지게 하는 모습을 보며 우와 탄성이 나왔다. 역시 젊음이 좋아! 부러웠다.

즐거운
샛길

학사 비치

처음에 학사黑沙 비치에 간 것은 우연이었다. 콜로안 마을로 가는 26A 버스를 타고 가다 그만 내릴 곳을 지나쳐 종점까지 갔는데 거기가 학사 비치였다.

우리 식으로 한자를 읽으면 흑사, 즉 '검은 모래'가 있는 해변인데, 모래가 하얗지는 않았지만 검다는 생각도 들지 않았다. 아무튼 우연히 빠지는 샛길이 즐거운 법. 오른쪽 해변에서는 중국 남녀가 앉아 사랑을 속삭이고 멀리 붉은 해가 넘어가는 해변은 한적해서 좋았다.

몇 달 뒤 그곳에 다시 갔다. 마침 크리스마스 무렵이라 필리핀 사람들이 단체로 놀러와 고기를 구워 먹고, 춤추며 놀고 있었다. 몇몇 서양인들은 풀밭에 텐트를 치고 있어서 텐트를 이용할 수 있는지 알아보러 안내소에 찾아갔지만 캠핑장을 잠시 폐쇄한다는 안내문만 붙어 있었다. 그렇다면 저 서양 친구들은 그냥 무허가로 텐트를 친 건가?

여관이나 호텔이 있나 찾아보았으나 바닷가에는 음식점뿐이었다. 조금 떨어진 곳에는 숙소가 있을 법했지만 다음을 기약하기로 했다. 번잡하고 화려한 마카오 시내에서 지친 사람들이라면 한적한 이곳에 와서 쉬다 가면 좋을 것 같았다. 버스 타고 30분이면 오는 곳이니 부담도 없고.

에그타르트의 대결

콜로안 마을

처음 콜로안 마을Villa de Coloane을 찾아갈 때는 버스를 타고 가다가 그냥 지나쳤었다. 이번에는 다행히 전날 스타벅스에서 만났던 마카오 고등학생에게 콜로안 마을의 현지 발음이 '로완춘'이란 것을 알아냈기에 걱정 없이 버스에 올랐다. 버스 전광판에 路環村로환촌이라는 글씨가 보이고, 안내방송에서도 '로완춘'이란 말이 또렷이 들렸다. 앞 정류장은 路環警察訓練營로환경찰훈련영이었는데 다음에 또 올 때를 대비해 수첩에 잘 적어두었다.

로완춘 정류장에서 내려 로타리 쪽으로 걸어가자 로드 스토 카페가 보였다. 에그타르트와 커피가 맛있다고 소문난 집답게 긴 줄이 늘어서 있었고, 다른 로드 스토 카페 두 곳도 만원이었다.

이곳은 한국 드라마 〈궁〉의 촬영지여서 한국인 관광객들도 많이 찾는다는데 바닷길을 따라가다 보니 왼쪽에 성 프란시스 자비에르 성당이 보였다. 노란 벽에 파란 문이 달린 예쁜 성당이었다. 성당 안으로 들어가니, 구름이 떠 있고 새가 날아가는 파란 하늘을 그린 제단 벽화 속으로 빨려들어갈 것만 같다. 대학 시절 나는 X관(자비에르 관)에서도 수업을 듣곤 했다. 자비에르는 예수회를 창립한 스페인 선교사로 16세기에 아프리카 희망봉을 돌아서 인도의 고아, 말레이 반도, 인도네시아, 일본의 가고시마에서 선교를 하다가 마카오로 왔다고 한다.

이곳에는 성당뿐만 아니라 이 땅에서 형성된 종교의 흔적도 남아 있었다. 틴하우 사원도 있고, 조그만 도교 사원도 있고, 골목을 가다 보면 가정집에 모신 듯한 관음고묘觀音古廟도 보였다. 이곳을 돌아보던 9월 중순은 날씨가 더워서 꽤 힘들었고, 궁금하던 에그타르트도 맛보지 못했다. 로드 스토 카페 세 군데는 떠날 때까지도 빈자리가 없어서, 나는 미련 없이 콜로안 마을을 떠났다.

■

그리고 몇 달 뒤 아내와 다시 찾은 콜로안 마을. 오전이라 그런지 버스 정류장 근처의 로드 스토 카페는 한산했다.

도대체 에그타르트 맛이 얼마나 좋기에 인기가 많을까? 큰 기대

없이 먹었는데, 이런, 와, 정말 맛있었다. 맛에 민감한 아내 역시 감탄했다.

"어쩜, 이렇게 맛있을 수가. 길거리에서 파는 것과 확실히 달라. 정말 부드럽고 단맛이 깊고 그윽하네. 겉은 바삭바삭하고. 카페 모카도 스모키하면서 깊고……. 아, 좋아, 좋아."

에그타르트와 함께 내 기억에 남아 있는 것은 카페 창문에 그려진 귀여운 용 그림과 창가에서 잠자는 꽃무늬 돌로 만든 고양이 인형이다. 사진을 찍던 순간 그 프레임 속에서 보이던 장면, 창가에 어린 햇살, 아내의 행복한 미소가 매우 선명하다.

에그타르트의 맛에 반해버린 나는 그다음에 왔을 때 5홍콩달러짜

리 길거리 에그타르트, 그리고 앞서 말한 마거릿 카페와 로드 스토 카페의 에그타르트를 각각 8홍콩달러에 사서 콜로안의 바닷가 벤치에 앉아 비교해보았다. 우선 마거릿 아주머니네 것이 가장 크다. 로드 스토 아저씨네 것은 그보다 조금 작고, 길거리 에그타르트가 가장 작다. 맛을 보니 역시 방금 산 따스한 로드 스토 에그타르트가 기가 막힌데, 반시간 전쯤 산 마거릿 에그타르트도 그에 못지않게 맛있었다. 둘 다 부드러우면서 과하게 달콤하지 않은 그윽한 맛. 그런데 길거리 것은 확실히 그윽한 맛에서 비교가 안 되었다. 그러니 사람들이 맛집을 찾는 데는 다 이유가 있다.

로드 스토 카페 앞에는 에그타르트의 탄생기를 적은 안내문이 있었다. 영국인 약제사 앤드루 스토가 1979년에 제약회사에서 일하기 위해 마카오로 온다. 1984년 그는 '열대 건강식품'이란 회사를 만들어 유럽의 빵들을 수입한다. 그때부터 현지 포르투갈인들이 그를 '스토 경Lord Stow'이란 별명으로 부르는데, 마카오에 사는 단 한 명의 영국인이었기 때문이다. 스토는 1990년 4월 18일, 독특한 포르투갈식 에그타르트를 만들어냈고, 그 맛이 널리 알려지면서 홍콩, 타이완, 일본, 필리핀, 한국 등지에도 분점이 생겨났다. 2006년 10월 25일 앤드루 스토는 갑작스러운 천식으로 세상을 떠나고, 지금은 가족이 이곳을 운영하고 있다.

참, 세상은 다 주질 않나 보다. 성공을 거두고 갑자기 가니. 어쨌든 그의 노력 덕분에 많은 이들이 에그타르트를 먹으며 행복해하고 있다.

나무에 갇힌 혼령의 소리가 들리는가

콜로안 마을을 다 구경하고 에그타르트도 먹었지만 훽 떠나고 싶지가 않았다. 저녁이 되자 바닷바람은 더욱 시원해졌고, 관광객들이 빠져나간 마을은 서서히 밀려오는 어둠 속에서 고즈넉했다. 포르투갈 사람들이 만들어놓았다는 작은 도서관에서 이런저런 책을 잠시 구경하다가 그 앞 벤치에 앉았다. 바다 건너편 땅은 '왕캄'이란 곳으로 중국인들이 배를 타고 콜로안 부두로 건너와 각종 생필품을 사 갖고 간다는데, 일요일이라 그런지 오늘은 조용했다. 차를 몰고 온 현지인들이 근처 식당에서 만찬을 즐기고, 바닷가 벤치에 정답게 앉아 있는 커플들도 보인다. 중년의 딸과 늙은 어머니가 팔짱을 끼고 천천히 바닷가를 거니는 모습

이 한가롭다.

나는 무릎에 노트북을 올려놓고 일기를 썼다. 어디서든 글을 쓰는 시간은 행복했다. 카페에서도 숙소에서도 벤치에 앉아서도. 아침에도 낮에도 밤에도. 어느샌가 바닷가의 가로등에 불이 들어왔고 개 짖는 소리, 여인들의 웃음소리, 우수수 나무를 흔드는 바람소리가 귓가를 스쳐갔다. 저 나무들은 수십, 수백 년 동안 이곳을 지켜왔을 것이다. 수백 년 되어 보이는 도서관 옆의 나무는 억센 땅의 힘줄들이 땅에서 솟구쳐 하늘로 올라간 것만 같았다.

문득 마르셀 프루스트의 《잃어버린 시간을 찾아서》에 나온 얘기가 생각났다. 켈트인들은 동물이나 식물에는 죽은 이들의 혼이 갇혀 있다고 믿었다. 갇힌 혼령들은 누군가 나무 곁을 지날 때 아우성치며 부르는데, 우리가 그 소리를 듣기만 하면 혼령은 마법이 풀리면서 자유롭게 된다는 것이다.

나무에 갇힌 혼령의 소리가 들리는가? 내 귀에는 바람 소리만 들려왔다. 다만 몇 백 년 동안 나무에 고인 시간이 서늘하게 느껴졌다. 콜로안의 밤은 낮보다 더 아름다웠다.

카지노와 도박 심리

마카오의 카지노 산업은 과연 대단했다. 마카오 시내에도 많았지만 예전에 바다였던 콜로안 섬과 타이파 섬 사이를 흙으로 메운 곳에 엄청난 호텔과 카지노 들이 들어서 있었다.

가장 유명한 베네치안 카지노부터 가보았다. 3,000개의 스위트룸이 있다는 베네치안 호텔과 3,400대의 슬롯머신과 800개의 게임테이블이 있다는 카지노가 어둠 속에서 궁전처럼 빛나고 있었다. 정문을 열고 들어가니 멋진 황금색 조각이 나왔고 천장에는 화려한 벽화들이 보였다. 계속 들어가 카지노에 발을 들이는 순간, 입이 딱 벌어졌다. 어마어마하게 넓은 공간에 각양각색 도박 기구들이 놓여 있고, 일이천 명이 그 앞에 앉아 도박에 여념이 없었다. 분위기는 쾌적했다. 깔끔한 검은 제복을 입은 젊은 딜러들이 매너 좋게 손님들과 게임을 하거나 우두커니 앉아서 손님을 기다리고 있었다.

게임의 법칙을 모르는 나는 그냥 구경만 하다가 베네치안 카지노 2층에 있는 그랜드 캐널로 갔다. 에스컬레이터를 타고 2층으로 오르니, 진짜 같은 파란 인공하늘에 베니스의 건물과 운하를 복제한 세상이 나타났다. 운하에는 관광객을 태운 곤돌라들이 떠다니고 뱃사공이 부르는 노랫소리가 울려 퍼졌다. 문득, 영화 〈트루먼 쇼〉가 생각났다. 자신이 살아가던 세상이 진짜 세상인 줄 알았는데, 나중에 알고 보니 인공으로 만든 세상이었고, 자신의 생활이 생중계되고 있다는 사실을 알아차린 주인공이 탈출하던 장면이. 묘한 느낌이 들었다.

■

크리스마스 무렵에 다시 베네치안 카지노로 갔다. 도박에는 관심이 없지만 이곳의 시스템과 사람들의 심리를 관찰하고 싶어서였다. 마침 문화 아카데미에서 강의하고 있는 '여행작가 · 여행칼럼니스트 수업' 수강생 가운데 카지노 딜러가 있어서 나름대로 공부를 하고 왔었다.

먼저 빅 스몰 게임을 했다. 게임은 비교적 간단했다. 딜러가 통 속에 넣고 흔들어 나오는 주사위 세 개의 합이 4에서 10까지면 스몰, 11에서 17까지이면 빅인데, 어디든 걸어서 맞추면 1 : 1로 돈을 준다. 다만

500홍콩달러 이상만 빅, 스몰에 걸 수 있고 그 이하로는 정확한 숫자에 걸어야 하는데 맞히면 몇 곱의 배당을 준다. 어떤 이가 100홍콩달러 칩을 두 개씩, 즉 200홍콩달러씩 12, 13, 14에 걸었는데 주사위 숫자의 합이 12가 나왔다. 13, 14에 건 400홍콩달러는 잃었지만 12번이 맞아서 6배의 배당금인 1,200홍콩달러를 받았다. 순식간에 800홍콩달러를 딴 것이다. 나도 참여해보았다. 우선 100홍콩달러를 딜러 앞에 내려놓자 25홍콩달러 칩 네 개를 주었다. 액수가 적으니 빅, 스몰에 걸지 못하고 숫자 맞추기에 하나씩만 걸었는데 세 번 만에 칩을 다 날렸다. 아슬아슬한 것도 없이, 10분도 안 되어 그냥 허무하게 날렸다.

이번엔 슬롯머신을 해보았다. 우선 20홍콩달러 현금을 기계에 넣으니 크레디트가 뜬다. 그냥 이 단추, 저 단추 눌러가며 조금씩 터득을 했는데, 가끔 짝을 맞추면 음악이 울리며 크레디트가 늘어났다. 1크레디트가 30원이니 그저 몇 백 원에서 왔다 갔다 하는 거다. 이런 푼돈 놀이는 빨리 끝나지도 않는다. 다 끝날 만하면 걸려서 크레디트가 추가되니 속 편한 게임이지만, 이거야말로 시간 잡아먹는 기계였다. 그만두기로 했다.

돈이 남아 있어서 컬렉트 단추를 누르자 10홍콩달러짜리 영수증이 나왔다. 직원에게 물으니 저기 구석에 있는 수납원에게 가라고 한다. 사람들이 칩을 들고 와 돈으로 바꾸는데 다들 500홍콩달러 칩 몇 개씩을 들고 있다. 혼자 10홍콩달러를 바꾸려고 서 있자니 창피할 법도 하지만, 나는 아무렇지도 않았다. 내 목적은 이런 시스템을 알고 싶어서였

저 화려한 성채는
나를 허전하고 쓸쓸하게 만들지만
이렇게 땀 흘리며 사는 사람들은
나를 얼마나 따스하게 해주는지.

으니까. 그렇게 나의 도박 체험은 30분 만에 110홍콩달러(약 15,000원)를 잃는 것으로 끝났다. 별로 재미도 없었고 시시했다.

이제 구경이나 하기로 했다. 두 청년이 바카라를 하고 있다. 500홍콩달러 칩 네 개를 어느 숫자에 걸고, 딜러가 나눠주는 카드를 깠는데 졌다. 다음 판에 500홍콩달러 칩 네 개를 또 걸었는데 또 졌다. 그리고 마지막에 다 잃고 자리를 뜨는 청년들은 한국말로 '씨발'이란 소리를 내뱉었다. 5분 만에 60만 원 정도를 날린 그들은 힘없이 어디론가 걸어 갔다.

한국인, 서양인도 있었으나 가장 많은 손님은 대륙에서 온 중국인이었다. 그들은 서로 가르쳐주고 웃어가면서 떠들썩하게 즐겼다. 룰렛 판 앞이 가장 소란스러웠다. 둥근 룰렛 판이 돌아가다가 서서히 멈출 때, 3번에 건 사람은 "싼! 싼! 싼!"을 외치고, 12번에 건 사람은 "스얼! 스얼! 스얼!"을 외친다. 룰렛이 멈추자 "와!" 하는 함성과 "아아!" 하는 탄식이 엇갈린다. 룰렛에는 1, 3, 6, 12, 25 등의 번호가 있는데 1번이 가장 많고 다음은 3번이고 25번은 가장 적다. 그러니까 1번에 걸면 확률은 가장 높지만 배당은 가장 적은 1배고, 3번은 3배, 12번은 12배 등으로 숫자가 높을수록 고배당이었다.

한 중국인 노인은 3번에도 걸어보고 12번에도 걸어보았지만 살짝살짝 비켜나서 결국 5분도 안 되어 100홍콩달러를 다 날려버렸다. 허허 웃던 그는 옆 사람에게 돈을 꿔 와서 또 했다. 어떤 중국 젊은이는 한번에 500홍콩달러를 걸었는데, 세 번이나 연거푸 잃고도 낄낄거리며 웃었다. 약 20만 원을 10분도 안 되어서 날렸는데도. 아, 여기선 돈이 돈같이 여겨지지 않았다. 그냥 딱지였다.

■

사람들은 왜 도박에 심취할까? 이것을 도덕적 관점이 아니라 사회학적 관점에서 보면 어떨까?

프랑스 철학자 조르주 바타이유는 《저주의 몫》이라는 책에서 이런 이야기를 한다. 인간은 생명을 유지하는 데 필요한 소비만이 아니라 사치, 장례, 종교 예식, 기념물, 도박, 공연, 예술 등에도 소비를 하는데, 이런 '비생산적 소비'를 '소모'라고 부른다. 이런 소모는 효율성은 없어 보이지만 인류의 생존을 위한 필수적인 행위다. 생물은 태양 에너지를 받아 자기 생명을 지속하고 잉여 에너지는 성장과 번식을 위해서 쓰는데, 무한성장은 불가능하다. 지구의 생태계는 한정되어 있고 다른 개인과 집단으로부터 제한을 받게 되기 때문이다. 성장이 막힐 때, 개인이든 집단이든 잉여 에너지를 소모하고 파괴시켜야만 다시 그 빈자리에서 성장이 시작된다. 이것이 자연의 이치다. 고대 사회의 종교의식에서 인간과 동물의 피를 바치거나 상대방의 기를 꺾고 모욕하기 위해서 막대한 부를 과시하고 파괴하는 포틀래치potlach(고대 사회에서 나타나는 경쟁적 증여), 그리고 전쟁이나 낭비, 사치, 도박, 성적 방종 등이 잉여 에너지를 소모하고 파괴하는 행위다.[17]

그런데 사회학자 최종렬 교수는 이런 바타이유의 학설에 의거해 《사회학의 문화적 전환》이라는 책에서 한때 우리 사회에서 문제를 야기했던 도박장 '바다 이야기'는 잉여를 파괴하기 위해 일상 곳곳에 세워진 우리 시대의 사원일지도 모른다고 얘기한다. 사회학자 뒤르케임에 의하면, 세계는 공리주의적 생산 활동이 지배하는 속the profane의 세계와 성스러운 존재를 만나기 위해 온갖 집합 의례를 행하는 성the sacred의 세계로 이분화되어 있다고 한다. 우리가 상식적으로 알고 있는 개념의 속물성과 성스러움이 아니라, 속은 일상을 지배하는 생산의 세계이고, 성은 축제를 지배하는 소비의 세계다. 생산의 세계는 생식과 성장에 필수적인 유용성을 생산하는 필연성의 세계이며, 소비의 세계는 생식과 성장의 요구에서 벗어난 자유의 세계로 보고 있다.

이런 학술적인 얘기를 떠나서 나 역시 경험 세계 속에서 성스러운 세계를 종종 느낀다. 에고가 사라지고, 에너지가 출렁거리는 바다와 같은 성스러운 세계. 도덕적인 성스러움을 말하는 게 아니라 시공이라는 한계 속에서 억압당하며 살아가는 생명들이 태초의 생명력으로 회귀하고 싶어 하는 본능. 돈을 벌기 위해 일, 일, 하며 살고, 생산성에 의해서 인간이 규정지어지고 계량화되는 것이 아니라, 놀고, 사랑하고, 에고를 잃고 태초의 원형적인 에너지로 돌아가는 것, 혹은 사람들과 어울려 축제를 하든, 응원을 하든, 시위를 하든 그 집단적 열기에 도취되어 초월적인 힘을 느끼는 감정, 종교적 의례 속에서 신과 하나가 되는 듯한 초월적 체험, 혹은 명상을 통해 주체와 객체가 합일을 통해 이분법을 초월하는 상태…… 그런 것들이 성스러운 세계 아닐까? 사람들은 그렇게 한바탕 한풀이를 하고 정화된 뒤 다시 속의 세계로 돌아가 일을 하며 열심히 살아간다.

그런데 자본주의는 인간을 쓸모, 생산성, 유용성 등으로 축소시키면서 수단화하고 계량화한다. 그 조임 속에서 인간은 점점 답답해지면서 성의 세계를 박탈당한다. 이런 질서를 만들어낸 부르주아는 말할 것도 없고, 그에 대한 안티테제로 이상화된 프롤레타리아 역시 유용성에 사로잡힌 노예들이 된다. 근대 세계에서 치열하게 진행되었던 부르주아와 프롤레타리아의 대립은 더 많은 유용성을 서로 차지하려는 싸움이었다. 이런 상황에서 성스러운 세계를 찾는 사람들은 축제를 벌이는데, 프랑스 사상가 카이유와에 의하면 1·2차 세계대전도 한판의 광란적인 집단 혼음, 즉 축제였다. 그리고 포스트모던 시대에 오면 유용성의 세계와 넘치는 잉여를 내파內波하는 현상이 나타나고 그 성스러운 세계를 찾고자 하는 본능이 실제 공간과 사이버 공간을 가릴 것 없이 출몰하고 있다. 스포츠 경기장, 경마장, 경륜장, 도박장, 성인 PC방, 테마파크, 비만클리닉 등이 일상의 공간과 구분 없이 구축되어, 환상, 환각, 환락, 집단 광기를 북돋우고 있다.[18]

그렇지 않을까? 무한성장 신화에 사로잡힌 자본주의 사회 속에서 사람들은 지쳐간다. 부르주아든, 프롤레타리아든, 중간층이든. 그때 사람들은 문화, 예술, 스포츠는 물론, 마약, 도박, 성적 방종 등을 통해 잉여 에너지를 소모하고 파괴한다. 또한 인터넷을 통해 게임, 섹스, 도박에 중독되어가고, 과도한 정치적 열기, 혹은 맹목적인 종교적 믿음으로 자신을 내파한다.

이런 행위가 꼭 '잉여'가 있어서 나타나는 것만은 아닌 것 같다. 지친 사람들의 '성스러운 세계'로 가고 싶어 하는 충동 때문일 것이다. 그런데 이 본능은 결국의 개체의 몰락을 가져온다. 도박, 마약은 그 본질과 운명이 파괴고 몰락이다. 개체는 그것을 통해 잠시나마 '성스러운 순간'을 획득하는 것처럼 착각하지만, 다시 이 세계로 돌아오지 못한 채 영원히 몰락한다. 도박해서 돈 땄다는 얘기를 들어보았나? 카지노는 이런 인간 심리를 정확히 이용해 잉여 에너지를 쪽쪽 빨아먹고 있다.

■

카지노의 세계는 환몽의 세계다. 도박 기계만 있는 게 아니라 서양 무용수들이 나와서 흥겨운 춤을 추며 축제 분위기를 돋운다. 이 사람들만 보면 이곳은 천국이다. 카지노 밖의 세계도 환상적이다. 크리스마스 무렵이라 밤의 어둠 속에서도 작은 축제들이 벌어지고 있었다. 난간에는 눈이 쌓인 것처럼 하얀 가루를 묻혀놓았고 정문 벽의 화면에서는 베니스 풍경 속에서 배를 젓는 사공이 나오는 만화들이 영상으로 펼쳐진다. 인공적인 환몽의 세계다. 현실에 지친 우리들은 이것을 보면서 잠시 도피하고 즐거워한다.

카지노 세상만 환몽이 아니라 우리가 사는 세상이 다 환몽 아닐까?

효율성, 생산성이 지배하는 무한성장의 신화에 기댄 자본주의도 싫어하고, 억압적인 정치 이데올로기로 사회를 지배하는 공산주의도 싫어하고, 혹은 인간을 위한 세상을 인간 스스로 만들 수 있다는 근대적·계몽주의적 진보도 철 지난 얘기로 여기는 나 같은 사람은 이 세상을 어떻게 바라보아야 하나? 나는 종종 성스러운 세계로 회귀하고 싶었다. 그래서 한때 낮술을 많이 마셨던 것 같다. 다 잊고 싶어서. 그러나 이제 간이 받아주질 않으니……. 그래서 요즘은 틈만 나면 몸과 머리를 식히기 위해 상상을 하고 논다. 전통 속에 깃든 수많은 전설과 신화와 상상의 세계 그리고 동심으로 회귀하고 싶다. 또 저 대지의 풀처럼 땅에 뿌리박고 낮은 자세로 살아가는 사람들의 정, 열기 속으로 들어가, 나의 경계를 희미하게 만드는 순간을 그리워한다. 거기서 '성스러운 세계'를 맛보기 때문이다.

그런데 카지노를 뒤로하고 버스 정류장으로 돌아오는 길에 멀리 타이파 시내의 아파트촌 위에 잔뜩 낀 먹구름을 보는 순간, 낙원에서 추방된 느낌이 들었다. 황금 불빛으로 휩싸인 저 카지노는 세속의 고통이 모두 증발된 즐거운 낙원처럼 보이는데 나는 이제 땀에 전 채 한 푼의 돈을 위해 아등바등 살아가는 세계로 돌아가야 한다. 버스 정류장에서 허연 물통을 든 중국인 사내, 비닐봉지를 든 필리핀 여자도 피곤한 기색이었다. 아마도 이런 카지노에서 일하다가 퇴근하는 사람 같았다. 26A 버스는 잘 오지 않았다. 20여 분을 기다리는 동안 나는 배고프고 목마르고 지쳐 있었다.

GRAND LISBOA
新葡京
GRAND LISBOA

시내로 돌아와 세나도 광장의 웡치케이에서 새우완탕면을 먹었다. 국물이 뱃속으로 들어가니 잠시 카지노 불빛에 들떴던 무게중심이 가라앉는다. 배가 부르고 편안해지자 광장에서 출렁거리는 속세의 물결에 즐거워진다. 거리를 거닐다 신문 가판대에서 라디오를 켜놓고 하루를 정리하는 사내들을 보면서 마음이 푸근해졌다.

그래, 내 고향은 이곳이다. 저 화려한 카지노의 성채는 나를 허전하고 쓸쓸하게 만들지만, 이렇게 땀 흘리며 사는 사람들은 나를 얼마나 따스하게 해주는가. 나는 몇 백 원, 몇 천 원을 벌기 위해 땀 흘리는 사람들이 좋고, 몇 천 원의 소비에 행복해하는 사람들이 좋다. 그리고 속의 세계를 빠져나와 가끔 추억과 상상 속에서 살아가는 사람들이 좋다.

우리는 모두 자신의 삶과 노후를 위해서 잉여를 추구하는 세상을 살고 있다. 잉여를 저축하는 것이 나쁠 것은 없겠지. 그러나 욕망은 끝이 없는 법. 그 잉여가 우리를 파괴하지 못하도록, 늘 마음을 낮추고, 비우고, 타인과 나누면서 소박하게 살아가야지. 마카오의 세나도 광장 구석에서 나는 이런 다짐을 했다.

용의 보물

베네치안 호텔 맞은편에는 '꿈의 도시City of Dreams'라는 대규모 리조트 단지가 있다. 여기서 〈용의 보물〉이라는 3D 쇼를 보았다. 바닷속 용들이 여의주를 차지하려 싸우는 내용인데, 시작하면서 갑자기 천장 한복판에서 물이 쏟아진다. 진짜 물이다. 그리고 온갖 물고기들과 용들이 나타나 휘도는 광경을 보며 나는 어린아이처럼 흥분했다.

이거 어디서 본 것 같지 않은가? 미켈란젤로의 〈천지창조〉에서 보는 그 하늘의 초월적인 힘이 사람들의 감정을 경이로움으로 몰아넣고 있었다. 그런데 중간중간 나타나는 화려한 호텔, 카지노 같은 건물은 이것을 만든 저의를 알게 해준다. 또 마지막에 하늘에서 폭포처럼 떨어지는

누런 금은보화들은 초월성을 황금으로 집약시키면서 충동질을 한다.

이 카지노에서 한 방에 저 금은보화들을 잡고 세상을 초월하라!

교묘한 반전이다. 도박과 상관없는 나도 흥분되는데 도박하러 온 사람들에게는 얼마나 자극적일까? 그런데 나중에 아내와 함께 와서 보았을 때 아내는 별로라고 했다. 용들이 뛰노는 화려함 속에서 초월성을 느끼거나 쏟아지는 금은보화 속에서 짜릿함을 느끼기보다는 '뻥'으로 사람들을 현혹하는 유치함을 본 것 같았다. 이 유치함과 상업적 의도를 어떤 이들은 비웃을 것이고, 어떤 이들은 감탄할 것이며, 어떤 이들은 경계할 텐데 나는 그것을 보면서 내 안에서 떠오르는 사유와 감성을 잡아내는 게 재미있을 뿐이었다.

어쨌든 나는 많은 체험을 하고 싶었다. 다음에 혼자 와서는 〈하우스 오브 댄싱 워터The House of Dancing Water〉 쇼를 보았다. 오후 5시와 8시에 두 차례 공연을 하는데 표 값이 만만치 않다. 가장 싼 자리가 7만 원이 넘는다. 얼마나 멋진 공연이기에? 공연장은 반원형인데 천 명은 들어갈 듯한 규모다. 내 자리는 가장 싼 자리로 옆에서 공연을 보게 되는 가장자리였다. 유럽, 아시아 등등 지구를 나타내는 그림이 보이고 커다란 운동장 같은 중앙무대에는 물이 고여 있었다. 시원한 물 냄새가 풍겨와 상쾌했는데 마치 거대한 수영장에 온 것 같았다

시작하자마자 무대 정면에서 베트남 사람처럼 고깔모자를 쓴 사내가 배를 저어 나오다 영상으로 비행기가 나타나 폭격하는 순간, 배가 뒤집어지고 물에 빠진다. 그다음에 전개되는 것들의 의미는 알 듯 말

듯했다. 흑인들이 나타나고, 백인들도 나타나고, 아랍인들도 나타나고, 여자를 구출하고, 싸우고……. 분석하려면 하겠지만 나는 그 의미보다 변화무쌍한 무대장치가 인상적이었다. 육지가 갑자기 깊은 바다가 되고, 또 중앙의 바닥에서 솟아오르는 건축물이 천장 끝까지 솟구치고, 사람들이 꼭대기에 매달려 수십 미터 높이에서 춤을 추다가 다이빙을 하고, 격투를 하니 한눈을 팔 겨를이 없었다. 조명이 번쩍거리고 사람들이 날아다니고, 남녀가 같이 등장해서 섹시한 춤도 추고, 인간 피라미드도 만들고……. 황홀했다. 사람들은 계속 우와, 우와, 우와 하면서 보는데, 그게 익숙해질 무렵, 이번에는 현대판인 오토바이 쇼가 시작되었다. 갑자기 솟아오른 발판을 타고 오토바이들이 튀어나와 빙글빙글 돌며 공중 쇼를 하는데 기가 막혔다. 정신없이 오토바이 쇼를 보여준 다음 다시 원래대로 돌아와 무사들이 격투를 벌이다가 춤을 춘다. 특히 인도 사람을 연상시키는 호리호리한 사람이 우스꽝스럽게 몸을 배배 꼬아 사람들을 웃겼다. 그러다 남녀 주인공의 사랑이 이루어지는 쇼였다.

이 쇼의 예술성이나 의미는 쉽게 다가오지 않았지만 한 시간 반 동안 관중들을 정신 못 차리게 하는 박진감은 대단했다. 상당히 위험한 고난도 기술을 보여주는데 정말 훈련을 많이 한 것 같았다. 이럴 줄 알았으면 가장 좋은 자리에 앉아서 볼걸 하는 후회가 들 정도였다.

느긋한
경견장

마카오에는 경견장도 있다. 이름은 그레이하운드 경기장. 한국에서 경마장은 가보았지만 개 경주를 한다니 궁금했다. 근처 허름한 식당에서 밥을 먹고 7시쯤 들어가보니 관중석이 텅 비어 있었다. 평일이라 그런가? 수백 명을 수용하는 관중석에 앉아 있는 사람은 스무 명 남짓. 경기장 주변에 산과 아파트들이 보였는데 한적한 분위기였다. 경기장 뒤쪽의 '견권'을 사서 베팅하는 곳 역시 텅 비어 있었다.

드디어 7시 반이 되자 날씬한 그레이하운드 여섯 마리가 사람들 손에 이끌려 나와 관중석 앞을 지나갔다. 각각 빨강, 노랑, 파랑, 하양, 초록, 검정 가운을 입고 있으며 머리는 매우 작고, 다리는 길고 가늘고 배는 홀쭉하다. 입에는 입마개가 씌워져 있었다. 개를 끌고 가는 이들은 헐렁한 유니폼을 입은 노인들로 느긋하게 걸어간다. 흘러나오는 음악은 부드러웠고 날씨는 선선했으며 장내 아나운서와 해설자는 만담하듯이 중계방송을 하고 있었다. 걷다가 다리를 쭈그리고 똥을 싸는 개들도 있었는데 뒤에서 오는 사람이 모래 위에 흘린 똥을 쓸어 담았다. 팽팽한 긴장이 감도는 경마장 분위기에 비하면 매우 느슨한 분위기였다. 그러나 느긋한 개들도 심판들이 앉아 있는 엄숙한 본부석 앞에 서 있을 때는 긴장된 표정을 지었다.

그런 과정이 끝나자 사람들이 개들을 안아 번호가 매겨진 통 속에 밀어넣고 문을 닫아걸었다. 잠시 뒤 뒤쪽에서 위잉 소리가 나면서 트랙을 따라 뭔가가 달려오고 있었다. 기계에 매달린 막대기였는데 그 끝에 달린 것은 토끼였다. 하늘을 바라보는 토끼 인형! 이게 앞을 통과하는 순간 문이 열리고, 개들은 엄청나게 빠른 속도로 토끼 인형을 잡으러 뛰기 시작했다. 뭔가 대단한 것을 기대했었는데 막대 끝에 달린 토끼 인형을 따라 죽어라 뛰는 모습을 보자 웃음이 터져나왔다.

그런데 개들이 아무리 빨리 뛰어도 어딘지 여유로워 보였다. 전광판의 기온 표시를 보니 17도. 가을 같은 12월 중순의 밤은 느긋했다. 마카오의 관광지나 카지노는 사람들로 흘러넘쳤지만 조금만 변두리로 나와도 이렇게 한적한 풍경이 펼쳐지고 있었다. 마카오의 여유와 또 다른 매력을 느끼는 순간이었다.

2
3
2

국경에 다녀오다

푸딩 집에서 우연히 중국 대륙의 주하이珠海에서 온 여인들과 얘기를 나눈 적이 있었다. 오후에 와서 쇼핑하고 밤에 돌아간다는데 그때가 밤 8시 30분이었다. 아니, 이렇게 늦게 갈 수 있나? 의아해하니 택시 타고 30파타카면 국경에 가고 거기서 택시를 타면 금방 자기 마을에 닿는단다. 국경은 아침 7시부터 밤 12시까지 열려 있어서 지금 가도 11시 전에는 집에 들어간다는 얘기였다. 그러니까 이들은 평일에도 옆 마을 마실 오듯이 마카오에 오는 것이다.

궁금해진 나는 어느 날 낮에 국경으로 가보았다. 아마 사원에서 5번 버스를 타고 꾸벅꾸벅 졸다 보니 어느 틈엔가 국경에 도착했다. 내린 곳은 지하 버스터미널. 모두들 에스컬레이터를 타고 올라가고 있었다. 뒤따라갔는데 공원처럼 분수가 있는 넓은 광장이 나왔고 오성홍기가 걸린 커다란 건물이 보였다. 출입국 관리장이었다. 전광판에는 오후 3시 10분 현재 마카오 출국자 49,928명, 입국자 69,771명이라 씌어 있었다. 오후 3시경 입국자가 69,771명이니 하루에 도대체 몇 명이나 오는 것일까? 그리고 입국자가 출국자보다 약 2만 명이 많으니, 그중 많은 이들이 마카오에서 숙박을 하지 않을까. 그들이 카지노를 들락날락하고, 숙소에 묵고, 물건을 사니 마카오 사람들은 경제적인 측면에서 중국인들에게 고마워해야 할 입장이다. 그러나 또 밀려오는 수많은 인파에 얼마나 피곤할까.

출국장 근처에는 각 호텔과 카지노로 연결되는 무료 셔틀버스가 있었다. 시내로 돌아올 때 이 버스를 타니까 20분 만에 베네치안 호텔 서쪽 게이트에 도착했다. 항구를 통해서는 홍콩인과 외국인들이, 국경에서는 대륙의 중국인들이 셔틀버스를 타고 카지노로 몰려든다. 이런 광경에 마카오의 카지노는 돈 좀 있는 중국 대륙 사람들의 앞마당 놀이터라는 생각이 들었다.

마지막 밤길

마카오의 마지막 밤, 펠리시다데 거리에서 아마 사원까지 다시 걸었다. 불 밝힌 길이지만 어둑어둑하고 적막했다. 텅 빈 길에서 컹컹컹 개 짖는 소리가 들려왔다. 좁은 언덕길을 차와 오토바이가 어쩌다 지나가고 아이 손잡고 걸어가는 엄마도 보였다. 길거리 대문에서 나와 문을 잠그다 나와 눈이 마주친 여인은 키가 내 가슴 높이만큼밖에 안 되었는데 살결이 약간 검다. 매캐니즈일까, 흑인 피가 섞였을까, 필리핀계일까? 그 여인의 눈빛을 따라 나는 그녀의 조상들이 걸어왔을 시간과 공간을 상상했다.

마카오의 밤길에 자꾸 정이 들고 있었다. 펠리시다데 거리로 돌아온 나는 숙소로 들어가기 전에 성 바울 성당 유적으로 갔다. 밤 10시경, 한낮에는 인파에 휩싸였던 골목길은 한적했고, 불빛을 받으며 하늘로 우뚝 솟은 성당 문이 환하게 빛나고 있었다. 그 성당 문 밑에서 붉은 드레스를 입은 신부와 검은 양복을 입은 커플이 웨딩 촬영을 하고 있었는데 신랑도 신부도 나이가 꽤 들어 보였다. 만혼, 뒤늦게 짝을 찾은 이들이었다. 불빛에 비치는 성당과 새신랑, 새신부의 웃음이 어우러져 한 폭의 그림처럼 보였다.

대성당 계단에 한참을 앉아 있다가 내가 마카오에서 가장 좋아하는 밤거리를 다시 걸었다. 성 바울 성당을 바라보며 왼쪽으로 나 있는 이 길은 노란 가로등 걸린 밤길이 특히 좋아서 지난번에 왔을 때도 수없이 걸었더랬다.

크리스마스가 다가오니 파란 유리알 장식들이 매달려 더욱 낭만적이었다. 개를 데리고 산책하는 아주머니, 자전거를 타고 가는 남학생들, 집으로 돌아가는 젊은 남녀가 어쩌다 보일 뿐 인적이 뚝 끊긴 고요한 거리였다.

차들은 길 한쪽에 줄지어 멈춰서 있고, 골동품과 잡화를 팔던 가겟집들은 문을 닫았다. 그 위로 빨래 걸린 낡은 아파트 창에서 흘러나오는 아이들 떠드는 소리가 노란 가로등 주변을 맴돈다. 살짝 휘어진 길을 따라 곡선을 그린 가로등의 불빛 선이 매혹적이어서 계속 근처를 왔다 갔다 하며 사진을 찍었다. 아, 카메라 프레임 속에 들어온 그 세상은 얼마나 매혹적인지.

海 龍
HOI LUNG ARTS

순간, 나는 알 수 없는 희열에 사로잡혔다. 겹겹이 꽃잎에 싸인 시간의 갈피를 살짝 들여다보는 것만 같았다. 프루스트가《잃어버린 시간을 찾아서》에서 마들렌 한 조각과 차를 입에 넣을 때 온몸을 스치는 감미로운 쾌감 속에서 '잃어버린 시간'의 흔적을 보았던 것처럼, 어둠, 적막함, 노란 가로등의 불빛의 행렬, 아이들 떠드는 소리…… 이 풍경 한가운데서 스멀스멀 기어나오는 것들을 나는 보았다. 그런데 흐릿했다. 그러나 분명히 존재하는 이 부연 성운 속에 도사린 '그 무엇'의 정체는 무엇일까?

프루스트가 맛보았던 그 감미로운 쾌감은 차와 마들렌 과자가 아니라 추억들에서 왔을 것이다. 그것들이 무의식에 고여 있다가 문득 차와 마들렌 과자의 맛을 통해 자아의 거죽을 뚫고 솟구쳤던 것이리라.

내 가슴 속에서 피어오른 것들도 무의식에 새겨진 나의 추억들이 아니었을까? 그러나 그 흐릿한 추억들은 '나의 것'이 아니었다. 그것은 객관과 주관, 대상과 주체 사이에서 피어오르는 '그 무엇들'이었다.

나의 세계를 넘어, '잃어버린 시간' 속에서 떠오르는 그것들을 보는 순간 무한의 세계가 어른거렸다.

그래, 나는 이런 기쁨 때문에 여행을 한다. 그것은 무엇을 보기 위해, 찾기 위해 부지런히 노력하면 만날 수 없다. 오히려 몸과 마음이 지치고, 비워지고, 혹은 슬프고 상실된 감정에 젖어 있을 때 슬그머니 드러나 우연히 만나게 된다.

그때 그 거리에서 느낀 감정의 정체는 지금도 명확히 알 수는 없지만, 그 순간이 매우 감미로웠다는 것은 기억한다. 가로등 불빛을 타고 무한의 세계가 살짝 파도처럼 현실을 쳤을 때, 몇 백 년 전의 포르투갈인들과 170년 전에 갓을 쓴 조선인 청년 김대건이 어딘가에서 걸어 나올 것만 같았다.

언젠가 다시

홍콩으로 건너가려고 터미널로 가는 버스 안. 짙은 갈색 얼굴의 한 50대 여인이 앉아 있다. 여인의 조상은 어디서 왔을까? 매캐니즈일까, 흑인의 후예일까? 필리핀인을 보면 남태평양을 느끼고, 흑인 혼혈인을 보면 아프리카를 느끼고, 매캐니즈를 보면 포르투갈을 느낀다. 그리고 쪼글쪼글한 동양인 할머니를 보면 이 땅에 뿌리박고 살아온 중국을 느낀다. 조상이 어떻든 마카오 사람들은 고통, 희망, 꿈, 땀이 섞여서 만들어진 이 터전에 뿌리박고 살아왔다.

그 터전에서 중국인이냐 포르투갈인이냐 혼혈인이냐, 자본주의냐 공산주의냐 식의 가름은 의미가 없어진다. 그들의 삶이 녹아든 땅과 하늘 사이에서 모든 경계 역시 녹고 허물어진다.

마카오에는 세월 속에서 이루어진 다양한 층이 있었다. 사람이든, 역사든, 문화든. 또 거리에도 각기 다른 층이 있다. 첫 번째는 골목길 곳곳에 숨어 있는 전통의 층. 두 번째는 현지인과 관광객이 접촉하는 부분으로, 현지인의 소박함과 관광객을 상대로 만들어진 상업적 친절이 혼재한 층이다. 세 번째는 관광객 상대로 서비스 요금을 받는 음식점과 쇼핑센터 등등이고, 네 번째는 세계화된 외국 자본의 맥도날드나 스타벅스, 그리고 카지노와 리조트다.

여행자들은 이런 층들을 오가며 여러 경험을 맛본다. 시간이 없는 사람들은 세 번째, 네 번째에 많이 머물다 오고, 여유가 있는 사람들은 첫 번째, 두 번째도 넘나들게 된다. 내 경우에는 어디 머무는 것보다 여러 층을 오가고 체험하며 많은 생각을 하는 시간이 좋았다. 이런 기쁨은 천천히 여유 있게 거닐고 여러 번 와야만 느낄 수 있는 것들이었다. 나는 또다시 마카오에 올 것이다. 그때는 카메라도, 노트북도, 수첩도 모두 다 버린 채, 천천히 걷고, 생각하고, 먹고, 마시며 풍성한 삶을 느낄 것이다.

삶은 잠시 여행하는 것 아니던가

홍콩으로 다시 오니 촌에 있다 도시로 올라온 것만 같았다. 홍콩에서는 모든 게 빠르다. 사람들의 발걸음도 빠르고, 차도 빠르다. 이 현란함이 어지러웠지만 문득 알 수 없는 활기를 느꼈다. 빠르고 경쾌하고 활력 있는 삶에 대한 열망 또한 사람 안에 있는 본능 가운데 하나이리라. 내 안에는 게릴라처럼 험한 산맥을 빠르게 타고, 폭주족처럼 오토바이를 타고 고속도로를 질주하고, 끝없는 초원을 말 타고 달리고 싶은 충동이 분명히 있다. 도시의 빠른 리듬은 그런 본능을 일깨우며 삶에 대한 활기찬 의욕을 충동질했다. 반대로 내게는 한없이 게을러지고 싶은 본능도 있다. 아무 데도 가지 않고 꼼지락거리며 술을 마시거나, 수다를 떨거나, 방구석을 뒹구는 게으름뱅이가 되고 싶은 충동도 분명히 있다. 누군들 그렇지 않을까.

나는 어느 한곳에 머물지 못하고 늘 '왔다 갔다' 하는 존재다. 한때는 효율성과 빠름을 추구했다면, 또 한때는 그게 너무도 싫어 게으름과 느림을 추구했었다. 그러나 지금은 어딜 가든 적응하면서 산다. 그러다 지치거나 지루해졌을 때, 이곳에서 저곳으로 달아나고, 또 저곳에서 이곳으로 탈출한다. 그 과정을 즐기기로 한 나는 홍콩에 오는 순간, 정신을 바짝 차리며 배낭과 신발 끈을 조였다.

여기는 세상에서 가장 빠른 속도로 돌아가는 홍콩이다. 정신 차리자!

다시 도시 속으로 들어가는 내 발걸음은 경쾌했다.

■

한국에 돌아오기 전까지 며칠 동안 홍콩 거리를 마음 가는 대로, 발길 닿는 대로 걸어다녔다. 노트북도, 카메라도 내려놓고 빈 마음으로. 여행작가라는 직업 때문에 늘 기록하고 찍었지만 그런 여행 중에도 휴일은 있었다. 이때야말로 진짜 여행의 맛을 보는 순간이다.

그 거리를 걸으며 다시 한 번 확인했다. 모든 게 내 처지, 내 마음먹기에 따라 달리 보인다는 것을. 아무리 세상이 바쁘게 돌아가도 내가 한가하면 세상은 한가해 보인다. 아무리 세상이 험해도 좋은 인연, 좋은 관계를 맺으면 세상은 또 살 만하게 보인다. 아무리 세상이 삭막해도 추억과 상상 속에서 촉촉한 현실을 들여다볼 줄 알면, 세상은 촉촉해진다. 오지에 간다 해도 거기서 바쁘게 뭔가를 기획하고, 준비하고, 부지런히 돌아다닌다면 그것은 바쁜 일상의 복제고 연장이다. 반면에 복잡한 도시에서도 익명성 속에서 자기만의 길, 한적한 장소, 여백을 찾아다니면 멋진 여행길이 된다.

물론, 이런 개인의 주관적인 태도가 만병통치약은 아니다. 너무도 심한 물질적 궁핍과 현실적 고통은 괴롭다. 나는 그것이 얼마나 힘든지 겪어보았다. 그러므로 현실 속에서 땀 흘리며 노력하고 준비해야 한다. 그러나 그 힘을 불러내기 위해서라도 잠시 현실을 비껴가는 여유와 휴식은 필요했다.

요즘 나는 시간여행을 하는 재미에 푹 빠져 있다. 해외에서든 국내에서든 장소보다 흘러가는 시간에 나를 맡긴다. 물론 대략의 여정과 목표야 있지만 별로 고집하지 않는다. 되는 대로 시간을 따라간다. 그러다 바람이 뺨을 스치고 어디선가 새소리가 들려오는 순간, 온몸에 흐르는 짜릿한 전류와 솟구치는 희열을 느낀다. 이것이야말로 장자가 말하는 소요유逍遙遊의 즐거움이 아닐까? 한가롭게 떠돌면서 얽매이지 않은 채, 유쾌하고 편안하게 스스로 만족하며 노는 소요유. 그렇게 한가하게 놀다가 떠오르는 이미지와 사유를 낚는 즐거움은 홍콩이든 서울이든, 어느 대도시에서든 맛볼 수 있었다.

많은 사람들이 도시를 떠나 멋진 대자연에 정착하고 싶어 한다.

나도 가끔 그러고 싶을 때가 있다. 그러나 누구나, 언제든 훽 떠날 수 있는 것은 아니다. 세상일은 자기 마음대로 늘 되지 않는다. 그러니 떠날 때 떠나더라도, 다른 삶을 개척하더라도 '지금, 여기'의 시간은 언제나 소중하다.

사람들은 종종 여행하고 글 쓰는 나를 부러워한다. 그러나 나 역시 많은 사람들처럼 도시로 돌아와 글을 쓰고 밥벌이를 하며 살아간다. 다른 사람들이 자신의 일을 소중하게 여기면서도 종종 지겨워하듯이, 나도 여행과 글을 좋아하면서도 가끔 지겨울 때가 있다. 이걸 극복하기 위해 늘 생각하고, 실험하고, 도전한다. 여행을 일이 아니라 다시 즐거운 놀이로 만들기 위해.

많은 사람들이 일이나 고민에서 잠시 벗어나고자 여행을 떠나듯, 나는 가끔 여행과 글의 피곤함에서 벗어나고자 반대로 복잡하고 바쁜 도심지로 나간다. 그곳에서 치열하게 살아가는 사람들의 열기와 애환에 공감하면서, 게으른 나를 반성하고 추스르며 재충전을 한다. 또 나의 글과 삶은 지친 그들에게 힘을 주고 여유를 줄 것이다. 우린 그렇게 연결되어 있다.

삶과 여행의 즐거움은 어느 장소, 어느 시간에 고정되어 발견되는 것이 아니라 끝없이 이곳에서 저곳을, 저곳에서 이곳을 모색하며, 가끔 탈출하는 행위에서 발견된다. 일상의 소중함을 이야기하지만 나는 또 종종 떠난다. 아직 나에게는 여행할 곳이 많고 꿈이 있다. 그러나 내 삶의 터전은 대한민국이고 도시라는 것을 잊지 않는다. 또한 나에게는 떠

sasa
GigaSports
adidas
BECKHAM+10
ZIDANE+10
Francfranc
sasa

나고 싶어 하는 독자들뿐만 아니라 '지금, 이곳에서의 삶'을 어떻게 살아갈까 고민하는 독자들도 중요하다.

아무리 떠나도 결국 우리는 돌아온다. 그리고 언젠가 이곳을 떠나 다른 차원으로 떠난다. 누가 그것을 피할 것인가. 그러니 삶이란 얼마나 덧없고 또 찬란한가. 그러므로 어디서든, 살아 있는 동안은 즐겁게 살아야 한다. 힘들더라도 웃어가며 살아야 한다. 꿈틀거림을 사랑하면서, 여행하듯이 살아간다면 뭐가 힘들겠는가. 삶은 잠시 여행하는 것 아니던가.

주석

1 張若谷, 『香港的憂鬱:文人筆下的香港(1925-1941)』(香港:洋風書局, 1933) p.42. 백영서, "20세기 전반기 중국인의 홍콩 여행과 근대체험",『1930年代的 中國』 下卷, 2006, p.102에서 재인용

2 胡適, 1935, 『香港的憂鬱:文人筆下的香港(1925-1941)』(香港:洋風書局, 1983). p.56, 백영서, 앞의 책 p.100에서 재인용

3 백영서, 앞의 책, pp.105-106

4 Derek Sandhaus, *Tales of Old Hong Kong*, China Economic Review Publishing Limited for Earnshaw Books, 2010, p.122

5 Michael Ingham, *Hong Kong, A cultural and literary History*, Signal Books Limited, 2007, pp.96-97

6 Michael Ingham, 앞의 책, p.46

7 윤형숙, 「지구화, 이주여성, 가족재생산과 홍콩인의 정체성」, 『中國現代文學』 33, 2003, pp.134-135

8 Peter Spurrier, *The Heritage Hiker's Guide to Hong Kong*, FormAsia Books Ltd. 2011 pp.212-213

9 백미숙, 「라디오의 사회문화사」, 『한국의 미디어사회문화사』, 주간한국, 2011. 3. 3에서 재인용

10 이순탁, 『최근 세계 일주기』, 학민사, 1997, pp.49 – 50

11 유영하, 『홍콩이라는 문화 공간』, 아름나무, 2008, p.133

12 劉再復, 明報月刊, 2006, 4호, p.36, 유영하, 『홍콩이라는 문화 공간』, 아름나무, 2008, pp.137-138에서 재인용

13 장량, 『영춘권』, 미디어그룹 인포더, 2011, pp.20-23

14 Derek Sandhaus, 앞의 책, p.131

15 Zhidong Hao, *Macau History and Society*, Hong Kong University Press, 2011

16 Zhidong Hao, 앞의 책, pp.20-21

17 조르주 바타이유, 조한경 옮김, 『저주의 몫』, 문학동네, 2007, pp.29-48

18 최종렬, 『사회학의 문화적 전환』, 살림, 2009, pp.261- 269

19 마르셀 프루스트, 김창석 옮김, 『잃어버린 시간을 찾아서 1, 스완네 집 쪽으로 1』, 국일미디어, 1999, pp.66-68

도 시 탐 독

1판 1쇄 인쇄 2013년 11월 22일
1판 1쇄 발행 2013년 11월 29일

지은이 이지상

발행인 양원석
총편집인 이헌상
편집장 송명주
책임편집 이지혜
교정교열 조은
전산편집 김미선
해외저작권 황지현, 지소연
제작 문태일, 김수진
영업마케팅 김경만, 정재만, 곽희은, 임충진, 김민수, 장현기
송기현,우지연, 임우열, 정미진, 윤선미, 이선미, 최경민

펴낸 곳 ㈜알에이치코리아
주소 서울시 금천구 가산동 345-90 한라시그마밸리 20층
편집문의 02-6443-8855 **구입문의** 02-6443-8838
홈페이지 http://rhk.co.kr
등록 2004년 1월 15일 제2-3726호

ISBN 978-89-255-5171-5 (13810)